MÄNNER, MORD UND REMMIDEMMI

Alexandra Stiglmeier ist im Pfaffenwinkel geboren. Aufgewachsen bei der Oma auf dem Bauernhof sowie im Sanitär- und Spenglereibetrieb der Eltern, lebt sie heute mit ihrer Familie in Peiting. Sie schreibt bayrische Theaterstücke und verbreitet ihren Humor als Kabarettistin bayernweit auf Wirtshaus- und Kulturbühnen.

ALEXANDRA STIGLMEIER

MÄNNER, MORD UND REMMIDEMMI

Kriminalroman

emons:

© Emons Verlag GmbH
Cäcilienstraße 48, 50667 Köln
info@emons-verlag.de
Alle Rechte vorbehalten
Umschlagmotiv: shutterstock.com/FooTToo,
shutterstock.com/Olga_Lots
Umschlaggestaltung: Nina Schäfer, nach einem Konzept
von Leonardo Magrelli und Nina Schäfer
Umsetzung: Tobias Doetsch
Gestaltung Innenteil: DÜDE Satz und Grafik, Odenthal
Lektorat: Christiane Geldmacher, Textsyndikat Bremberg
Druck und Bindung: sourc-e GmbH, Köln
Printed in Europe 2025
Erstausgabe 2022
ISBN 978-3-7408-1613-1
Originalausgabe
3. Auflage

Unser Newsletter informiert Sie
regelmäßig über Neues von emons:
Kostenlos bestellen unter
www.emons-verlag.de

1

»Das gibt's doch ned, dass es für die Klobrille keine Scharniere mehr gibt«, raunzt mich der Wimmer über den Ladentresen an.

»Doch, das gibt's«, sag ich, weil es für die Klobrille halt auch definitiv keine Scharniere mehr gibt. Und basta!

Woher ich das weiß?

Ja mei, ich bin Fachverkäuferin für Sanitärartikel und kenn mich halt aus mit Toilettendeckeln, und dieses schäbige Trumm hier hat mindestens schon vierzig Jahre auf dem Buckel. Wenn Sie mich fragen, dann gehört der dringend entsorgt. Genauso wie der Besitzer selbst. Der nämlich steht seit einer Viertelstunde hier im Laden und redet mir seinen alten Deckel schön.

»Schaun S', der ist ja pfenniggut. Eine richtige Qualität ist das noch. So was kriegt man heute gar nimma.«

»Das kann schon sein, aber wir haben trotzdem keine Scharniere für die Klobrille.«

Langsam werd ich grantig.

»Reden S' doch ned so saudumm daher. Sie wollen mir doch bloß einen neuen Deckel verkaufen. Keine Ahnung ham S', so schaut's aus. Für jeden Deckel gibt's ein Ersatzteil. Ja, meinen Sie, ich bin auf da Brennsupp'n dahergeschwommen, ha?«, plustert er sich vor mir auf, dass die Daunenjacke spannt. Verlangt den Chef und so. Und jetzt bekomm ich doch glatt – Mitleid.

Nicht mit dem Daunenjacken-Wimmer. Nein, mit der Klobrille. Ja, weil die Arme muss sich doch tatsächlich jeden Tag mit dem Arsch vom Wimmer abgeben. Zwangsläufig!

Also ehrlich, ich möchte nicht mit der Brille tauschen. Es ist bestimmt ganz furchtbar, wenn sich dieser Mann mehrmals täglich auf sie draufhockt. Weil der Wimmer ist nicht nur ein nerviger, sondern auch recht greislicher Geselle. Entspricht überhaupt nicht meinem Geschmack, was Männer betrifft. Ich steh halt mehr auf fesche Kerle, wissen S'? Und der Wimmer ist eher klein und sperrig. Hat was von einem Waldschrat, wenn Sie mich fragen. Ein kleines, breites Männlein, mit knorrigen, buschigen Augenbrauen, die wie lange Insektenfühler aus dem Gesicht ragen und die sich jetzt, wo er mir über die Ladentheke rübermeckert, lustig auf und ab bewegen. Darum muss ich ihn halt dauernd anschauen. Hilft ja nix. Aber was ich just in dem Moment in seiner Visage seh, das gefällt mir überhaupt nicht. Anscheinend ist der jetzt so sauer, dass sich sein gesamtes Blut in seinem Schädel drin sammelt. Und ehrlich, bevor mir der Wimmer samt seiner aufgeplusterten Daunenjacke hier abhebt wie ein roter Heißluftballon, ruf ich mal lieber den Chef.

Schon steht der Haslinger in seiner ganzen Herrlichkeit im Türrahmen drin. Also praktisch mit seiner schmuddeligen Hose und der lappigen Strickjacke. Mei, so gammlig wie immer halt. »Alfons, griaß di! Gut, dass du da bist!«, frohlockt der Wimmer gleich, wie er den Haslinger sieht. Nimmt sein Prachtstück vom Ladenbudel und hält es dem Chef vor die Nase.

»Du, schau dir meine Klobrille an. Mir ist da gestern das Scharnier abgebrochen. Ich hab's schon mit Sekundenkleber versucht, aber das hebt mir ned. Und jetzt brauch ich ein neues Scharnier von dir.«

»Gibt's ned.«

»Was, das gibt's ned?«

Oh, jetzt ist er enttäuscht, der Wimmer.

»Ja, was kann man denn da machen?«, schaut er wehmütig auf sein Schmuckstück.

»Mei, wegschmeißen halt«, zuckt der Haslinger gelassen mit den Schultern und zieht dabei seinen Rotz tief in seinen Zinken hinauf.

»A geh, Alfons. Hast wirklich nix Passendes da?«

»Naa, hab ich ned, und jetzt schleich dich mit deinem Graffl!«

Wie ein beleidigter Schulbub packt der Wimmer sein Prachtexemplar und stiefelt ohne ein weiteres Wort zur Ladentür hinaus.

»Der Trottl ist mir grad no abgangen«, brummt der Haslinger, fährt sich mit dem Handrücken über seine Nasenlöcher und schnieft dabei ganz laut. Dann dreht er sich arschlinks um und schlürft mit seinen abgelatschten Schlappen in unser Büro zurück. »Chef, hätten S' dem jetzt nicht gleich einen neuen Deckel verkaufen können?«, schrei ich zu ihm hinüber. »Dem Wimmer was Neues verscherbeln? Mei, Fuchsin, du kennst den noch ned. Das ist der größte Noatschoaß von Engelsried, das kannst vergessen«, kommt es prompt zurück.

Wie ich später in unser Büro reinkomme, da kann ich vor lauter Rauch nichts sehen. Der Haslinger nebelt mit seiner depperten Zigaretten mal wieder den ganzen Raum ein. Was aber andererseits echt ziemlich gut für mich ist, weil somit ja auch ich für den Haslinger kaum sichtbar bin. Ich pack die Gelegenheit beim Schopf und schau in meinem Computer schnell mal kurz bei Parship rein. Parship kennen Sie, oder? Kommt doch die Werbung immer im Radio. Haben Sie bestimmt schon gehört. Das ist so ein Internetportal, bei dem sich Paare finden können, die gemeinsam in den Hafen der Ehe reinschippern wollen.

Blöderweise finde ich nix zum Schippern und fang jetzt erst mal kräftig zum Surfen an. Ich brauch nämlich dringend einen neuen Mann. Der alte ist mir leider vor vier Monaten abhandengekommen. Hat mich ausgetauscht. Gegen so eine frisch geschlüpfte Fünfundzwanzigjährige. Und so bin ich dann, teils aus der Not heraus und teils aus geistiger Umnachtung, umstandshalber wieder zurück in dieses blöde Kaff, in dem ich einen Teil meiner Kindheit verbracht habe.

Das Telefon klingelt.

Ich lass es viermal klingeln, weil der Haslinger und der Kunde sollen merken, wie stressig ich es hier habe.

»Sanitär Haslinger, Elvira Fuchs, grüß Gott«, melde ich mich vorschriftsmäßig. »Ach, Frau Pichelmeier!«, sag ich dann höflich, leg aber meine Stirn in Falten und setz dabei meinen Die-schon-wieder-Blick auf.

Die Pichelmeier nervt mich wirklich tierisch. Ruft täglich

an, weil ihre depperte Kloschüssel einen Sprung hat. Und jedes
Mal wenn sie anruft, erzählt sie mir von ihrem Mann, der vor
drei Jahren verstorben ist. Danach folgt der Bericht über ihren
Nachbarn, der sich jeden Morgen bei unserem Bäcker zwei
Semmeln kauft, obwohl er definitiv allein wohnt. Und dann
kommt freilich noch die Geschichte mit ihrem Horst. Ach, die
erzählt sie ja am allerliebsten. Horst ist ihr Hamster, wissen S',
und der hat neuerdings Asthma. Aber da ist die Pichelmeier
selbst dran schuld, weil sie ihn vor zwei Wochen versehent-
lich mit ihrem Staubsauger eingesaugt hat. Und so viel Staub
auf einem Haufen, wie so ein Staubsauger in seinem Behälter
aufwirbelt, verträgt so eine mickrige Hamsterlunge halt nicht.
Nach einer gefühlten halben Stunde legt sie endlich auf.
»Die Pichelmeier war's«, informiere ich meinen Chef durch
den Nebel hindurch.
»Ach, was hat s' denn für einen Schmerz?«
»Mei, pressieren tut's ihr halt. Ihre Kloschüssel hat doch
einen Riss.«
»Ach so, ja, ja, das weiß ich schon lang, dass die Pichelmeirin
einen Sprung in der Schüssel hat. Das pressiert ned, die alte
Kachel kann warten.«
Bei unseren Kundschaften, da pressiert's eigentlich immer.
Besonders dann, wenn's faktisch gar nicht pressiert, gell? Am
meisten pressiert's bei den Rentnern. Ja, die haben gar keine
Zeit nicht. Und schon gar nicht für den Handwerker. Da muss
dann immer alles gleich sofort sein, weil ein Ruheständler will
halt nicht den ganzen lieben langen Tag warten, bis der Handwerker auftaucht. Hat einen jesusmäßigen Freizeitstress. Da ist
so ein Fulltime-Job, wie ich ihn in meiner Funktion als alleinerziehende Mutti innehabe, gleich direkt ein Zuckerschlecken
dagegen.
Die Ladenglocke geht.
Schon biegt die Marie mit einem Tablett ums Eck.
»So, Bua, da, deine Brotzeit.« Damit stellt sie dem Chef einen
Teller mit einer reschen Brezen und ein paar Weißwürst auf
den Schreibtisch. Mitten auf die Ausschreibung der Erzdiözese

München und Freising. Ein frisch eingeschenktes Weißbier kommt auch noch dazu.

Der Haslinger fackelt nicht lang herum. Nimmt einen großen Zug vom Weißbier, wischt sich den Schaum aus dem Bart, tunkt die Weißwurst kräftig in den Hausmacher-Senf, sodass der nur so spritzt, und zuzelt herzhaft an der Wurst.

Dass ein Bayer seine Weißwurst zuzelt, das ist ja nix Eigentümliches. Aber der Haslinger macht halt noch so fürchterliche Schmatzgeräusche dazu. Und das find ich jetzt echt eklig.

Trotz seiner rauen Umgangsformen wird der Haslinger hier in Engelsried und Umgebung überall respektiert und geschätzt. Mei, der sitzt mit seinem Arsch aber auch im Gemeinderat, im Trachtenverein, bei der Feuerwehr und im Männerchor. Ich glaub, der Haslinger ist in jedem Verein, den es in Engelsried gibt. Außer im katholischen Frauenbund. Da freilich nicht. Und bei den »Turner-Weibern«, da gewiss auch nicht. Nein, bei den »Turner-Weibern« würde der Chef samt seiner Bierwampen wirklich keine optimale Figur abgeben. Okay, bei der Schwangerschaftsgymnastik-Gruppe, da hätte er rein optisch echt gute Karten. Aber weil die bei uns im Ort wegen Nachwuchsmangel aufgelöst wurde, bleibt dem Haslinger der Zugang zu deren diversen sportlichen Aktivitäten leider versperrt.

»Mei, Bua, iss doch anständig«, schüttelt die Marie den Kopf und stupst dem Haslinger ihren fetten Zeigefinger in die Wampe. »Was soll denn die Elli von dir denken? So kriegst du nie a Frau.«

Aha, daher weht der Wind! Die Marie will mich mit ihrem Sohn verkuppeln. Spinnt die? Was soll ich mit dem Rüpel? Ich mein, ich bin freilich auf der Suche nach einem neuen Mann, aber der Haslinger ist doch nun wirklich eine Zumutung. Welche Frau möcht sich den schon ins Haus holen? Gut, er hat selbst ein Haus. Angeblich sogar mit Wellnessoase. Wenn ich mir den Haslinger Alfons allerdings so anschau, bin ich davon überzeugt, dass der mitnichten so eine Einrichtung hat. Und wenn doch, dann ist die bestimmt kaputt.

Die Marie scheint gleich gemerkt zu haben, dass ich gerade

ihr »Söhnlein Brillant« begutachte, und lächelt freundlich zu mir herüber. Vermutlich deutet sie meine Musterung schon als Zusage. Meint, dass ich ihr Prachtstück nehme. Liebevoll streichelt sie ihm über das rote, mit Weißwurst vollgestopfte Bäckchen und wischt ihm dabei gleich den Senf vom Mund. Der Haslinger hat noch gar nicht fertig gekaut, da reißt sie ihm auch schon den Teller aus den Händen, packt das leere Weißbierglas und macht sich vom Acker. Der Chef zündet sich eine frische Marlboro an, widmet sich wieder seiner Ausschreibung, und ich begebe mich weiter auf Männersuche. Die Zeit britschelt dahin.

Der große Zeiger auf der Uhr ist noch nicht ganz herum, da wird meine Männersuche jäh unterbrochen. Weil nämlich jetzt der Otto die Tür von der Werkstatt aufreißt und samt Lehrling zu uns ins Büro reinplatzt. Schneeweiß ist der Otto im Gesicht. Um es genau zu sagen, sein komplettes Gfries hat die Farbe von einem frisch ausgepackten Mozzarella, und das ist halt jetzt komisch.

Der Lehrbub gibt auch kein besseres Bild ab. Normalerweise versteckt ja der Bub seine bis hinter zur Ohrmuschel reichende picklige Visage hinter so einer affigen Achtziger-Jahre-Frisur, wissen S'? Der hat so einen riesigen Seitenscheitel, mit so langen Haaren dran, dass er dauernd den Kopf zur Seite schwenken muss, damit er überhaupt was sieht. Aber heute, da blinzelt ein Konterfei aus dem Scheitel hervor. Sie, ein Gesicht ist das, ach, ich kann's auf Anhieb gar nicht so recht beschreiben. Er schaut jedenfalls so dermaßen verschreckt drein, dass man meinen könnte, er wäre dem Leibhaftigen persönlich begegnet.

»Was is los?«, frag ich gleich. Bekomme aber keine Antwort. Stattdessen kaut der Lehrbub wie wild auf seinen Fingernägeln herum, und der Otto lehnt sich samt staubiger Latzhose gegen meinen Schreibtisch. Und jetzt schaut auch der Haslinger recht verdutzt unter seiner wilden Kopfbehaarung zu ihnen rüber. Fragt ebenso, was los ist. Und weil halt beide immer noch so wortlos dastehen, da haut er mit seiner Faust auf den Schreibtisch, dass die Brezenbrösel nur so fliegen, steht auf und fordert den Buben zum Reden auf, indem er ihn packt und kräftig schüttelt.

Der Kevin fängt zu plärren an.

Also, der Haslinger ist doch wirklich ein ungehobelter Holzklotz. Als zweifache Mutter weiß ich, dass Schütteln bei heulenden Buben gar nix bringt, und so entreiß ich dem Chef das Plärrhaferl und nehm ihn erst mal in den Arm. Also, den Lehrbub, nicht den Chef. Wie sich dann der Bub beruhigt hat, schieb ich seinen Vorhang aus dem Gesicht und rede leise auf ihn ein.

Und siehe da, es wirkt.

»Wir haben eine Hand gsehen. Im Loch«, stammelt er mir in die Bluse und fängt gleich wieder zu heulen an.

»D-dd, daa iis a Hand iin da Wand drin«, stottert der Otto.

»A Hand in da Wand drin? Schmarrn, do habts euch täuscht. Habts auf da Baustelle mal wieder an Dübel zu viel geraucht, ha?«, zeigt der Haslinger ihnen den Vogel.

»Da ist wirklich a Hand. Mir sind doch nicht blöd«, plärrt der Bub wieder in meine Bluse, und jetzt möchten wir es freilich genau wissen, was die zwei da in der Wand auf der Baustelle gesehen haben, gell?

Keine fünf Minuten später sitzen wir auch schon im Firmenwagen vom Haslinger und fahren zum Moserhof, der neben einem weiteren Gehöft etwas außerhalb von Engelsried steht.

Engelsried, kennen Sie nicht? Ich sag mal so, wer dieses Dorf kennt, der wohnt da. Und für alle, die jetzt nicht da wohnen, erkläre ich mal kurz, wo das Kaff in etwa liegt. Orientieren wir uns zunächst mal am Mond. So, und jetzt da, wo der Mond ist, also praktisch da, direkt dahinter, da liegt's. Genauer gesagt, es ist so ein Kuhdorf im schönen oberbayrischen Pfaffenwinkel. Ein herrlicher Landstrich, zumindest für den, der das Landleben mag. Kaum haben wir den Ort verlassen, fliegen auch schon verschneite Wiesen an uns vorbei. Auch die schneebedeckten Berge sind heute zum Greifen nahe. Aber die Idylle trügt. Ja, weil die Fahrt echt kein Vergnügen nicht ist, weil der Otto und ich dicht zusammengepresst vorn auf dem Beifahrersitz sitzen. Vor uns im Fußraum liegen Schmierzettel, Brotzeittüten und verrotzte Taschentücher. Der Haslinger ist doch ein Saubär. Angetrunkene Speziflaschen rollen hin und her, und auf dem Armaturenbrett lagert zwischen einem Pfund Staub und einem verschmierten Auftragsblock eine alte, deckellose Leberkässemmel, deren Wurstscheibe sich wie eine Luftmatratze in der Mittagssonne wölbt. Hinten drin im Wagen sitzt der arme Kevin auf einer Werkzeugkiste neben dem Kittel vom Chef, den er immer beim Klodurchbutteln trägt und der einen echt widerlichen Duft verbreitet. Das Werkzeug fliegt bei jeder Kurve durch die Gegend, und so bin ich freilich froh, wie endlich der Moserhof in Sicht kommt.

Ich hab ihn als einen eher schmucken und idyllischen Bauernhof in Erinnerung. Aber als Kind hat man halt doch oft eine andere Sichtweise auf die Dinge. Wie wir nämlich an dem Gehöft ankommen, da staun ich erst mal nicht schlecht. Der Hof steht zwar am gleichen Fleck wie früher. Aber das, was um den Moserhof herumsteht, das war damals da nicht. Einen Verhau haben die inzwischen. Vermutlich ist der Moser irgendwann einmal unter die Messies gegangen.

»Was sagt denn eigentlich der Moser zu der Hand?«, frag ich, wie wir in die Einfahrt einbiegen.

»Wieso Moser? Dem Moser gehört der Hof doch scho lang nimma«, informiert mich mein Chef.

»Ach so, ja, und warum heißt der Hof dann noch Moserhof?«

»Ja, weil halt der Hof seit Generationen der Familie Moser gehört hat.« Gut, da hätt ich jetzt auch von selbst drauf kommen können.

»Ja und, wer hat dann den Hof gekauft?«, frag ich, wie wir aussteigen. Dem Haslinger muss man aber auch immer alles aus der Nase ziehen.

»Da Slawinski«, kommt ihm der Otto zuvor und stiefelt mit gesenktem Haupt schon mal die Stufen zum Eingang rauf.

Vor der Haustür bleibt er allerdings stehen.

»Aha, und der hat den Hof gleich samt den Kühen übernommen, oder wie?«, hak ich noch mal nach.

»Ah, Schmarrn! Der Hurler Hans hat doch im Stall seine Viecher drin.«

»Wer bitte ist der Hurler Hans?«

»Oh mei, Fuchsin, also du weißt scho gleich gar nix mehr von Engelsried, oder? Der Hurler Hans is doch der Nachbar. Und wie der Moser damals Bürgermeister gworden is, hat er seine Landwirtschaft aufgeben und dem Hurler seinen Stall zur Nutzung überlassen«, klärt er mich genau über die Sachlage auf. »Was is denn jetzt? Geh ma, geh ma«, treibt er den Otto an, der immer noch wie angewurzelt vor der Haustür steht.

»Chef, geh du vor«, bettelt der, und so gehen wir halt rein. Drin stinkt es fast noch mehr wie draußen. Es riecht nach menschlichen Ausdünstungen. Wer weiß, was dieser Slawinski isst. Manche Leute haben einen seltsamen Geruch in der Bude.

Im Hausgang ist fast kein Durchkommen, so viel Krempel steht da herum. Heizkessel, alte Boiler, Waschmaschinen, allerhand Schrott eben.

Ich folge dem Chef in einen Raum, wo es ausschaut wie im Lager von der BayWa. Zementsäcke, Fliesen, Werkzeug, alles liegt da durcheinander herum. Aber klar, is normal, weil Baustelle. Sonst is nix Auffälliges zu sehn.

»So, wo soll jetzt do a Hand sein?«, schreit der Haslinger irritiert zum Otto und zum Kevin in den Hausgang hinaus, wo die zwei noch immer herumdümpeln. Trauen sich nicht rein und geben auch keine Antwort. Es dauert eine Weile, bis sie halbwegs bei uns im Raum stehen.

»D-d-dd-da«, deutet der Otto auf ein etwa tennisballgroßes Loch in der Wand. »Do iiis so was … weißes … stinkendes Plastikzeug rauskommen, wie ich das Loch rausgebrochen hab. Und d-daann … hab ich halt mit dem Baustrahler neigleuchtet.«

»So, aha«, leuchtet der Chef mit einer Taschenlampe ins Loch, zieht hernach einen Meterstab aus Ottos Hosentasche, klappt ihn auf und stochert damit im Loch herum.

»Also drin is was, in dem Loch. Aber was es is ... Mhm, mei, stinken tut's bestialisch. Da is a Hohlraum.«

»Was ist denn hinter der Wand für ein Raum?«, frag ich und schau gleich mal nach. Allerdings ist die Tür zum angrenzenden Zimmer verriegelt.

»Ja, da ist dem Slawinski sein Bad drin«, erklärt mir der Otto.

»Aha, und warum ist das dann abgesperrt?«

»Keine Ahnung. Der Slawinski sperrt das immer zu.«

»Blödsinn«, steht der Haslinger schon hinter uns. »Jetzt geh mal weg da!«, schiebt er mich zur Seite und wirft sich mit seinem ganzen Gewicht gegen die Tür, die auch prompt aus den Angeln fällt und uns somit einen Einblick in das bestehende Bad freigibt.

Rosa Kacheln an der Wand, Waschbecken mit Zahnbürste und Männerutensilien, Klo, Dusche. Ein normales Bad aus den Siebzigern oder von mir aus auch aus Anfang der Achtziger, würd ich jetzt mal so sagen. Seltsam ist allerdings die Badewanne, die im Eck genau angrenzend an der Wand vom neu zu installierenden Bade steht. Gut, die Wanne ist weniger seltsam, es ist vielmehr der Sockel hinter der Wanne, der seltsam ist. Einfach deswegen, weil er wirklich riesig ist. Ich mein, Badewanne einmauern schön und recht, aber braucht's da so einen großen Sockel? Was stellt man denn auf so einen großen Mauervorsprung drauf? Einen lebensgroßen Buddha aus Plastik oder eine bieselnde Gipsfigur vom Dehner? Ich weiß es nicht. Geschmacklich jedenfalls ist das Bad eine glatte Fünf. Aber wurscht.

»Oh mei, was hat man denn do zamgmurkst? Komisch«, bemerkt nun auch der Haslinger und krault sich seinen roten ungepflegten Bart, steigt in die Wanne rein und vermisst den Sockel.

Das Loch im angrenzenden Raum dürfte nach Adam Riese genau in der Höhe vom Wannensockel sein. Und wenn der Otto jetzt recht hätte, dann würde die Hand theoretisch genau dort drinliegen. Mein Lieber, das wäre aber mal ein echter Sensationsfund.

»Komisch«, sagt der Haslinger wieder, wie er fertig ist mit dem Vermessen. Kratzt mit dem Meterstab an seinem Stiernacken herum und überlegt. Dann steigt er aus der Wanne und startet gleich rüber ins angrenzende neue Bad. Ganz gschaftlig ist er, der Chef. Im Gegensatz zum Otto, der sich immer noch verängstigt im Flur herumdrückt.

Dort steht auch auf einmal ein südländischer Typ mit einer speckigen Lederjacke und einem T-Shirt, das vermutlich keine Waschmaschine von innen kennt. Hat einen Zigarillo in seinem Mundwinkel geparkt und macht einen auf coole Socke. Vermutlich ist es dieser Slawinski. Zumindest schaut er aus wie ein Slawinski, und reden tut er auch so.

»Servus«, begrüßt er den Otto. Wie er allerdings den Kevin vor der kaputten Badtür sieht, die nur noch baumelnd an der oberen Türangel hängt, ist nix mehr mit cooler Socke.

»Hey, Junge, was du machst in meine Bad?«, kommt es wie aus der Pistole geschossen. Geht ab wie ein Schnitzel. Drängt den Kevin unsanft zum Flur hinaus. »Hast du nix verloren in meine Bad, du Arsch«, packt er den Buben an der Gurgel und drückt ihn gegen die Wand. »Du, pass auf, Bub, ich hau dir gleich so eine in die Fresse, duu …!«

Ich geh dann mal dazwischen. Wegen Jugendschutz und so.

»Ja, hä, hä, wie hammas denn? Ned rabiat werden, geh!«, hält der Haslinger den Slawinski am speckigen Kragen fest. »Jetzt beruhig di! Mir ham da a Problem.«

»Is ja gut.«

»Da Otto wollt eine Wasserleitung von deinem alten Bad anzapfen. Und jetzt meint er, dass in deiner Wand, besser gsagt in dem Sockel dahinter, was drinliegt.«

»Is doch totaler Schmarrn, is doch nix drin«, nimmt der Slawinski einen Zug von seinem Stumpen und tut wieder ganz cool. »Is alles okay.« Er bläst dem Otto den Rauch ins Gesicht.

»Hab ich doch gesagt, brauchst du nix anzapfen alte Leitungen, legst du neue. Alte Rohrleitungen sind Schrott, weißt?«

»Ja, ja, das is schon klar, aber …«

»Na also, hab i dir zwar gesagt, dass ich nix will, dass du

anzapfst alte Leitung, aber jetzt ist schon passiert, weißt? Lass gut sein. Geh heim, und morgen kommst du wieder und zapfst Leitung in Keller drunten an, weißt? Legst dann neu Leitung rauf. Und alles is gut«, klopft er dem Otto auf die Schulter und ist drauf und dran, uns zur Haustür hinauszuschieben.

Aber der Haslinger hat sich im neuen Bad drüben kurzerhand die Hilti geschnappt und stemmt jetzt im Nullkommanix ein riesengroßes Loch in die Wand. Eine ungeheure Staubwolke gibt das. Sein Haar ist hinterher ergraut, und sein Bart kräuselt sich wie ein vertrockneter Petersilienstock.

»Heiliger Strohsack!«, schreit der Slawinski.

»Ja, do legst di nieder!«, schreit auch der Chef. »Jesus, Maria und Josef! A Leich! A Leich is dodrin«, informiert er uns dann.

Und tatsächlich, im Sockelloch ist ... eine Leiche.

2

Kurze Zeit später stehen wir alle im Hof und genehmigen uns auf den Schreck eine Runde Kräuterschnaps. Ich reich die Flasche dem Lehrbub weiter, weil Jugendschutz in dem Fall wurscht. »Leiche muss schnell weg. In Bach vielleicht?«, dreht der Slawinski seinen Stumpen nervös hin und her.

»Spinnst du, ich kratze die Leiche fei nicht aus dem Sockel raus, das kannst fei total vergessen«, bockt das Plärrhaferl und nuckelt dabei an der Flasche vom Kräuterschnaps herum.

»Ja, hä, spinn ich, jetzt kippt sich der meinen ganzen Schnaps hinter die Binden«, reißt ihm der Haslinger gleich den Kräuterschnaps aus der Hand.

»Oder in Odelgrube?«, nimmt der Slawinski einen Zug von seinem Stumpen und bläst Ringe in die Luft.

»Ja, sag mal, ham s' dir ins Hirn neigschissen, oder was? Ich ruf jetzt 'n Schmiedi an«, zieht der Haslinger sein Handy aus der Tasche.

»Wer bitte ist der Schmiedi?«, frag ich.

»Da Schmiedi? Ach, des is unser Dorfpolizist«, klärt mich mein Chef auf und wählt die Nummer. Und weil die Kirchturmglocken von fern schon halb eins schlagen, mach ich mich nun zu Fuß auf den Weg ins Dorf. Apropos Kirchturmglocken. Hier im Pfaffenwinkel wimmelt es nur so von Klöstern und schmucken Kirchen. Allen voran freilich die Wieskirche, die Besucher aus aller Welt anzieht. Und weil im Pfaffenwinkel halt früher viele Pfaffen und Mönche gelebt haben, wohnen hier auch heute noch viele gottesfürchtige und brave Menschen. Und genau diese Menschen sind es, die mich hier tierisch nerven. Diese kleinkarierten, altbackenen Landeier, die im Außen unheimlich heilig tun und Althergebrachtes pflegen wie einen Schatz. Seit meiner Kindheit hat sich da nicht viel verändert. Deshalb ist es mir in Engelsried einfach zu eng, zu langweilig, und ich möchte so schnell wie möglich wieder zurück in mein München. Wobei es hier durchaus Dinge gibt, die ich unheimlich gern mag. Diesen verführerischen Duft zum Beispiel, der jetzt, kaum dass ich am Dorfplatz angekommen bin, zu mir herüberwabert. Der Duft von einem frisch gebackenen Faschingskrapfen. Oh, ich liebe Krapfen! So ein Krapfen, herausgebacken in einem ganz frischen Fett, das ist doch etwas Feines. Am allerbesten sind die von unserem dorfeigenen Bäcker. Da kann ich einfach nicht widerstehen.

Schon steh ich bei der Semmelmeier im Laden und kauf mir vier Stück. Einen mit Pudding und drei mit Marmelade, und kaum komm ich mit meinen soeben erworbenen Köstlichkeiten aus dem Laden heraus, da schreit mir von der anderen Straßenseite auch schon die Rosl herüber: »Elli, wart!«, fuchtelt sie aufgeregt mit ihrem Gangstecken und wackelt schnurstracks auf mich zu.

Oh mei, die ist mir heute gerade noch abgegangen. Vermutlich kommt sie vom Friedhof oder aus der Kirche. Weil, sie betet gern. Beten ist aber nicht das Einzige, was die Rosl ausgiebig betreibt. Nein, das tut sie eigentlich eher mehr so nebenberuflich. Hauptberuflich ist sie nämlich als Dorfratschen unterwegs. Ist so eine Art wandelndes »Dorf-Facebook«.

»Mir pressiert's!«, ruf ich und will flüchten.

»Du, wart schnell, ich muss dich was Wichtiges fragen«, stellt sie sich breit vor mich hin. »Soo, host dir einen Puddingkrapfen kauft, ha?« Sie deutet mit ihrem verkrüppelten Zeigefinger auf die Krapfen. Ich weiß jetzt nicht, was an der Frage wichtig sein soll. Weil es die Rosl nämlich einen feuchten Dreck angeht, was ich kaufe.

Aber noch bevor ich mich von ihr abwenden kann, da fährt der Notarzt an uns vorbei. Hinterher ein Aufgebot an Polizeifahrzeugen mit Rosenheimer und Münchner Kennzeichen, und das mit einem Mordstatütata. Und jetzt gibt's halt ein Riesentohuwabohu, weil naturgemäß augenblicklich halb Engelsried vor lauter Neugierde die Köpfe aus den Fenstern hängt. Einfach deswegen, weil halt sonst eher selten was los ist in dem Kaff.

»Aufm Moserhof ham s' a Leich gfunden!«, schreit die Rosl und informiert gleich alle. Ich frag mich, woher die das schon wieder weiß. »Im Betonsockel hinter da Badewanne war's drin, gell? Ich hob mir das scho immer denkt, dass der ausländische Grattler Dreck am Stecken hot!«

»Den Slawinski meinst?«

»Ja, freilich, wen soll ich denn sonst meinen? Ein Gschwerl ham mir do bei uns«, schüttelt sie den Kopf. »Kommt alles vom Osten rüber, das gottlose Gschwerl. Vom Osten! A Eisenhändler is a. Der Schlawinski. A Eisenhändler. Sammelt auf seinem Hof so altes Glump und verscherbelt das dann in Osten hinüber. In Osten! Wer weiß, vielleicht schachert der ja ned nur mit Alteisen, sondern o mit Frauen.«

Tja, dann sollte sich die Rosl wirklich in Acht nehmen. Weil wenn hier nämlich eine Frau zum alten Eisen gehört, dann ist das ja wohl sie. Denk ich mir noch, sag's aber nicht. Weil ich nämlich jetzt geh. Schließlich ist es Winter, und ich hab keine Lust, dass ich bei dem Schmarrn, was die Rosl immer vom Stapel lässt, in meinen dünnen Stiefeletten hier auf dem Bürgersteig festfriere.

Kaum bin ich ein paar Schritte von ihr weg, da ist sie auch schon von halb Engelsried umzingelt und kann somit in ihrer Funktion als Dorfratschen in die Vollen gehen.

Ich leg die Krapfen auf den Beifahrersitz von der Daisy und fahr los. Daisy, das muss ich hier noch schnell loswerden, ist mein Auto. Eine zitronengelbe Ente. Hab sie unter alten Decken und Planen aus Omas Stadl ausgegraben. Wachgeküsst sozusagen. Unser Dorfmechaniker, der Hias, hat sie wieder flottgemacht, und seitdem läuft die wie am Schnürchen.

Ich fahr zum Lidl. Da gibt's prima Parkplätze, das ist ein echter Vorteil, wenn man auf dem Land wohnt, man bekommt leicht einen Parkplatz. In München gibt's auch Parkplätze, aber nur ganz kleine. Und meistens solche, in die man rückwärts einparken muss. Rückwärts einparken? Das kann ich ... nicht. Hab ich noch nie können. Ich fahr lieber fünfmal ums Karree, bevor ich in eine Parklücke reinfahre, in die ich nicht auf Anhieb reinpass.

An vorderster Front, also quasi direkt vor dem Eingang, hat der Lidl vier famose Mutter-Kind-Parkplätze. Nur der ganz rechte ist besetzt, und so fahr ich mit Schwung daneben rein. Steh jetzt also genau mittig – vom Strich. Uns Frauen wird ja nachgesagt, dass wir gleich mehrere Dinge gleichzeitig machen können. Und ich muss sagen, es stimmt. Ich kann in einen Puddingkrapfen reinbeißen und gleichzeitig auf zwei Parkplätzen parken. Ja mei, die Krapfen haben einfach so verführerisch zu mir herübergerochen. Konnte einfach nicht widerstehen.

Gerade nehme ich noch einen Bissen von dieser wunderbaren Faschingskulinarik, drückt sich doch tatsächlich so ein Depp mit einem Lieferwagen links neben mich in die Parklücke rein.

So ein Arsch. Ich krieg die Tür gar nicht mehr auf. Noch dazu lächelt er blöd zu mir rüber, steigt aus und läuft zur Bäckerei vom Lidl.

Spinnt der? Was hat der mit seinem Lieferauto auf dem Mutter-Kind-Parkplatz verloren?

Zu faul zum Gehen, oder was?

Dem werd ich jetzt zeigen, wo der Bartl den Most holt.

Ich steig aus. Und zwar über den Beifahrersitz. Das ist bei so einem kleinen Auto gar nicht so leicht. Zuerst die Beine, dann den Rest.

Nö, geht nicht!

Gut, dann eben andersherum. Ich zwäng meinen Leib flugs an der Schaltung vorbei und lass mich mit dem Arsch auf den Beifahrersitz rüberplumpsen. Jetzt schnell noch die Beine nachholen. Oh Mann, so Füße können vielleicht lang sein.

Kaum sitz ich komplett auf dem Sitz, fällt mir ein, dass dieser Platz schon besetzt ist. Und zwar mit den Krapfen.

Das ist jetzt blöd. Saublöd, um es genau zu sagen. Ich steig aus und begutachte den Schaden. Was für eine Riesensauerei.

Die Krapfen, platt gedatscht, verdienen jetzt das Wort Krapfen leider nicht mehr. Okay, als Blechkuchen könnten sie vielleicht noch durchgehen. Den Lammfellsitz von der Daisy hab ich mir gehörig mit Marmelade und Puderzucker eingesaut. Der Rest klebt mir am Hintern.

Ich hol mir schnell ein Taschentuch aus der Handtasche und wisch kräftig am Sitz, und wie ich dann an meinem Mantel herumreibe, da kommt der Lieferheini aus der Bäckerei vom Lidl raus. Er trägt eine blaue verdreckte Latzhose, eine Mütze und eine Brotzeit.

So eine Unverschämtheit!

Das sind mir schon die Liebsten! Kaufen bloß eine Kleinigkeit und müssen dann bis vors Loch hinfahren. Noch dazu auf einen Mutter-Kind-Parkplatz. Da hört sich doch alles auf!

Ich schmeiß das Tempo auf den Beifahrersitz und dann die Autotür zu. Und stampf mit jeder Menge Wut im Bauch auf ihn zu. Na, der kann was erleben!

Demonstrativ stell ich mich vor ihn hin.

»Macht man das jetzt so? Dass man da zwecks einer Brotzeit ganz vorn hinfährt, ha?«, schnauz ich ihn aber so was von an und kling dabei wahrscheinlich wie die Rosl. Is mir aber grad wurscht, weil ich aktuell extrem sauer bin.

Der Lieferheini bleibt stehen. Schaut und grinst.

»Macht man das jetzt so, dass man auf zwei Parkplätzen gleichzeitig parkt?«, fragt er retour und deutet dabei auf mein Auto. Und das find ich jetzt echt unverschämt. Da geh ich erst gar nicht drauf ein.

»Überhaupt ist das ein Mutter-Kind-Parkplatz. Und ich kann nicht erkennen, dass Sie eine Mutter mit Kind sind«, feg ich ihn noch mal an. Er feixt schon wieder. Ist die Ruhe selbst. Holt einen Krapfen aus seiner Brotzeittüte und beißt genüsslich hinein. Puddingkrapfen mit Puderzuckerglasur.

»Wo ist denn Ihr Kind?«, fragt er mich dann.

Und nun weiß ich gleich gar nicht, was ich dazu noch sagen soll. Weil, ein Kind hab ich ja jetzt direkt grad keins dabei, gell? Ach, das ist wieder mal typisch. Die Kinder! Sitzen einem den ganzen Tag auf der Pelle, und wenn man sie mal braucht, dann sind sie nicht da.

Mit dem Krapfen im Mund latscht der Lieferheini an mir vorbei. Sperrt seinen Lieferwagen auf, legt die Brotzeit und den Krapfen auf die Ablage, startet den Motor und braust davon. Ich steh blöd da und koch vor Wut. Also echt, Männer gibt's! Ich sag's ja immer. Da auf dem Land, da läuft einfach nix Gscheids herum. Und da bin ich ganz meiner Meinung. Mein Handy klingelt.

Auf dem Display steht »Schweinchen Dick«. Der Haslinger ruft mich also an. Ich geh mal lieber ran.

»Stell dir vor, der Sauhund hat sich verdünnisiert!«, brüllt er mir ins Ohr.

»Wer?«

»Ja, der Slawinski halt. Sagt mir, dass er aufs Klo muss, und haut einfach ab. Du, so schnell ham mir gar ned schauen können, dann is der in sein Auto nei und auf und davon. Des is doch a Grattler, oder? Ja, wer zahlt mir denn jetzt eigentlich meine Arbeit, ha? Stell dir mal vor, der hat die Leich dadrin im Bad auf dem Gewissen, ja, dann wandert der doch für Jahre in Bau, und ich krieg keine müde Mark ...«, winselt es aus dem Hörer heraus.

Ich leg auf. Wegen Funkloch und so. Auf das Gejammere vom Chef hab ich jetzt echt keine Lust.

Im Lidl weiß ich zuerst mal gar nicht, was ich alles einkaufen soll. In der Gemüseabteilung ist heut alles im Angebot. Prima, wenn die jetzt heute hier noch einen Mann für mich im Angebot haben, dann wäre der Tag perfekt. Nicht umsonst heißt es ja immer »Lidl lohnt sich«. An der Kasse mogle ich eine Packung Pariser zwischen das Gemüse. Aber, pst! Nicht weitersagen. Is ja Fasching, man weiß ja nie, was kommt, und muss dementsprechend gerüstet sein. Zugegeben, es ist ein bisschen peinlich. Ich hoffe, dass die Verkäuferin nicht einen auf Hella von Sinnen macht und übers Mikrofon ruft: »Tina, was kosten die Kondome!« Man weiß ja nie, wer alles an der Kasse hinter einem steht. Hier auf dem Land wird ja gern mal fleißig in der Gerüchteküche gekocht.

Also hau ich den Lauch auf die Pariser, weil sicher ist sicher. Wie ich an der Bäckerei vom Lidl vorbeikomm, meldet sich mein Körper wegen Unterzuckerung. Tja, und bis ich michs versehe, steh ich an der Theke und kaufe mir einen Puddingkrapfen. Die Verkäuferin, eine freundliche, nach Schweiß miefende Person, sagt, wenn ich zwei Krapfen kaufen würde, würde sie mir heute einen dazu reinlegen, umsonst. Warum? Schau ich so ausgehungert aus, oder will die ihre Krapfen loswerden? Vielleicht sind die ja schon kurz vor dem Vergammeln. Weil ich ein kriminalistisches Spürnäschen habe, nehm ich alle. Ja, ich muss doch wissen, ob die alle noch gut sind. Nicht dass ich die hernach den Kindern gebe, und die bekommen Bauchweh. Man weiß ja nie.

Am Ortsschild von Engelsried hab ich drei verbatzte Marmeladenkrapfen auf dem Beifahrersitz und drei halbe Puddingkrapfen im Magen. Das aber auch nur, weil ich auf der Heimfahrt wegen der Leiche so dermaßen ins Grübeln komm. So eine Grübelei kostet halt jede Menge Energie. Da braucht es dann schon ein bisserl Zucker, das ist doch klar.

Daheim angekommen komm ich zu dem Resultat, dass die Krapfen aus dieser Bäckerei definitiv schlecht waren. Ich sag doch, an die Krapfen vom Semmelmeier, da kommen die nie und nimmer nicht hin.

3

Im Hof draußen räumt der Heinzi gerade Reste eines Schnee-haufens von unserem Vorgarten über den Zaun zum Nach-barn hinüber. Seitdem er arbeitslos ist, macht der so was öfter. Wurstelt den ganzen lieben langen Tag im Haus herum. Flickt irgendwelche Sachen zusammen oder bastelt stundenlang an seinem Auto herum. Manchmal setzt ihn aber auch die Leni einfach an die frische Luft, weil er ihr drinnen im Haus im Weg umgeht. Kann man ja gut verstehen, weil so ein Mann, der dauernd daheim ist, das kann schon echt nerven. Der Heinzi ist übrigens mein Cousin. Ein herzensguter Kerl ist das. Zwar geizig und altbacken bis dorthinaus, aber sonst ein grandioser Zeitgenosse. Weil, wie mich der Ritschi gegen diese frisch geschlüpfte Fünfundzwanzigjährige ausgetauscht hat, da hat er mir sofort Asyl in seiner leer stehenden Wohnung hier im Haus angeboten. Und das ist echt nett von ihm.

Es stellt sich heraus, dass der Heinzi extra auf mich ge-wartet hat, weil er von mir alles über den Leichenfund auf dem Moserhof wissen will. Vermutlich hat die Rosl schon das ganze Dorf darüber informiert. Und freilich erzähl ich ihm nun jedes noch so klitzekleine Detail darüber. Der Heinzi ist nämlich nicht nur mein Cousin, sondern auch mein bester Freund. Wir sind praktisch miteinander aufgewachsen und haben schon als Kinder gemeinsam leidenschaftlich im Dorf ermittelt. Detektiv spielen war unsere Lieblingsbeschäftigung. Gut, manchmal war auch meine beste Freundin, die Brunner Babsi, dabei. Aber dann war der Heinzi nicht mehr gscheid bei der Sache, weil er der Babsi nämlich dann dauernd in die Bluse reingeschielt hat. Bloß, weil die damals schon einen Bu-sen hatte.

»Den Slawinski kenn ich. Hab bei dem schön öfter mal ein paar Ersatzteile geholt«, sagt der Heinzi gleich, wie ich mit Erzählen fertig bin.

»Und würdest du dem zutrauen, dass der jemanden umbringt?«

»Mei, wissen tut man so was nie. Jedenfalls schachert der mit allem möglichen Zeug rum. Wenn du irgendwas im Geschäft nicht kriegst, der Slawinski beschafft dir alles. Ganz taufrisch ist der Kerl nicht, wenn du mich fragst.«

»Mhm«, sag ich und tappe von einem Fuß auf den anderen, weil es mich nun sakrisch friert und mir inzwischen die Krapfen tierisch im Bauchraum drücken. »Du, ich muss jetzt dringend … Weißt, die Kinder kommen gleich aus der Schule.« Kaum habe ich die Haustür aufgesperrt, kommt mir auch schon der Waldi entgegen und wedelt mit dem Schwanz.

Das ist echt toll bei einem Hund – diese Freude, wenn man nach Hause kommt. Der Waldi ist der Hund vom Heinzi. Ein Dackel oder so was Ähnliches. Jedenfalls ein hässliches Tier mit kurzen Beinen.

Der Hund mag mich.

Ich mag ihn nicht.

Aber das interessiert den Waldi nicht die Bohne, er mag mich trotzdem. Am liebsten aber mag er mein Hosenbein, davon kann er sich oft gar nicht mehr losreißen. Und das ist halt jetzt blöd. Ich geb ihm einen kräftigen Tritt, sodass er gegen die Eingangstür von seinem Herrchen fliegt, und während ich die Stufen zu meiner Wohnung hochgehe, wird auch schon unten die Wohnungstür aufgerissen, und das Lockenwicklergestell von der Leni erscheint in der Tür.

»Ja, was war denn das, ha?«, fragt sie den Hund.

Dem scheint der Flug gefallen zu haben. Er wedelt freudig mit dem Schwanz.

Im Flur fall ich samt Einkaufskorb erst mal über einen Schuhhaufen. Herrgottsakra, bei uns schaut's vielleicht aus. Schuhgeschäft? Dreck dagegen.

Mir ist irgendwie übel. Hunger hab ich keinen mehr, aber kochen muss ich trotzdem, also mach ich schnell eine Gemüsesuppe, die wird meistens lecker. Okay, heute nicht, weil meine Gedanken die ganze Zeit bei dieser Leiche sind. Da kann so eine Suppe ja nicht schmecken. Noch dazu, wo die Leiche so greislich war. Hat ausgeschaut wie Dörrobst, das seit Jahren irgendwo herumgelegen ist. Total zusammengeschrumpft und verhutzelt und das, obwohl sie in einem weißen Plastiksack eingetütet war. Tja, und da behaupten immer alle, dass sich Fleisch in Plastik gehüllt länger frisch hält. Nein, jetzt mal Scherz beiseite, habe wirklich keine Zeit für derartige makabre Witze. Die Kinder kommen aus der Schule. Der Rupi pfeffert seinen Schulranzen in den Flur, und die Josi kommt rein und reibt sich wegen der Suppe vor Freude die Hände. Sie hat neuerdings von den Fleischfressern zu den Veganern gewechselt und findet die Gemüsesuppe echt geil.

»Mann, endlich hast das mal geschnallt, Mutter«, lobt sie mich auf ihre Art, und wie sie sich die Suppe in den Teller reingießt, marschiere ich zwischen all den Schuhen im Flur hindurch zum Gustl ins Zimmer hoch, um ihm eine »Extraeinladung zum Essen« zu überbringen.

Gustl, das ist der Sohn vom Heinzi und der Leni. Haust über uns in einer Rumpelkammer auf dem Dachboden. Er isst fast täglich bei uns mit. Einerseits, weil ich Mitleid mit dem Kerl hab, weil er halt bei der Leni nur Dosenfutter kriegt, und andererseits, weil er ein dankbarer Allesfresser ist. Somit wird ihm die läppische Gemüsesuppe sicher munden.

»Essen ist fertig!«, schrei ich, aber der Gustl steht an seinem Mischpult, wie immer die Kopfhörer auf den Dreadlocks, und kann mich nicht hören. Wippt im Takt mit dem Kopf hin und her, und so bahne ich mir erst mal einen Weg zum Fenster frei, um ein bisschen frische Luft in die Bude zu lassen. Das ist aber gar nicht so leicht, weil beim Gustl liegt so viel herum, bei dem kann man praktisch direkt vom Fußboden essen. Pizzareste, stapelweise dreckiges Geschirr, und unter dem Bett hat er neuerdings eine Schimmelanbaustation. Und drum herum verrotzte Taschentücher sowie Gerümpel, so weit das Auge reicht. Wenn der Bub so weitermacht, wird der bald eine Ehrenmitgliedschaft bei den Messies bekommen.

Jetzt hat er mich entdeckt und latscht mit mir die Stufen

in meine Wohnung hinunter. Ich bieg noch schnell in Rupis Zimmer ab und stell den Schulranzen rein. Mach aber gleich wieder kehrt, weil die Bude vom Rupi der vom Gustl immer ähnlicher wird. Es färbt halt ab, wenn man so eng beieinander wohnt.

Am Nachmittag bin ich dann echt froh, dass ich dem Chaos hier mal entfliehen kann. Also pack ich mein Strickzeug und begebe mich zur Leni ins Erdgeschoss hinunter. Dort treffe ich mich nämlich regelmäßig mit ein paar Damen zum Stricken. Auf der Treppe kommt mir der Heinzi entgegen. Sein Bierbauch steckt teilweise in einem knallengen weißen Feinrippunterhemd drin, den Rest von seiner Wamp'n hat er in seiner abgekanzelten braunen Breitcordhose einquartiert. Was jetzt so direkt nichts Neues nicht ist, weil der Heinzi Sommer wie Winter so im Haus herumläuft.

Er hat einen Werkzeugkasten in der Hand und ist offenbar auf der Flucht. Was ich ihm auch gar nicht übel nehmen kann, wenn man bedenkt, wie viele Weibsbilder sich heute Nachmittag mal wieder in seiner Küche tummeln.

»Du, Elli, kann ich bei dir die Heizung entlüften?«, fragt er mich, und klar kann er. »Klar, geh nur rein, die Kinder sind in der Küche. Und wenn du willst, kannst du bei mir auch ein bisserl fernsehschauen, gell«, zwinker ich ihm zu, und schon ist er in meiner Wohnung verschwunden.

Unser Haus ist ja ein sogenanntes Einfamilienhaus. Weil halt die ganze Familie drin wohnt. Bei uns wohnen zusätzlich die Viecher. Hauptsächlich Rindviecher. Ja, die Leni zum Beispiel ist eine Kuh. Also zumindest hat sie Eigenschaften, die einer Kuh recht ähnlich sind. Gutmütig, lieb und träge. Und weil wir praktisch im Haus eine Kuh haben, haben wir freilich auch einen Stall. Keinen Kuhstall, nein, einen Saustall. Und der ist eindeutig bei der Leni in der Wohnung, und so taste ich mich nun bei ihr zur Küche vor, weil es im Flur so finster ist. Das Licht hat der Heinzi nämlich schon vor Monaten kaputtrepariert.

Die ganzen Strickerweiber sind schon in der Küche, zumindest hör ich sie dort gackern. Es geht zu wie im Hühnerstall. Auf der Eckbank sitzen die Babsi und die Gitti und hauen sich grad eine Torte rein. Schwarzwälder Kirsch. Hat die Gitti gebacken. Heut früh. So nebenbei. Die Gitti, meine alte Schulkameradin, macht immer alles so nebenbei! Ist die Perfektion in Person. Kaum hat sie mich erblickt, macht sie auch schon ein Wie-schaust-du-denn-aus-Gesicht, schiebt mit dem Zeigefinger ihre Brille auf die Nase und isst langsam weiter. Ich hab mich noch gar nicht ganz hingesetzt, da liegt auf meinem Teller schon ein Stück von der Schwarzwälder. Dazu klatscht mir die Leni einen Schlag Sahne in den Kaffee. Da bekommt doch das Wort »Kaffeeklatsch« gleich eine ganz andere Bedeutung.

Die Schwarzwälder ist ein Genuss.

Grad will ich von dem Leichenfund erzählen, da klopft die Rosl mit ihrem Stecken von draußen an die Fensterscheibe.

»Oh mei, de scho wieder«, jammert die Leni und schiebt die vergilbte Gardine so schwungvoll auf die Seite, dass die Babsi, die am Fenster sitzt, vor lauter Staub einen Hustenanfall kriegt.

Die Rosl deutet draußen herum, dass sie dringend reinwill. Das nervt. Die ist nämlich wie eine Stubenfliege, fliegt einfach ungefragt ins Haus, setzt sich irgendwo hin und geht dir auf den Wecker. Wie gesagt: »Stubenfliege«. Kann man verscheuchen, bringt aber nix. Dann setzt sie sich halt woanders hin und nervt da weiter.

Kaum ist sie mit ihrem Stock reingewatschelt, gibt sie auch schon ihre lästigen Bemerkungen ab: »So, hot man heut wieder a Dessousparty?«, glotzt sie der Babsi in den Ausschnitt. Und ja, ein bisserl hat sie recht, die Babsi lässt heute mal wieder tief blicken.

Die kleine Sarah Jessika drückt ihrer Mama, also quasi der Gitti, ihren Lockenkopf in die Brust. »Wann geht die Hexe wieder?«, fremdelt sie herum. Und ja, das Kind hat nicht unrecht. Die Rosl schaut wirklich aus wie eine Hexe. Kittelschurz,

Kopftuch, bucklig und eine Warze im Gesicht, aus der ein schwarzes Haar rauswächst.

Die Rosl hängt jetzt ihren Gehstock an den Stuhl und ihre Bosheiten an den Nagel und fängt zu essen an. Dabei schiebt sie mit ihren langen, dünnen Fingern einen Krapfen ganz tief in ihren Hals hinein, und wie sie so mit ihrem Gebiss auf dem Krapfen herumkaut, da wackelt das Warzenhaar lustig am Kinn hin und her. Sie schnauft wie eine Dampflok. Vermutlich hat sie sich in ihrer Funktion als Dorfratschen heute a bisserl verausgabt.

Kaum hat sie den Krapfen vertilgt, informiert sie gleich alle über den Fund auf dem Moserhof.

»Und, is die Leich a Kerl oder a Weib? Du host die doch gesehen?«, will sie jetzt von mir wissen.

»A Frau«, antworte ich.

»So, a Weib also. Wie hot s' denn ausgschaut, die Leich?«

»Mei, greislich, greislich hat sie ausgschaut.«

»Greislich?« Jetzt wird sie recht nachdenklich, die Rosl. Sie überlegt und überlegt. Ich kann sehen, wie es hinter ihrer faltigen Stirn in ihrem Hirn drin rattert. »War s' recht verschrumpelt?«

»Die hat ausgschaut wie ein vertrocknetes Dörrobst, ein ausgebleichtes. Ich schätz, die Leiche war in dem Sockel schon länger drin.«

»So, so. Schon länger drin, aha«, überlegt sie wieder.

Es rattert und rattert.

Jetzt muss man wissen, dass im Hirn von der Rosl unheimlich viele Informationen drin gespeichert sind. Die hat vermutlich eine Datenbank so groß wie ganz Bayern. Da kann es in ihrem Alter freilich ein bisserl dauern mit den ganzen Überlegungen. Und wie sie so nachdenkt, die Rosl, da reibt sie nun mit ihrem knochigen Zeigefinger unter ihrem Zinken herum. Reibt waagrecht und senkrecht, dann quer und schnippt hernach mit dem Finger. Erinnert mich an Wickie und die starken Männer. Fehlt nur noch der Ausruf: »Ich hab's!«

Der kommt nicht. Aber eine Idee hat sie trotzdem, und die teilt sie uns auch gleich mit.

»Das kann ja bloß die Moserin sein. Die Frau von unserem ehemaligen Bürgermeister. Na, na, na, da fragt man sich dreißig Jahre lang, wo die Moserin hinkommen is, und dann liegt die so mir nix, dir nix in am Sockel hinter da Wanne. Aber geh, ich hob's fei damals gleich gsagt, die Moserin is umkommen! Das hob ich gsagt. Aber mir hot ja niemand geglaubt.«

»Also, wie kommst denn jetzt auf die Moserin?«, fragt die Gitti und lacht.

»Ja, weil s' verschwunden is, damals. Und nie wieder auftaucht.«

»Aha, und wenn es nicht die Moserin ist, was sagst dann?«

»Wenn's die Moserin ned is. Ja, dann ... Dann wird's happig. Dann können wir ja gleich alle einpacken, geh. Weil dann, dann sind mir do alle in Engelsried nämlich nimma sicher.« Rosl legt andächtig ihren angebissenen Krapfen zurück in die Schale, damit sie jetzt recht theatralisch fortfahren kann. Hebt warnend ihren Zeigefinger in die Höhe und kriegt Augen so groß wie zwei Wagenradl. »Weil dann, dann war's ...«, sie schluckt, schraubt ihre Stimme ganz weit runter und flüstert: »Die Mafia. Die Mafia! Die betonieren die Leut nämlich o ein. Und zwar ... lebendig. Ver-re-cken dabei ganz, ganz langsam ... Erstickungstod! Grausam!«

Stille.

»A geh, was tät denn die Mafia bei uns in Engelsried?«

»Womöglich hot die Semmelmeirin noch was damit zum tun. Die is doch o von Süditalien drunten. Direkt mit da Angst muss man es kriegen, bei uns im Dorf. Da passiert noch Schlimmeres, das werds ihr schon noch sehn. Noch Schlimmeres!«

4

Es ist schon gleich halb sechs, wie ich die Treppen zu mir hoch-
sause. Im Wohnzimmer treff ich auf den Heinzi. Der steht da
wie ein kleiner Schulbub, der gerade was ausgefressen hat.

»Die Heizung ist jetzt entlüftet. Und dein Fernseher ist echt
der Hammer. Eine Bildqualität ist das, gigantisch.«

Ich muss grinsen, weil der Heinzi und die Leni, die haben in
ihrem Wohnzimmer noch so einen ganz alten Fernseher herumstehen. In Holzoptik. Mit Antenne. Und VHS-Videorekorder.
Die Leni schaut zweimal in der Woche Sissi oder Immenhof an,
und der Heinzi pfeift sich dauernd irgendwelche alte WM-Fuß-
ballspiele rein. Und erst wenn seine Gattin im Bett ist, dann
holt er die Kassetten mit Tutti Frutti aus der Versenkung. »Ich
hab den Fernseher ein bisserl optimiert. Du hast jetzt viel mehr
Sender wie vorher.« Ich hoffe inständig, dass mein Fernseher
noch geht, jetzt, wo er dran herumgewurstelt hat.

»Duu, weißt, was mich heute Nachmittag dauernd beschäftigt hat?«, druckst er auf einmal herum und fixiert dabei den
Wohnzimmerboden.

»Mein Fernseher?«

»Ja, klar der Fernseher, aber das mein ich jetzt gar nicht.
Nein, weißt waaas?«

Nö, weiß ich nicht, und ich hasse dieses Rate-doch-mal-
was-ich-grad-denke-Spiel, das er seit dem Kindergarten mit
mir spielt.

»Nein, aber du wirst es mir ja gleich sagen«, behaupte ich
genervt.

»Was bist denn jetzt so zwider? Also weißt du es jetzt oder
nicht?«

»Mann, Heinzi, komm zum Punkt«, sag ich, weil es mich
echt angast.

»Also, die Sache mit der Toten. Das geht mir halt gar nicht
mehr aus dem Kopf. Schau mal, wenn da jemand umgebracht

worden ist, ja, dann können wir doch da nicht tatenlos zuschauen. Ich mein, so was muss doch aufgeklärt werden, oder nicht?«, rückt er jetzt endlich raus.

»Vermutlich war's eh der Slawinski, und die haben den Kerl längst verhaftet.«

»Naaa, also wenn sie den verhaftet hätten, dann hätt die Rosl das schon längst mitgekriegt und uns erzählt. Wir ham doch früher auch ermittelt«, druckst er herum.

»Ja, früher«, lach ich. »Da waren wir ja noch Kinder. Und jetzt sind wir groß.« Also, ich bin groß, weil der Heinzi is freilich oft noch recht kindlich.

»Ja, schon. Ich mein, wem würd das schaden, wenn wir uns auf dem Moserhof a bisserl umschauen, ha?«, wird er direkt aufsässig. Legt seinen Kopf schief und schaut mich dabei an wie eine Katze, die um ein Rädle Wurst bettelt. Und da kann ich freilich nicht Nein sagen. Außerdem bitzelt es mich eh selber, dass wir da jetzt ein bisserl herumermitteln. Weil, wissen S', ich wollte mal zur Kripo, aber die wollten mich ja nicht haben. Bloß weil ich im Turnen einen Fünfer hatte. Mei, da kann man nix machen.

Keine Viertelstunde später sitzen wir auch schon in der Rostlaube vom Heinzi und fahren zum Moserhof raus. Dem Heinzi sein Auto ist megapeinlich, sagt die Josi immer, und ja, sie hat recht. Als Ermittlungsfahrzeug ist es völlig ungeeignet. Grüner Audi 80, mit gehäkelter Klorolle und einem Wackeldackel auf der Hutablage. Auffällig bis dorthinaus. Noch dazu fährt der Heinzi so langsam, dass man prima nebenherjoggen könnte.

Wir parken die Karre unauffällig hinter dem Stadl vom Hurler Hans, nachdem wir halt zuvor am Moserhof vorbeigefahren sind. Oder soll ich sagen: gerollt? Ja, das trifft's besser.

Polizei ist keine mehr in Sichtweite, und im Wohnhaus und im Stall ist es stockdunkel. Der Heinzi packt seinen Werkzeugkasten aus dem Kofferraum, und wir pirschen uns im batzigen Garten vom Hurler Hans von Hecke zu Hecke. Was echt Spaß macht. Da fühlt man sich gleich dreißig Jahre jünger.

Der komplette Moserhof ist mit einem Kunststoffband umzingelt. Die Spusi ist mit der Spurensuche also noch nicht fertig. Was mich nicht wundert, bei dem ganzen Verhau. Freilich sind die Türen versiegelt, aber so was ist ja dem Heinzi wurscht. Der zieht sich Handschuhe an und fummelt eine gefühlte Ewigkeit an einem alten Stallfenster herum. Streichelt über das Holz und überlegt, wie er es öffnen könnte. Hat dabei seine Zunge rechts in seinem Mundwinkel geparkt. Sieht blöd aus, hilft ihm aber vermutlich, sich zu konzentrieren. Auf einmal macht er mit der Faust einen Schlag gegen den Rahmen, und zack, das Fenster geht auf. »Kein Problem für den Profi«, nuschelt er, und schon steigen wir ein.

Also, ich muss echt sagen, früher war's leichter, über Fenster einzusteigen. Jetzt rächt sich halt diese blöde Krapfenfresserei. Vom Stall aus ist es ein Leichtes, ins Haus zu kommen. Die Tür ist nämlich offen. Ich leuchte zur Orientierung den Flur mit meiner Taschenlampe aus und schleiche dann bis ins Bad. Es stinkt immer noch grausig, aber die Leiche ist weg. Bin eh nicht erpicht, die noch mal zu sehen.

»Mei, hat der ein Graffl rumstehen«, stellt der Heinzi fest, wie wir das restliche Haus durchstreifen, und wenn das jetzt auch schon der Heinzi merkt, dann ist der Verhau echt groß.

So wie es ausschaut, haust der Slawinski nur in zwei Wohnräumen. Der Rest vom Haus dient als Abstellplatz für Schrott. Im Wohnzimmer steht ein schmuddeliges Eisenbett drin, mit einer Bettwäsche, die das Wort Bettwäsche gar nicht verdient, so löchrig und dreckig, wie die ist. Ein speckiges Sofa ist noch drin und eine komplett mit Müll vollgestopfte alte Schrankwand. Das Zimmer vom Gustl ein OP-Saal dagegen. Die Küche schaut auch nicht besser aus. Auf der Anrichte und auf dem Tisch stapeln sich beschmutzte Teller und Berge von Dosenfutter.

»Bist du sicher, dass der da wohnt?«, frag ich, weil ich es echt nicht glauben kann. Wie kann man nur so hausen!

»Ja, doch!« Schon nimmt sich der Heinzi ein Röllchen Cevapcici von einem Teller und beißt ab. »Mann, hab ich einen

Hunger«, erklärt er mir mit vollem Mund und nimmt sich noch eins. »Hunger ist der beste Koch.«

Na, er muss es ja wissen.

Ich weiß jetzt gar nicht, was es hier bei dem ganzen Kruscht für Anhaltspunkte bezüglich des Mordes geben soll. Es ist saukalt, wir haben alles gesehen, und ich will heim, aber der Heinzi will alles aufs Genaueste durchforsten. Latscht durch alle Zimmer, und ich steh hier ungeduldig im Hausgang und warte.

Auf einmal huscht ein Licht durch ein Fenster. Ob ich mir das nur eingebildet hab? Aber nein, keine Einbildung, weil einen kurzen Moment lang kann ich einen weiteren Lichtstrahl erkennen. Diesmal an einem anderen Fenster. Da ist tatsächlich jemand.

Ich geh in Deckung.

Wer schleicht denn hier ums Haus und schnüffelt herum?

Ich tippe auf die Rosl, verwerfe aber den Gedanken gleich wieder, weil sich der Schein der Lampe draußen im Hof ziemlich schnell bewegt, und die Rosl ist auf ihre alten Tage ja wirklich nicht mehr die Wendigste.

»Draußen ist wer!«, warn ich den Heinzi, und der schaltet auch prompt seine Taschenlampe aus. »Polizei? Scheiße, nix wie weg«, zischle ich, und wir laufen schnellstmöglich Richtung Stall, machen aber sofort wieder kehrt, weil die Kühe vom Hurler Hans auf einmal sehr unruhig sind. Vermutlich ist jemand im Stall.

Der Heinzi packt mich am Arm und deutet auf Rückzug, und so huschen wir wie die Indianer auf leisen Sohlen zurück zum Flur, wo wir uns hinter einem alten Heizkessel verstecken. Zum Glück steht ja genug Zeug herum, hinter dem man in Deckung gehen kann.

Ich höre Schritte.

Behäbige Schritte.

Sie kommen immer näher und bleiben dann genau vor dem Heizkessel stehen. Jemand leuchtet den Flur aus. Ich rühr mich nicht von der Stelle, aber mein Herz pumpert wie ein Bergwerk.

Jetzt bloß nicht laut schnaufen. Ist ein bisserl wie beim Versteckspiel. Halt nur viel ernster. Weil, wenn uns jetzt nämlich jemand ein »Ich hab euch!« herruft, ja, dann haben wir aber die Kacke am Dampfen. Lustig ist das nimma.

Nach einer gefühlten Ewigkeit bewegen sich die Schritte Richtung Bad. Und zwar ziemlich zügig. Mir scheint, der Eindringling kennt sich im Haus aus. Darum linse ich um den Heizkessel herum in den Flur hinein. Die Luft ist rein. Denn der Typ, wer immer es auch ist, scheint sich sehr für den Fundort der Leiche zu interessieren. Kommt gar nicht mehr heraus aus dem Bad.

Zwischendrin hört man ganz tiefe Seufzer.

Wer ist das? Jemand von der Polizei? Der Slawinski? Und was in aller Welt sollen wir jetzt machen? Wir können uns hier ja nicht ewig verstecken.

Ich schiele zum Heinzi rüber, auch der wird allmählich ungeduldig. Ein paar Schnauferer später gibt er dann das Zeichen zum Abzug, und so schleichen wir aus unserem Unterschlupf zur Milchkammer, und von dort rennen wir wie die Bekloppten aus der Tür in den Hof hinaus. Verstecken tun wir uns dann hinter einer alten Schrottlaube.

Das war knapp.

Ich röchle wie eine verkalkte Kaffeemaschine, und der Heinzi schnauft wie ein Walross. Gott sei Dank, der Eindringling scheint uns nicht bemerkt zu haben. Ist immer noch im Bad, was man von hier am Schein seiner Taschenlampe unschwer erkennen kann.

Jetzt macht er sogar Licht. Ob es doch der Slawinski ist?

Was macht der Typ nur so lange im Bad? Putzt der sich dort die Zähne, oder gräbt er eine zweite Leiche aus? Von unserem Versteck aus schau ich mich im Hof um. Kein fahrbares Auto in Sicht. Mit was also ist derjenige gekommen? Zu Fuß?

Langsam wird's kalt, und so entscheiden wir uns für den Rückzug und schleichen zum Auto. Ich setz mich ans Steuer, und der Heinzi schiebt den Wagen hinter dem Stadel hervor. Gott sei Dank steht das Gehöft vom Hurler am Berg droben.

Ich lass die Karre einfach rollen, bieg unten um die Kurve und warte dann freilich auf meinen Ermittlungskumpel. Kaum sitzt der im Auto drin, motzt er herum, dass ich langsamer tun soll, weil sein Auto so eine rasante Fahrt nicht verträgt. Aber ich bin hier der Fahrer und bestimme die Geschwindigkeit. Aus, Äpfel, Amen.

5

Am nächsten Morgen scheint die Sonne ins Zimmer rein, dass es eine wahre Freude ist. Die Freude währt leider nicht lang, weil in meiner Wohnung herrscht eine Temperatur wie in einem Iglu in der Arktis. Also der Heinzi ist doch so ein Depp. Gestern Abend schalte ich den Fernseher ein, kommen doch da so halb nackte Weiber mit so Lederkäppis auf dem Schopf. Sitzen auf Holzkisten und behaupten von sich, sie wären Girls aus meiner Nähe. Fummeln dabei auch noch dauernd an ihren Brüsten herum und jammern, dass ich sie doch bitte schön anrufen soll. Von wegen, neue Sender. Der Heinzi spinnt doch! Und jetzt hocke ich auch noch in der Kälte. Das ist doch wohl das Allerletzte.

Eine Stunde später kümmert sich der Heinzi dann um meine Heizung, und ich kümmere mich beim Haslinger im Büro um den Mordfall.

Ich ruf den Ritschi an.

Weil, wenn man ermitteln will, dann ist es gut, wenn man gute Kontakte hat. Und ich habe gute Kontakte. Sehr gute sogar. Weil, mein Noch-Ehemann ist Gerichtsmediziner in München. Ach, hab ich das noch gar nicht gesagt?

Ich sage es normalerweise auch niemandem. Muss man doch auch nicht an die große Glocke hängen, dass der Ehemann ein Leichenfledderer ist. Ich erzähl immer jedem, dass er Arzt ist. Ist ja nicht gelogen, und Arzt klingt doch auch viel besser. Der Heinzi und die Leni wissen freilich Bescheid, halten aber allesamt dicht.

»Ist was mit den Kindern?«, fragt mich der Ritschi besorgt, gleich nachdem er abhebt.

»Nein, mit den Kindern ist nix«, beruhig ich ihn gleich.

»Was ist? Ich versteh dich so schlecht!«, schreit er mir in die Muschel.

»Alles okay.«

»Was? Was ist mit Hockey?« Bei dem ist ja ein Tumult im Hintergrund. Ich sag nur: albernes Gekicher. Mich ereilt der Eindruck, dass die dadrin in der Gerichtsmedizin heute eine Mordsgaudi haben.

»Ach, jetzt seid doch mal ruhig, man versteht ja sein eigenes Wort nimma«, hör ich den Ritschi sagen. Aber das Gelächter bricht nicht ab. »Wart kurz, ich geh woanders hin!«, schreit er mir in den Apparat, dann knackt es in der Leitung.

»So, jetzt bin ich wieder dran. Also, leg los.«

Aber das mit dem Loslegen, das ist halt so eine Sache, gell? Weil, es ist ja so: Seitdem ich Hals über Kopf von daheim ausgezogen bin, rede ich mit dem Ritschi ja eigentlich nur noch das Nötigste. Hauptsächlich geht es bei unseren Gesprächen darum, wer wann und wo die Sprösslinge abholt und wiederbringt. Das war's. Also kann ich ja nun wegen der Leiche nicht gleich mit der Tür ins Haus fallen und steh jetzt ehrlich gesagt da wie der Ochs vorm Berg, weil ich nicht recht weiß, wie genau ich anfangen soll.

»Du, Ritschi, ich hätte da eine Frage«, probier ich es erst mal. »Also ich … Ich wollte dich fragen … Also, ich wollte dich was fragen«, stammel ich herum. »Habt ihr gestern vielleicht zufällig eine Frau aus unserer Gegend zur Untersuchung reinbekommen?«

So, jetzt ist es raus.

»Du meinst die Betonmumie? Warum willst denn das wissen?«

»Ja, weil wir die gestern bei einer Badsanierung in einem Wannensockel entdeckt haben, und jetzt … Jetzt wollt ich halt wissen … Also, ich wollte halt Informationen zum Todeszeitpunkt und zur Todesursache von dir.«

»Ja, sag mal, willst du neuerdings zum Ermitteln anfangen, oder wie? Wenn die Polizei die Infos freigibt, dann erfährst du das eh alles aus der Zeitung. Ich sag dir da nix, weil mich das nämlich meinen Job kosten kann. So schaut's aus.« Rums – das hat gesessen.

Ich kenn den Ritschi wie meine eigene Westentasche und

weiß genau, dass ich von dem jetzt rein gar nix mehr erfahre. Eine andere Strategie muss also her. »Ja, logisch, da hast du recht. Ist ja auch wurscht«, pflichte ich ihm deshalb bei. »Du, was anderes, warum ich eigentlich anrufe, ich müsst mit dir dringend wegen den Kindern was besprechen. Könnten wir uns wo treffen?«

»Hat das nicht bis zu den Faschingsferien Zeit? Da hol ich die Kinder doch eh bei dir ab.«

Keine gute Idee. Ich weiß genau, wie das abläuft. Der kommt hier angefahren, und schwuppdiwupp wird er von den Kindern belagert. Ja, wie soll man denn da etwas über die Leiche in Erfahrung bringen? Nein, nein, am besten wir treffen uns an einem ganz neutralen Ort. Und freilich ohne Kinder.

»Du, nö, das eilt. Können wir uns heute noch sehen?«, sag ich, merk aber gleich, dass er alles andere als begeistert ist. »Es ist wirklich dringend«, leg ich noch eine Schippe drauf.

»Okay, dann machen wir das halt so«, gibt er widerwillig nach.

»Gut, dann bestell ich einen Tisch beim Giovanni«, sag ich hocherfreut und hänge ein.

Fabelhaft! Es könnte nicht besser laufen.

Ermitteln ist ein Kinderspiel.

So, nun muss ich hier mal was arbeiten, immerhin werde ich ja dafür bezahlt. Aber vorher geh ich mal im Internet auf Männersuche, dann ruf ich bei unserem Großhändler an, lande jedoch in der Warteschleife. Und so stelle ich das Telefon auf Lautsprecher, lege den Hörer auf dem Schreibtisch ab und reiße derweil zum Lüften die Ladentür sperrangelweit auf, weil, was der Haslinger mich hier eindampft, das geht auf keine Kuhhaut.

Ich bin noch nicht zurück im Büro, da hör ich auch schon, dass am anderen Ende der Telefonleitung jemand »Hallo« ruft.

Wie von einer Tarantel gestochen renn ich ins Büro, bekomme dabei aber so ein Tempo drauf, dass ich nicht mehr zum Bremsen komme. Mit der einen Hand greife ich zwar zum Telefonhörer, aber mit der anderen stütze ich mich am

Drehstuhl ab, und das ist halt jetzt blöd. Weil nämlich der Stuhl wegrollt und ich samt Hörer am Boden lande. »Himmelherrgottsakrament, Scheißdreck, elendiger!«, fluch ich laut in den Apparat.

»Wie bitte?«, dröhnt es aus dem Hörer.

»Ja, äh, nein, äh, Sie mein ich ja nicht«, murmle ich in den Sprechknochen rein und will aufstehen. Leider hab ich ausgerechnet heute einen recht engen kurzen Rock an, was das Aufstehen natürlich kolossal erschwert, und so klammere ich mich halt mit der einen Hand am Hörer fest, und mit der anderen greif ich auf die Schreibtischplatte über mir. Dort liegt, von mir unbemerkt, ein Stapel Papier. Wie ich mich hochziehe, reiße ich den ganzen Stapel runter, sodass die Blätter durch die Luft segeln und nun kreuz und quer verstreut unter dem Schreibtisch landen. Und so krabble ich auf allen vieren samt Telefonhörer ganz, ganz tief unter den Schreibtisch rein und sammle die Blätter auf, was sich im Nachhinein als keine gute Idee herausstellt, weil sich nämlich dabei das Kabel vom Hörer spannt und das blöde Telefon auf meinem Schreibtisch immer weiter nach vorne wandert.

Wie ich unter dem Möbelstück drin bin, ist mein Hintern noch draußen.

»Was ist denn jetzt?«, kommt es aus dem Hörer. »Hallo!«

»Kann ich helfen?«, hör ich eine Stimme. Diesmal hinter mir. Vor Schreck hau ich mir meinen Schädel am Schreibtisch an.

»Geht schon«, stammle ich vor mich hin und versuche, rückwärts unterm Schreibtisch wieder vorzukrabbeln. Wie ich unten endlich raus bin, fliegt mir oben das Telefon auf die Rübe.

»Au!«, schrei ich in die Muschel.

»Hoppala!«, sagt die Stimme hinter mir.

»Arschloch!«, schreit mir jemand ins Ohr.

Mehr check ich dann nicht mehr. Immerhin bin ich grad fast von einem Telefon erschlagen worden. Ich seh Füße. Schlanke Füße, die in einer engen Jeans und in schwarzen Stiefeln drinstecken, und außerdem sehe ich eine helfende Hand, nach der ich jetzt freilich greife. Die Hand packt kräftig zu und zieht mich samt Telefonhörer nach oben.

Kaum stehe ich, wird mir schwummrig. Zuerst sehe ich nur Umrisse, kann dann einen Mann erkennen. Der Mann hat schöne braune Augen. Der Mann ist ... der Lieferheini vom Lidl. Ich merke, wie mir das Blut ins Gesicht steigt.

»Geht's?« Er hält mich noch immer fest. Ich nicke stumm. Er amüsiert sich, und ich steh da wie ein rotes Telefonhäusel und weiß jetzt gar nicht, was ich machen soll. Soll ich ihm eine reinhauen? Weil er gar so blöd grinst? Oder mich bedanken? Ich entscheide mich für: Hinsetzen!

Dann sag ich erst mal gar nix.

Was will der überhaupt da herinnen? Ist doch mein Büro. Ich such nach Worten, find aber keine. Auch der Lieferheini sagt nix. Grinst bloß blöd, und das kann ich halt gar nicht haben.

Irgendwann sag ich dann doch was, und zwar: »Wie sind Sie überhaupt da reingekommen?« Genau das sag ich, und das in einem ganz patzigen Ton. »Macht man das jetzt so, dass man sich da einfach so reinschleicht, ha?«

»Wieso, die Tür war ja offen«, spöttelt er und smiled schon wieder. Der Mann regt mich auf! Ja, weil er halt dauernd so blöd grinst.

»Deswegen muss man ja nicht gleich in ein fremdes Büro reinstiefeln und den Leuten beim Arbeiten zuschauen«, schnauz ich ihn schon wieder an und verziehe dazu missbilligend meinen Mund.

Und jetzt wird er direkt unverschämt, der Grinser.

Weil: Hallo, geht's noch?

Deutet der doch glatt auf meinen Bildschirm und fragt mich frech, ob der Haslinger neuerdings ins Kuppelgeschäft einsteigt. Ich meine, was geht ihn denn das an, wie ich hier meine Arbeit mache, ha? Einen Scheißdreck geht's ihn an! Und da bin ich ganz meiner Meinung. »Was wollen S' denn überhaupt?«, fahr ich ihn jetzt so richtig an und werfe ihm dabei meinen giftigsten Blick zu, den ich grad im Repertoire hab.

»Ich hab schon gehört, dass der Haslinger eine ganz eine Grantige im Büro hat«, grinst er schon wieder.

Das ist ja jetzt die Höhe. Eine ganz Grantige? Dem geb ich gleich eine Grantige.

»So, das ham S' gehört«, sag ich bitter. »Ja, dann ham S' die ganz Grantige im Büro vom Haslinger jetzt gesehen und können wieder gehen.«

»Gut, dann geh ich halt wieder«, feixt er mir rüber und geht mit schnellen Schritten zur Ladentür.

Ach, das geht ja jetzt auch nicht, dass ich hier die Kundschaft einfach aus dem Geschäft schmeiß, bloß weil mir sein Gesicht nicht passt. Was sagt denn da der Haslinger? »Hätten Sie was gebraucht?«, geh ich ihm jetzt hinterher, halb professionell, halb mit gekränktem Stolz, und setz dabei meinen Verkäuferblick auf.

»Brauchen tät ich schon was, ja«, dreht er sich zu mir um und schaut dabei schon wieder so dämlich. »Eine Auskunft hätt ich gebraucht.« Und jetzt gefriert mir das aufgesetzte Lächeln im Gesicht, weil jetzt rumpelt's im Karton. EINE AUSKUNFT!

Kommt der daher, grinst blöd in der Gegend herum, und dann will er auch noch EINE AUSKUNFT. Solche Kunden habe ich gefressen, dick. Heimwerker! Gehen in den Baumarkt oder bestellen im Internet irgend so einen Chinadreck, kommen aber dann beim Einbauen nicht zurecht. Ja, das kenn ich zur Genüge. Weil, dann kommen sie nämlich zur Fachfirma und wollen eine Fachberatung – für umsonst. Nein, auf solche Auskünfte kann ich getrost verzichten.

»Ich hätte eine Frage bezüglich des Leichenfundes«, gibt er mir aber dann zu verstehen.

»Wir sind hier ein Sanitärbetrieb und kein Informationsbüro«, lass ich ihn wissen, runzel die Stirn und verschränke demonstrativ die Arme vor meiner Brust. Nein, dem erzähle ich gewiss nix! Dem nicht! Dämlicher Grinser.

Aber meine Ansage interessiert den gar nicht, er redet einfach weiter. »Was haben Sie gestern mitgekriegt von dem Fund?«

Schweigen und schmollen, inklusive vorgeschobener Unterlippe.

»Den Otto und euren Azubi hätt ich gern gesprochen. Sind die da?« Jetzt hab ich aber die Faxen dick. Schneit einfach da rein, beobachtet mich in höchst privaten Angelegenheiten und stellt unverschämte Fragen. Was bildet der sich überhaupt ein?

»Ich wüsste nicht, was Sie das angeht«, sag ich noch, dann steht der Haslinger auf einmal neben mir. Bin direkt froh darüber, weil der wird dem neugierigen Grinser dann schon sagen, wo es langgeht.

»No, no, no, wie hammas denn …?«, sagt der schulmeisterlich. Allerdings nicht zu dem Typen, sondern zu mir.

»Servus, Schmiedi«, haut er dem Grinser auf die Schulter. Kennen Sie solche Situationen? Wo Sie sich ein Loch im Fußboden wünschen? Ein Loch, in das Sie augenblicklich versinken möchten? Ja, dann wissen S' ja, wie ich mich grad fühle. Der Grinser ist also der Dorfbulle. Ja, warum sagt mir das denn keiner? Ich mein, da wär ich doch jetzt nie draufgekommen, dass der ein Polizist … Mein Gott, ist das peinlich!

»Und, wie geht's so?«, fragt ihn nun der Haslinger.

»Mei, wie es einem halt so geht, wenn man grad von einer Bürodame einen Anschiss gekriegt hat«, beantwortet der Schmiedi dem Haslinger seine Frage.

»Hat sie dich recht blöd angeredet, die Fuchsin, ha? Ja, ja, ich weiß scho, die kann manchmal recht grantig sein.«

Jetzt reicht's. Also, das ist doch jetzt die Höhe!

Wo, bitte schön, bin ich zum Haslinger grantig?

Eine Unverschämtheit ist das!

Und überhaupt bin ich die Freundlichkeit in Person.

Hab Schnappatmung.

»Eha, Fuchsin, gib Obacht, dass du mir nicht umkippst«, stützt mich der Haslinger.

»Vorhin wär sie mir auch beinah umgekippt, deine Bürodame. Das ist ja auch kein Wunder, wenn du sie den ganzen Vormittag da herinnen so einnebelst. Da stinkt's ja schlimmer wie beim Wirt drüben.«

»Kommst wegen der Leiche aufm Moserhof?«, lenkt der Haslinger vom Thema ab.

»Die Kollegen haben ja schon alles aufgenommen. Aber ich hab gestern Urlaub gehabt und hätte da noch ein paar Fragen.«

»So, aha, Urlaub hast gehabt. Gestern. I hab dich ja kurz vor Mittag versucht anzurufen, aber du bist ja ned ans Handy hingangen.«

»Ich hab bei meinem Vater im Betrieb ausgeholfen, und Mittag, da war ich dann schnell im Lidl«, feixt mich der Bulle, nicht ganz unbemerkt vom Haslinger, blöd von der Seite an.

»Im Lidl, aha, was gibt's da im Lidl?«

»Oh mei, was gibt's da? Alkoholisierte, falsch parkende Frauen gibt's da«, smiled er schon wieder.

»So, gibt's das da, aha?«, lächelt mich jetzt der Chef auch noch blöd an.

»Ein Eldorado zum Führerscheinzwicken is das da beim Lidl, das glaubst du gar nicht«, setzt der Grinser noch eins drauf.

»Ich kann's mir vorstellen. Aber du warst ja gestern quasi nicht im Dienst.«

»Stimmt, da haben sie Glück gehabt, die alkoholisierten falsch parkenden Frauen.«

Arschloch!

»Du, ich hätt gern mal mit eurem Lehrling und mit dem Otto gesprochen«, wechselt der Grinser wieder das Thema.

»Der Otto baut heut eine begehbare Dusche bei da alten Runzlmeier ein. Und der Kevin, der is heut krank. Das mit dem Leichenfund, das war zu viel für das Bürscherl. Wann seid ihr auf dem Moserhof mit eurer Ermittlerei fertig?«, fragt der Haslinger jetzt noch.

»Ja, das kann dauern, bei dem Verhau, was da auf dem Hof rumliegt.«

»Mei, eigentlich is wurscht, weil der Slawinski, der is ja jetzt erst mal flüchtig. Hoffentlich krieg ich von dem überhaupt noch a Geld. Oder habts den scho erwischt?«

»Die Fahndung läuft.«

»Meinst, dass der Slawinski da Mörder is?«, will der Haslinger vom Schmiedi noch wissen.

»Das stellt sich dann schon raus. Ich hab ja erst grad angefangen mit den Ermittlungen. Ich komm ja zu nix. Seitdem der Dossenbach bei uns im Ort wohnt, macht der doch jeden Tag eine Anzeige, und der muss ich halt dann nachgehen. Mittlerweile könnt ich mir mit den Anzeigen mein Büro tapezieren.«

»So, so, dann hast was zu tun«, lacht der Haslinger und haut dem Dorfpolizisten auf die Schulter.

»Gestern is noch jemand auf dem Moserhof herumgeschlichen, obwohl der versiegelt war. Ihr warts das nicht?«, fragt der Bulle und schaut den Haslinger dabei ernst an.

»Naaa. Du, Fuchsin, wie weit bist du mit den Preisen vom Großhändler? Pronto, is fei scho gleich zehne, geh«, schickt mich der Chef ins Büro zurück.

»Deine Frau Fuchs, die hat halt da herinnen noch so viel anderes zu tun«, zwinkert mir der Dorfpolizist her.

Depp, blöder.

Phh! Alkoholisierte, falsch parkende Frauen! Pff, wegen dem bisserl Kräuterschnaps! Der spinnt doch. Ja, wie hat der denn geparkt? Der Herr Dorfpolizist. Mütter mit Kindern den Parkplatz wegnehmen und dann noch gscheid daherreden. Ich mag ihn nicht, den Grinser. Nein, ich mag ihn ganz und gar nicht.

6

Am Abend fahr ich dann in mein München rein. Sitz dort mit dem Ritschi beim Giovanni, unserem Lieblingsitaliener. Der hat sich riesig gefreut, uns mal wieder bei sich begrüßen zu dürfen. Hat sich gar nimma eingekriegt vor Begeisterung. »*Madonna mia!* Was hab ich für a Freude!«, hat er seine Hände zum Himmel raufgestreckt, im Anschluss geklatscht und uns von vorn bis hinten abgebusselt. »Hab aufgehoben Lieblingsplatz für verliebte Dottore und seine Signora.« Und schon hat er sein Tischtuch glatt gestrichen, und wir haben uns brav hingesetzt.

»Wir haben uns getrennt«, hat der Ritschi dann aber den Giovanni aufgeklärt, und der hat gleich betroffen mit der Hand an seinen Kinnbart gefasst und ist dann von jetzt auf gleich in einen Trauermodus reingeplumpst. »Oh, das is schlimm. *Mamma mia*, wie kann das passieren?«, hat er gejammert und dann diesen Wer-ist-schuld-am-Ehetod-Blick aufgesetzt. Ich hab kurz zu meinem Ex rübergedeutet, damit der Giovanni gleich Bescheid weiß.

»Warum haben gemacht, eh? Dottore und Signora waren so eine Paar – *molto bella*! Kann ich nix verstehn«, ist es aus dem Italiener rausgesprudelt, und der Ritschi ist gleich mal hinter der Speisekarte in Deckung gegangen, weil der Giovanni eine feuchte Aussprache hat. Der Ritschi hat sich dann eine Apfelschorle und eine Pizza Margherita bestellt, und ich hab mir Salat und eine Dorade bestellt, weil es das teuerste Gericht ist, was der Giovanni auf der Karte hat, und der Ritschi heute eh alles bezahlen muss. Dazu noch ein Wasser und einen Humpen vom besten Rotwein. Man gönnt sich ja sonst nix. Und so sitzen wir also jetzt zu zweit in dieser bezaubernden Nische, warten aufs Essen und wissen nicht so recht, was wir miteinander reden sollen. Freilich will keiner das Thema »Trennung« wieder hochkochen lassen. Darum batzt der Ritschi mit den

Fingern etwas nervös an der Kerze herum, und ich beobachte ihn dabei. Er schaut irgendwie verändert aus.

Jünger.

Also klamottenmäßig.

Trägt ein pinkfarbenes Gummidress. Ob das Küken ihm das ausgesucht hat, damit sein kleines Bäuchlein nicht zum Vorschein kommt? Oder will er mit den gleichaltrigen Freunden seiner Flamme mithalten? Ich hab ihn jedenfalls früher besser angezogen. Der Dreitagebart ist auch neu. Sind dem die Rasierklingen ausgegangen? Werde ihm beim nächsten Besuch einen Rasierer mitbringen. Am besten gleich den mit diesem Fünfklingensystem, damit der Mann wieder ordentlich ausschaut.

Mit Schwung schenkt der Giovanni kurz drauf den Wein ein und stellt jedem von uns ein Glas hin. Das ist klasse, weil so ist der Ritschi gezwungen, dass er davon trinkt. Alkohol verträgt er nämlich nicht, und ohne Alkohol ist er halt auch ein recht minutiöser und penibler Geselle.

Unser Gespräch kommt allmählich in Gang, und wie der Hauptgang geliefert wird, sind wir auch schon mittendrin in einem Meeting über die Kinder.

Ich hau rein wie ein Kesselflicker. Der Ritschi lässt erst mal seine Gabel ewig über seiner Pizza kreisen, sticht dann irgendwann rein und schneidet sich ritschi, ratschi die Pizza akkurat zurecht, als würde er einen diffizilen chirurgischen Eingriff vornehmen. Er kann halt nicht aus seiner Haut.

Alles in allem verläuft der Abend recht entspannt. Ich schenk dem Ritschi immer wieder Wein nach, und er trinkt fleißig mit. Hab mir noch ein Tiramisu bestellt, weil dem Giovanni sein Tiramisu, das ist die beste Nachspeise, die es in ganz München gibt. Nein, wirklich, wenn Sie mal in München sind, dann müssen S' die unbedingt einmal probieren. Sie werden sehn, ich hab recht!

Kaum steht die Nachspeise am Tisch, lenke ich das Thema auf die Engelsrieder Leiche. Dabei erzähl ich recht lebhaft von dem Fund, und der Ritschi hört mir auch sehr interessiert zu. Er liebt nämlich seinen Beruf. Übt ihn direkt inbrünstig aus.

Ist manchmal so dermaßen in seinen forensischen Gedanken gefangen, dass er wie ein Apnoetaucher in die Welt der Täter eintaucht, um deren Kalkül zu erforschen. Und weil er halt seinen Beruf so gern macht, muss ich ihn nur zum richtigen Zeitpunkt erwischen, und schon plaudert er alles aus, was ich wissen will.

»Die Tote hat irgendwie ausgeschaut wie eine Mumie vom ägyptischen Museum. Fingernägel und Haar waren auch noch dran«, tu ich ein bisserl begeistert. Und er springt auch gleich drauf an.

»Ja, so eine Leich hab ich auch selten. Das Opfer ist noch sehr gut erhalten. Fingernägel und Haar verwesen im Übrigen am wenigsten schnell«, fährt er mit dem Zeigefinger an meinem Tiramisu entlang und schleckt sich danach den Finger ab. »In so einem Betonsockel ist kaum Sauerstoff drin, weißt, deshalb hat sich das Opfer auch so gut gehalten.«

»Und, was meinst, wie lange war das Opfer in dem Sockel dringelegen?«

»Mei, das lässt sich nimma so feststellen«, lechzt er nach meiner Nachspeise.

Ich halte ihm mal den Löffel hin, muss ihn ja bei Laune halten. Er nimmt ihn, ohne auch nur mit der Wimper zu zucken. Sticht sich gleich ein riesiges Stück Tiramisu ab. »Aber anhand der noch erhaltenen Kleidungsreste konnte man einwandfrei ablesen, dass das Opfer wohl so um die dreißig Jahre, vielleicht auch a bisserl länger, in dem Sockel dringelegen ist«, schiebt er sich meine Nachspeise genussvoll in den Mund.

»Dann ist es doch die Moserin«, murmle ich so vor mich hin und schlucke, weil mir beim Anblick meines essenden Visavis regelrecht das Wasser im Mund zusammenläuft. Er lacht, sticht das nächste Stück ab, führt ganz, ganz langsam den Löffel zum Mund, ohne mich dabei aus den Augen zu lassen, und schleckt genüsslich an dem Tiramisu herum.

Das macht er mir mit Fleiß, ich kenn ihn ganz genau! Der will mich ärgern. Provozieren. Ich seh es an seinem Blick.

»Es ist die Moserin«, sagt er ganz leise. »Hat der Odontologe an den Zähnen eindeutig festgestellt.«

»Der Wahnsinn«, sag ich.

»Der Wahnsinn, das Tiramisu, echt«, schleckt er am Löffel herum und lächelt mich frech an.

»Du bist blöd«, lach ich.

»Ich? Wieso?«, lacht er nun ebenso. »Magst auch probieren?«, hebt er mir scheinheilig den Löffel her, zieht ihn dann aber wieder weg.

»Und an was ist sie gestorben?«, frag ich leicht angesäuert.

»Darf ich dir alles nicht sagen«, kratzt er sich das letzte Stückchen Nachspeise aus dem Teller und schiebt es sich in den Mund.

Jetzt ist es weg, das Tiramisu.

Na toll, vielen Dank auch.

Der Giovanni kommt ums Eck.

»Alles gut?«, fragt er.

Nix is gut!

»Also, Giovanni, dein Tiramisu. Eins-a«, formt der Ritschi mit zwei Fingern ein O. »*Delizioso*«, küsst er seine Finger und schickt das Küsschen imaginär zum Giovanni rüber.

Der freut sich.

»Bring mir auch ein Stück«, sag ich ziemlich angefressen.

»Oh, Signora Dottore«, wird der Giovanni nun ganz theatralisch. »War letzte Tiramisu. Vielleicht du kommst morgen?«

Haben die zwei das untereinander ausgemacht? Das ist doch echt das Allerletzte!

»Aber vielleicht eine kleine Ramazotti oder eine Grappa?«

»Für mich nix«, sagt der Ritschi.

Ich bestell mir einen Ramazotti.

»Also, raus mit der Sprache, was war die Todesursache?«, pamp ich den Ritschi an, kaum dass der blöde Italiener weg ist.

»Mhm.«

»Jetzt sag's, oder ich hau dich«, droh ich ihm mit dem Weinglas.

»Das ist schwierig zu sagen, so genau kann man die Todesursache gar nimma feststellen.«

»*Mamma mia*, Dottore geht wieder über Leichen! Immer

wenn haben Dottore mit Signora Gespräch, geht über Leichen«, stellt der Giovanni den Ramazotti hin und hält mir einen Lutscher her. »Kleine Trost für verlorene Dottore und verlorene Tiramisu. Is mit Brause.« Und weil er merkt, dass er stört, der Giovanni, macht er sich auch gleich wieder vom Acker, kaum dass ich ihm den Lutscher grantig aus der Hand gerissen hab.

»Ach, ich kann ja gar nicht so viel trinken. Bin ja mit dem Auto da. Trink du ihn!«, schieb ich dem Ritschi meinen Ramazotti über den Tisch.

»Warum bestellst dann so viel«, zieht er einen Flunsch hin, entscheidet sich dann aber doch, mir beim Trinken zu helfen, und je mehr er mir hilft, umso gesprächiger wird er dann auch.

Der Trick mit dem Alkohol funktioniert immer.

»Sag mal, so eine Mumie muss doch fürchterlich stinken. Ich mein, wie kann man es so lange in einem Haus mit einer Leiche im Sockel drin aushalten?«, hinterfrag ich die Sachlage noch, weil ich es nicht kapier, wie der Slawinski von der Leiche im Sockel nix bemerkt haben will.

Der Ritschi kneift seine Augen zusammen und überlegt.

»Nö, also wenn an die Leiche keine Luft hinkommt, dann stinkt die nicht arg.«

»Also, wie sie der Haslinger rausgemeißelt hat, da hat die aber schon gestunken.«

»Ja, klar, ihr habt sie ja auch freigelegt«, lacht der Ritschi und nimmt noch mal einen Schluck Wein.

»Das Opfer war in einem Sack eingetütet, in dem Holzspäne drin waren. Warum hat der Täter das gemacht?«

»Tja, dem war sehr dran gelegen, dass das Opfer möglichst lang erhalten bleibt und wenig Gerüche freisetzt. Der versteht sich halt im Einlegen von Fleisch. Und einen Büschl Lavendel hat er ihr auch noch rein in den Sack.«

»Lavendel?«

»Ja, auf der Leiche war ein Kräuterbüschl.«

»Hä? Wofür soll das gut sein?«

»Keine Ahnung, das musst du schon den Täter fragen«, leert

der Ritschi jetzt in einem Zug den letzten Rest Rotwein und ruft den Giovanni zwecks der Rechnung.

»Du bist ein raffiniertes Weib«, sagt er, kaum dass wir aus dem Lokal sind. Die frische Luft tut ihr Übriges, und ich merk, dass, obwohl der Ritschi jetzt steht, er dann doch einen sitzen hat. Darum hängt er sich bei mir ein, und wir schlendern wie in alten Zeiten gemeinsam zum Parkplatz. Kurz davor bleibt er allerdings stehen und kommt gleich direkt ins Grübeln.

»Vielleicht ist deine Moserin aber auch an Gift gestorben. Aber psst«, hebt er jetzt den Finger vor seinen Mund. »Nix weitersagen, gell?«

»Du weißt doch, dass ich das nicht mach. Ich schwör's!«, heb ich zwei gespreizte Finger an die linke Brust. »Was meinst du mit Gift?«

»Wir haben Spuren von Gift in eurer Toten gefunden.«

»Sie wurde vergiftet?«, frag ich noch mal nach und ernte dabei entsetzte Blicke von zwei Passanten.

»Na, na, na«, fuchtelt der Ritschi mir mit dem Finger vor der Nase herum. »Das weiß man nicht genau. Vielleicht hat sie es vorher selbst eingenommen. So was kommt vor. Was im Endeffekt die Todesursache war, keine Ahnung! Genaue Todesursache *niente*, mein Spatz!«

Mein Spatz? Mein Gott, hat der einen Zacken in der Krone.

»Es ist ewig her, dass du mich ›Spatz‹ genannt hast.«

»Tja, du siehst ja auch schon seit Ewigkeiten nicht mehr aus wie ein Spatz.«

Das ist frech.

Ich drück ihm trotzdem ein Bussi auf die Backe. So als Dankeschön für die Infos und so. Dann verabschiede ich mich, steig in die Daisy und fahr los. Er winkt mir noch zu, dreht sich um und wackelt davon. Verträgt halt nix, der Mann. Hoffentlich findet der noch heim. Ach, mir kann's ja wurscht sein. Ich bin ja nicht mehr für ihn zuständig.

Auf dem Heimweg sortier ich dann mein Hirn. Es war ein echt netter Abend heute. Trotz der Sache mit dem Tiramisu. Oder gerade deswegen. Ach ja, der Ritschi und ich, wir waren schon ein tolles Paar, seufze ich her. Wo ist nur mein altes Leben geblieben?

Alles futsch. Und dann sitz ich auch noch in diesem elendigen Kaff und muss täglich beim Haslinger in dieser Miefbude sauer mein Brot verdienen.

Und dann dieser Mordfall.

Das Opfer, die Moserin, hab ich sogar gekannt. Aber nur flüchtig. Hab sie genau zweimal gesehen. Und das auch nur, weil wir als Kinder mal zum Moserhof Maskerer gegangen sind.

Maskerer gehen, das muss ich schnell erklären, das ist im Pfaffenwinkel in einigen Dörfern ein Brauch, bei dem im Fasching verkleidete Kinder von Haustür zu Haustür marschieren und betteln. Man sagt dazu folgendes Gedicht auf: »Lustig ist die Fasenacht, wenn mei Muater Kiachla backt, wenn sie aber keine backt, dann pfeif ich auf die Fasenacht.«

Apropos Kiachla. Mhm, das ist eine feine Sache, so ein Kiachle. Manche sagen auch »Küchel« dazu oder »Auszogene«. Weil's ein Batzen Teig ist, der halt ausgezogen wird, also praktisch von Hand größer gezogen wird. Und dann kommt er in heißes Fett rein. Mit Puderzucker bestreut schmecken die echt zum Niederknien.

Und Maskerer gehen, das ist so ähnlich wie an Halloween. Wo Kinder an den Haustüren klingeln und dieses »Süßes oder Saures« sagen. Was ich persönlich einen neumodischen Schmarrn finde. Wenn bei mir Knirpse an der Haustür klingeln und Derartiges erbetteln, dann entscheid ich mich immer für die letzte Variante. Für das Saure nämlich. Sie bekommen dann von mir Zitronen oder alte Einmachgläser von der Oma. Saures halt. Weil das Süße, das ess ich freilich selber. Mei, selber schuld, wenn sie Saures verlangen.

Wir sind also damals zum Moserhof raus, haben dort an die Haustür geklopft, und wie die Moserin aufgemacht hat, haben wir unser Gedicht runtergeleiert und die Händchen zu ihr hingestreckt. »Ich geb nix!«, hat sie uns angeraunzt und uns die Tür vor der Nase zugeknallt. Aber weil die Rosl gesagt hat, dass man beim Moser ganz geldig is, also quasi Geld im Überfluss hat, haben wir es im nächsten Jahr noch mal probiert. Und zwar mit einem Lied.

Wieder haben wir geklopft, die Moserin hat uns die Tür aufgemacht, und so haben wir gesungen, was das Zeug hält. Zuerst »Maikäfer flieg«, dann »Ihr Kinderlein kommet«, weil uns halt nix anderes eingefallen ist. Daraufhin hat die Moserin so dermaßen zu plärren angefangen. Frage nicht.

Gut, der Heinzi singt von jeher grausig, aber deswegen muss man doch nicht gleich so herflennen. Wir waren erst mal a bisserl deppert dagestanden und haben blöd aus der Maskerer- wäsche geschaut, und weil sie nicht aufgehört hat zu plärren, sind wir dann doch ohne Obolus weitergezogen. Tja, und kurz drauf war die Moserin dann weg. Hat angeblich Mann und Kind verlassen, was damals freilich das Dorfgespräch Nummer eins war. Und keiner hat mehr was von ihr gehört.

Seltsam ist das schon. Wenn eine Frau plötzlich für immer verschwindet, dann muss doch auch mal jemand nach ihr su- chen, oder? Ich sollte rausfinden, wer sie auf dem Gewissen hat. Weil, dieser Dorfpolizist kommt da eh nicht drauf. Sitzt bestimmt lieber in seinem Polizeikabuff drin und lässt den Herrgott einen guten Mann sein. Zwickt am Tag ein paar Füh- rerscheine und hilft einer alten Oma über den Zebrastreifen. Ach, der ist mit so einem Mordfall sicher vollkommen über- fordert.

7

Anderntags sitz ich beim Haslinger im Büro und bin mal wieder auf Männersuche, und der Chef brütet über dem Kostenvoranschlag für die Erzdiözese und sucht dabei in seinem Zinken nach einem Nasenrammler. Kaum hat er ihn herausgefischt, hab auch ich einen Mann an der Angel. Grauhaarig, also mehr ein Silberfisch. Aber immerhin Meister von einem Handwerksbetrieb. Seine Hobbys: Motoren, schrauben und schwimmen. Mhm ... Das ist mir dann doch zu langweilig. Ich roll grantig mit den Augen, weil wieder keine Ausbeute, und mein Visavis rollt einen Rotzpopel zwischen seinen Wurstfingern, weil Konzentration. Und darum schau ich jetzt halt kopfschüttelnd zu ihm hin.

Eine gute Partie wär er schon, der Haslinger.

Gut, nicht auf den ersten Blick.

Mhm ... Auch nicht auf den zweiten, weil das Mordstrummgstell vom Haslinger samt seinen Manieren sind jetzt nicht gerade das, was einen Traumtyp ausmacht, gell?

»Mei, jetzt popelst du scho ewig mit der depperten Rechnung rum«, brummt er und dreht sich samt seinem Stuhl zu mir rüber. Zündet sich ein Zigarettchen an. Geht vermutlich zum gemütlichen Teil des Vormittags über.

»Was macht der Fasching?«, erkundigt er sich dann.

Hallo! Was ist denn jetzt los? Seit wann interessiert sich der Haslinger für mein Privatleben? Hat er noch nie gemacht, seitdem ich bei ihm arbeite. Kein Stück. Nie was gefragt. Nicht nach den Kindern, nicht, was ich mache, nix. Und jetzt fragt der mich, was der Fasching macht? Ja, das weiß ich doch nicht, was der Fasching macht. Im Endspurt ist er halt, der Fasching. Leider. Und ich hab immer noch keinen Mann.

»Gehst fort?«, spitzt er sein Zigarettchen im Aschenbecherloch wie einen Bleistift.

Was will jetzt der von mir? Natürlich geh ich fort. Der Fasching ist die allerbeste Gelegenheit, um einen Mann aufzugabeln. Aber das werd ich dem Haslinger bestimmt nicht sagen. »Wann ham S' denn den Kostenvoranschlag für die Erzdiözese fertig?«, lenk ich ihn ab.

»Da kenn ich im Übrigen einen Witz: Warum geht da Pfarrer so ungern ins Ordinariat rein?«, fragt er mich und lacht, dass sein Kinnbart wackelt. Und freilich gibt er mir auch gleich die Antwort. »Weil die da so ordinär sind!«, brüllt er und haut sich vor Lachen auf die fetten Schenkel, dass die Schwarte kracht.

Ha, ha, sehr witzig. Wirklich, sehr originell. Der Brüller, echt.

Ich bin dann mal beschäftigt. Geh auf Männersuche.

Ach, da schau her, bei einem anderen Portal, da haben sie einen echt knusprigen Mann im Angebot. Hübsch, groß, mit Anzug und Krawatte. Genau mein Beuteschema. Der kann sogar grillen. Wenn er jetzt noch Kohle hat, dann kann er bei mir gleich mal anheizen.

»Was ist der Unterschied zwischen einem Schlips und einem Kuhschwanz?«, fragt mich dessen ungeachtet der Haslinger, als könnte er sehen, was ich auf meinem Bildschirm hab. Die Antwort lässt auch nicht lange auf sich warten. »Beides hängt von oben runter – aber der Kuhschwanz verdeckt das ganze Orschloch!«, lacht er jetzt aus vollem Halse, wischt sich die Tränen aus den Augen und wedelt dann wie Oliver Hardy doof mit seiner Krawatte herum. »Winke, winke!«

Mann, ist der albern. Winke, winke? Hat der heute zum Frühstück verbotene Kekse gegessen? Und überhaupt, seit wann trägt der Haslinger im Büro Krawatte? Noch dazu eine knallgelbe?

Sein Handy klingelt.

Rums! Schon ist der Haslinger wieder im Motzmodus. »Das is sicher kein Gscheider. Das hör ich scho am Klingeln«, schimpft er und hebt ab.

»Haslinger. So, aha … Ob ich Zeit hab? Mei, also um ehrlich zum sei … In da Gemeindeverwaltung, a Klo verstopft? Ja, heut wird das fei nix mehr. Naa, garantiert ned. Morgen halt dann ... was? Da Bürgermeister? Was hat a? An neuen Auftrag? Ja, das ist dann natürlich was anderes, geh? Ach, Gitti, weißt was, ich flitz schnell rüber zu euch. Naa, naa, das ist doch kein Problem nicht. Schau ich halt schnell auf einen Sprung in unserer schönen Gemeinde vorbei, gell? Also dann, bis nachher, Gitti«, winkt er ihr mit der Krawatte ins Telefon rein. Und bis ich schau, ist der Haslinger samt seiner blöden Krawatte dann zur Tür hinaus.

Endlich bin ich allein und kann mich wieder auf meine Männersuche konzentrieren.

Die Ladenglocke geht.

Der Wimmer steht im Laden. Will wissen, ob wir eine billige Klobrille dahaben. Und freilich mach ich ihm jetzt eine neue schmackhaft. Er scheint auch recht interessiert zu sein, fragt mich, was so eine Brille kostet, und wie ich ihm dann den Preis nenn, da fällt der Wimmer aus allen Wolken. Er fällt und fällt, und ein paar Sekunden später landet er wieder im gleichen Wimmermodus von gestern. Wimmert und wimmert und lobt seinen alten Deckel in den höchsten Tönen. Bla, bla, bla, gleiche Leier wie gestern. Dann fragt er mich doch im Ernst, ob ich nicht rein zufällig eine gebrauchte Klobrille für ihn dahätte. Weil so gebrauchte Brillen, sagt er, sind oft noch recht gut beieinander. Nachfolgend hält er mir ein Referat über die Vorteile von gebrauchten Sachen, und ich schweife gedanklich mal eben ab zur Männersuche, weil das ist ein Thema, was mich persönlich mehr begeistert.

Ich überlege mir, ob der Wimmer vielleicht recht hat mit den Vorteilen von was Gebrauchtem. Ein Mann aus zweiter Hand ... Das wär doch auch mal eine Idee. Aber gebrauchte Männer haben halt auch meistens jede Menge Macken, gell? Manche sogar einen Schaden, und so was brauch ich jetzt auch nicht unbedingt. Wie es wohl dem Küken mit meinem Mann so geht? Auf die eine oder andere Art hat der Ritschi ja auch irgendwie ... Wenn ich da an seine schon sehr spezielle Vorliebe für das Auseinandernehmen von Leichen denke. Mhm,

Leichen ... Da fällt mir doch gleich die Moserin wieder ein. Vergiftet. Wem liegt daran, eine Frau und Mutter zu vergiften und sie dann für immer im Wannensockel ihres Hauses zu versenken? Und warum hat der Täter dieses Trara mit den Holzspänen und dem Plastiksack gemacht? Wusste er, dass die Leiche auf diese Weise nicht so schnell verwest und es somit auch im Haus nicht nach Verwesung riecht? Und warum der Lavendelbüschl? Der Täter muss die Tat jedenfalls geplant haben. Und er hatte Zeit, die Leiche einzuzementieren, ohne dass jemand etwas davon mitbekommt ...

»Was is jetzt?«, reißt mich der Wimmer aus meinen Gedanken. »Ham S' jetzt was Gebrauchtes oder nicht?«

»Nein, haben wir nicht.«

»Jaaa, aber wenn ihr mal irgendwo ein altes Klo austauscht, dann ist doch da auch sicher mal eine Klobrille dabei, oder?«

Der Mann macht mich wahnsinnig.

»Ach, wissen S' was, Frau, rufn S' mich an, wenn Sie mal eine Brille reinkriegen, gell?«, nickt er mir her, und ich nick zurück. Soll er doch glauben, was er will, der Depp. »Habe die Ehre«, hebt er mir zum Abschied seinen alten Filzhut kurz in die Höhe und geht.

Es ist elf Uhr siebenunddreißig, wie der Haslinger zurückkommt. Er riecht nach Alkohol. Wer weiß, was er mit dem Bürgermeister für Geschäftchen getätigt hat.

Er zeigt auf die Wanduhr und wedelt dann wieder mit seiner Krawatte. Die ist jetzt kürzer.

Und dann erst kapier ich, dass heute Weiberfasching ist. Die Gitti hat den Haslinger also unter einem Vorwand in die Gemeindeverwaltung gelockt und hat ihm dann mit einer Schere die Krawatte abgeschnitten. Da schau einer an, derartigen Humor hätt ich der Vorzimmertrutschn gar nicht zugetraut. Und weil der Haslinger nun so gut drauf ist, schickt er mich doch jetzt glatt heim, damit ich mich für den Dorffasching rüsten kann, der in exakt zwei Stunden und dreiundzwanzig Minuten hier in Engelsried seinen Anfang nehmen soll.

Kurze Zeit später schlag ich dann auch schon bei meiner verwandtschaftlichen Sippschaft in deren Küche auf.

Die Leni sitzt noch im Morgenmantel am Küchentisch, hat den Waldi auf dem Schoß und schlägt die Zeit tot, und im Hintergrund laufen die Herzbuben im Radio, und der Heinzi flickt gerade die Löcher in seiner grasgrünen Lieblingsjacke mit einem grasgrünen Klebeband.

Kaum hab ich mich auf die Eckbank niedergesetzt, springt mir auch schon der Waldi auf den Schoß und macht es sich bei mir bequem.

»Ja, tust du auf da Elli ihren Schoß hockn, ha? Ja, wo is a denn? Ja, wo is denn das Buale vom Fraule, ha?«, beugt sich die Leni zu ihrem Köter her, streichelt ihm kräftig über den Pelz, dass die Hundehaare fliegen. Mein Oberkörper geht in Deckung. »Wo is a? Dadadadada!«, bohrt sie ihren Zeigefinger ins Fell rein.

Langsam nervt's echt. Gott sei Dank steht sie auf und geht.

Nachdem ich dem Heinzi alles erzählt hab, was ich vom Ritschi in Erfahrung gebracht habe, ist der erst mal richtig baff. Er hat freilich gar nicht damit gerechnet, dass ausgerechnet der Ritschi praktisch genau unsere Leiche in seinem Kühlschrank hat. Dann erzählt er mir, dass er gestern in aller Früh noch seine in der Nacht-und-Nebel-Aktion stehen gelassene Werkzeugkiste beim Moserhof geholt und dabei den Hurler über den Slawinski ausgfragt hat.

»Du, der Slawinski, der hat dem Moser Hartl, also quasi dem Sohn vom Moser und der Sophie, vor zehn Jahren den Hof abgeluchst, für a Butterbrot und a Ei. Und jetzt murkst er da seit Jahren rum und will sich da zwei Wohnungen neibauen. Der Hurler meint, dass der Slawinski an Haufen Dreck am Stecken hat. Du, wenn das ned da Mörder is, dann friss ich an Besen.«

»Der Slawinski kann aber doch gar nicht der Mörder sein. Der hat den Hof ja erst nach dem Tod von der Moserin gekauft«, klär ich den Jackenwiederaufbereitungsspezialisten hier mal auf. »Sag mal, kennst du den Dorfpolizisten? Den Schmiedi?«, erkundige ich mich dann noch bei ihm.

»Den Schmied Lenz? Ja, freilich kennt da Heinzi den. Geh, Heinzi, den kennst?«, steht die Leni schon wieder in der Küche und mischt sich in unser Gespräch ein.

»Der hat fei herausgefunden, dass vorgestern Abend jemand auf dem Moserhof rumgestiefelt ist. Hoffentlich kommt uns der nicht drauf, dass wir zwei das waren«, sag ich zum Heinzi.

»A geh, bis de Spusi bei dem Verhau alle Spuren ausgewertet hat, derweil ist Weihnachten«, beruhigt er mich, »und jetzt beeil dich, der Faschingsumzug fängt gleich an.«

8

Es ist exakt dreizehn Uhr fünfunddreißig, als ich mit den Strickerweibern vor dem Engelsrieder Feuerwehrhaus steh. Beim
Vorglühen. Die Babsi hat einen feinen Kräuterschnaps dabei,
und den lassen wir uns jetzt reihum schmecken.

Heute Nachmittag sind wir alle arabische Prinzessinnen
aus ein und demselben Harem, und der Heinzi ist unser aller
Scheich. Steht mitten unter uns mit stolzgeschwellter Brust
und benimmt sich wie der Hahn im Korb.

Zwei Schnapsrunden später steigen wir auf den Anhän-
ger vom Huberbauer, den die Gitti heute mal schnell so ganz
nebenbei zu einem Haremszelt umdekoriert hat. Der grandiose
Wagen und wir ergeben eine geniale Fusion aus »Tausendundeiner Nacht«, gezogen von einem bayrischen Fendt.

Kaum kommt der Faschingsumzug ins Rollen, friert es uns
wie die Schlosshunde in den dünnen Kostümchen. Warum ist
bei uns eigentlich der Fasching immer im Februar? Das ist der
kälteste Monat vom ganzen Jahr. Man könnte den doch auch
mal ausnahmsweise im Juli machen. Ach, wie gut haben es da
die Mädels in Rio. Ja, bei den Temperaturen, da lässt es sich
leicht feurig und halb nackt durch die Straßen ziehen. Für uns
dagegen bleiben nur zwei Möglichkeiten. Entweder du ver-
kleidest dich als Eisbär, oder aber du säufst dich warm. Leider
ist der Schnaps schon leer, also ist frieren angesagt. Aber die
Rettung kommt.

Der Gustl versorgt uns mit Bier aus den Vorräten der Land-
jugend. Die haben auf ihrem Wagen Getränke gebunkert, da
fällt ein Kasten Bier mehr oder weniger eh nicht auf. Außerdem ist die komplette Gesellschaft sowieso schon sturzbesof-
fen. Grölen und hüpfen wie die Bekloppten, dass der Wagen
wippt. Und weil auf ihrem halben Sattelschlepper auch noch
ein megagroßer Lautsprecher steht, aus dem Techno dröhnt,
biegen sich bei den Häusern, an denen der Tross vorbeirollt,

die Fensterscheiben im Takt, und das umstehende Fußvolk hebt sich die Ohren zu.

Da sind ja Leute. Keine Ahnung, wo die plötzlich alle herkommen. Viele hab ich noch nie in Engelsried gesehen. Nein, echt, es geht zu – Oktoberfest? Dreck dagegen. Und da soll noch einer sagen, dass sich in Engelsried Fuchs und Hase Gute Nacht sagen.

Zwischen all den verkleideten Leuten entdecke ich den Wimmer. Sticht förmlich aus der Menge, weil er unmaskiert etwas abseits steht und blöd dreinschaut. Ich ruf ihm vom Wagen hinab ein kräftiges »Lechau« zu und werf ihm ein Gutti an den Kopf. Weil, Rache ist süß. Schade, dass wir keinen Vorschlaghammer dabeihaben.

Nachdem der Faschingszug zweimal durch Engelsried gerollt ist, kommen wir leicht beschwipst wieder am Feuerwehrhaus an. Beim Absteigen gerate ich in eine arge Schieflage. Aber wurscht. Halte mich am Heinzi fest. Für was hat man schließlich einen eigenen Scheich?

Die örtliche Kapelle fängt kräftig an zu blasen, und wir Haremsdamen stehen quietschfidel in einem Pulk vor dem Wagen, wippen fröhlich im Takt und saufen uns unseren Scheich schön. Bis halt dann die Pichelmeier auftaucht und bei uns mitpichelt. Und das regt mich jetzt auf. Ja, weil sie mir wie immer ihre blöde Geschichte vom Horst, dem Hamster, erzählt. Und obendrein auch noch die vom Nachbarn, der jeden Tag zwei Semmeln beim Bäcker kauft, obwohl er definitiv allein lebt. Und so pack ich unseren Scheich am Arm und schreite mit ihm zwischen all den Wägen hindurch von dannen.

Vor dem Laden vom Semmelmeier steht unsere Bäckersgattin mit der Sarah Jessika auf dem Arm. Die Semmelmeirin vergöttert Kinder. Busselt jedes Kleinkind ab, das sie in die Finger kriegt. Meine Aufmerksamkeit gilt allerdings nicht der Sarah Jessika. Nein, es ist vielmehr der Semmelmeier. Er steht mit einem Bauchladen neben seiner Frau und verkauft die feinsten Krapfen und Kiachla, und da muss ich jetzt freilich gleich hin.

»Hallo, Elli!«, ruft mir die Sarah Jessika zu und streckt mir stolz ihren Krapfen entgegen, und so bedank ich mich noch schnell bei ihr und beiß ab. Puddingkrapfen. Einfach der Wahnsinn. Ein Traum. Kaum hab ich reingebissen, fängt das Kind auch schon zu plärren an, und ich hab noch gar nicht angefangen zu kauen, da wirft sie ihren Krapfen auch schon in den Dreck. Keine Ahnung, was das Mädel hat, zuck ich mit den Schultern. Vermutlich ist es ihr hier zu laut, kein Wunder bei dem ganzen Remmidemmi.

Die Semmelmeier lacht und drückt der Zwiderwurzen einen neuen Krapfen in die Hand, und die Sarah Jessika und ich sind wieder Freunde. Freilich kauf ich mir beim Semmelmeier gleich einen eigenen Puddingkrapfen. Dann steht auch schon die Leni neben mir und genehmigt sich ebenso einen. Allerdings einen mit Aprikosenmarmelade. »Ja, was ham mir denn do? An Maikäfer ham mir do«, schlenzt sie mit ihrem Zeigefinger über die roten Backen von der Sarah Jessika.

»Stimmt ja gar nicht«, dreht die Kleine ihren Kopf weg, weil sie freilich kein Maikäfer, sondern ein Marienkäferchen ist. Aber die Leni, die kennt so feine Unterschiede ja nicht. Redet pausenlos auf das Kind ein.

»Host a schöns Krapfi gekriegt, ha? Ja, so a schöns Krapfi? Ja, wie schmeckt denn das Krapfi, ha? Is das Krapfi gut?«

Die Leni nervt. Sobald die einen Hund oder ein kleines Kind sieht, fängt die an, peinlich zu werden. »Ja, wo is a denn? Ja, wo is denn das Bauchbuzale, ha?«, bohrt sie dem Kind den Finger in die Magengrube. Ich dreh mich lieber mal um. Nicht, dass das Mädel noch herspeit und mir den Appetit verdirbt. Kaum umgedreht, steht auch schon eine kleine Frau vor mir. Weißes Haar, von Kopf bis Fuß in ein weißes, wallendes Kostüm gehüllt. Durch eine weiße, mit Federn geschmückte Maske starrt sie mich mit unheimlich grün schimmernden Augen permanent an. Ihr stechender Blick geht durch mich hindurch und erzeugt in mir ein seltsam mulmiges Gefühl, das ich irgendwie jetzt grad nicht genau deuten kann. Irgendwoher kenn ich die Frau, es will mir nur nicht einfallen, woher. Zum Überlegen komm ich nicht, weil vor uns auf einmal ein Mordstohuwabohu ist.

Eine dicke Frau samt Tirolerhut, eingehüllt in grünen Loden, steht in der Menge und grölt herum wie eine Irre.

»Du Grattler! Du hast die Sophie auf dem Gewissen!«, schreit sie, dass ein jeder bloß noch so schaut. »Geh weg da«, schiebt sie sich unsanft durch die raunende Menschenmenge. »Ich hab's immer schon gewusst, dass du sie umgebracht hast. Du Sau!«, brüllt sie einen älteren, recht adretten Herren an. Der steht fassungslos da, wird bleich wie eine Gelbwurst und weiß nicht recht, wie er reagieren soll.

»Mörder!«, spuckt sie dem Mann auf die Schuhe, und augenblicklich herrscht hier eine Stille, das kann man gar nicht glauben.

»Ja, spinnst du? Da Moser bringt doch seine Frau ned um, der Moser ned«, tritt die Rosl auf einmal aus der Menge heraus, bäumt sich vor der Tirolerin auf und droht ihr mit dem Stecken. »Und jetzt verdünnisier dich! Schau, dass du weiterkommst!«

Die Tirolerin macht kehrt und watschelt samt ihrer Leibesfülle wortlos davon.

»Versaut uns do unser schönes Fest mit ihren Beschuldigungen. Eine Unverschämtheit is das«, keucht die Rosl, wie sie nun neben mir steht.

»Wer war das?«, frag ich sie gleich und schiel dabei nach der Frau in Weiß, aber die ist weg.

»Ja, das ist doch die Hafermeier Liesbeth.«

»Und wo wohnt die?«

»Warum willst denn das wissen, ha?«, zwickt sie die Augen zusammen und schaut mich schief von der Seite an.

»Ja, weil's mich halt interessiert.«

»So, so, das interessiert dich, aha«, mustert sie mich schon wieder. »Hafermeier schreibt sie sich, in Schongau wohnt s'.

Mei, is die in die Breiten gegangen. Ich hätt sie beinah nimma kennt. A so a gwamperts Luader. Die is genauso schiach wie ihre Base, de Moserin. Aber doo«, reibt sie mir mit Daumen und Zeigefinger direkt vor der Nase herum und bekommt dabei ganz große Augen, »doo … ist schon was do. Erbt alles mal der Moser Hartl. So eine Unverschämtheit, schreit die Hafermeirin do so rum und bezichtigt unseren Altbürgermeister als Mörder. Der hot seine Frau gewiss ned umbracht. Der ned! Da Moser Ludwig, das ist ein ganz ein feiner Mann, war sehr beliebt als Bürgermeister«, informiert sie mich noch und wackelt davon. Und ich mach mich wieder auf den Weg zurück zum Feuerwehrhaus, in der Hoffnung, dass die Pichelmeier in der Zwischenzeit abgedampft ist. Und ja, ich hab Glück, sie ist weg.

Nach einer halben Stunde stellt die Humptatamusik allerdings ihren Betrieb ein und packt ihre Siebensachen zusammen. Und so geh ich auf die Suche nach meinen Kindern. Den Rupi find ich gleich, aber die Josi ist wie vom Erdboden verschwunden.

Am Eingang vom Dossenbach seinem Haus entdecke ich dann die Josi. Sie sitzt vor einem Blumenkübel, hat ein ganz grünes Gesicht und schaut mich elend an.

»Was ist denn mit der?«, fragt mich nun auch mein Sohn, sichtlich besorgt über den Zustand seiner großen Schwester.

Mei, wie soll ich ihm das jetzt erklären?

Sie hat halt einen Rausch.

Das ist allerdings eine recht kurze Interpretation. In dem Zustand, in dem die Josi grad ist, da wäre aber eine längere Erklärungsvariante nötig. Weil mit dem Rausch, das ist ja bei uns in Bayern so eine Sache, gell?

Weil bei uns, da gibt's ja verschiedene Räusche.

Den Suri zum Beispiel. Ein Suri, das ist ein leichtes Räuschlein, wie ich im Moment grad einen hab. Ist echt nix Besonderes, weil man bei uns in Bayern den Suri von Kind auf kennt. Ich kenn ihn, weil mir die Oma sonntags leicht mal einen Schuss

Eierlikör ins Limo geschüttet hat. Die Mannsbilder bei uns kennen ihn freilich auch schon seit der Kindheit. War es doch früher durchaus üblich, dass der Diezi, der Schnuller also, zur Beruhigung des Kindes ins Bier getunkt wurde, bevor er ins Goscherl gekommen ist. Somit ist uns der Suri halt recht vertraut, und deswegen beschreibt das Wort Suri mehr oder weniger einen bayrischen alltäglichen Allgemeinzustand. Ja, und dann gibt's ja noch den ganz normalen Rausch.

Der Rausch, das beschreibt einen Zustand, wo man halt besoffen ist. Dabei redet man oft einen rechten Schmarrn daher, ja, und wenn man den Schmarrn, den man daherredet, dann irgendwann nicht mehr gescheid aussprechen kann, also quasi nicht mehr grad reden und schon gar nicht mehr grad gehen kann, dann hat man praktisch die Steigerung vom Rausch erreicht. Den Saurausch.

Im Saurausch kann es passieren, dass man nimma weiß, wo hinten und vorne ist, und so kommt nach dem Saurausch meistens steigerungsmäßig nimma viel. Die Steigerung vom Saurausch, die wär dann praktisch bloß noch: Speiben! Und genau in diesem Zustand, da ist jetzt die Josi. Kurzum, sie kotzt dem Dossenbach grad in den Buchs.

Mei, und was jetzt nach dem Speiben und dem Saurausch kommt, das ist ja klar. Es kommt eine erbärmliche Strafe. Und die ereilt die Josi, kaum dass wir daheim in der Wohnung sind. Für den Rest vom Nachmittag hängt sie nämlich über der Kloschüssel und reihert sich die Getränke und das Essen aus dem Hals. Dabei schwört sie mir hoch und heilig, dass sie in ihrem gaaanzen Leben nie wieder Alkohol trinkt. Tja, wer mit vierzehn dauernd beim Gustl am Bier nippt, dem gehört es halt auch nicht anders, gell?

Für den Rest vom Spätnachmittag, da spiele ich heute mal den Pflegedienst und bin dann irgendwann recht froh, wie ich die versoffene Josi im Bett hab. Auch der Rupi liegt schon in der Heia, und so mach ich es mir daheim gemütlich. Schmeiß mich in eine alte schlapprige Jogginghose mit so ausgebeulten Knien rein. Zieh meinen BH aus und schlüpf in ein altes T-Shirt, das grad so herumliegt. Dazu schenk ich mir in der Küche einen Landwein ein. Ich mag den, weil der ist vom Land.

Klar steh ich persönlich jetzt nicht so auf Land. Das wissen S' ja in der Zwischenzeit sicherlich. Aber beim Wein, da ist es schon gut, wenn der vom Land kommt. Ich mein, stellen Sie sich mal vor, der käme nicht vom Land, sondern aus der Stadt. Was soll denn das für ein Wein sein, der da in der Stadt wächst? Wo soll sich denn der Wein da richtig entfalten können. Zwischen Bordsteinritzen und Mauerspalten, oder was? Nein, nein, ich bleib beim Landwein.

Ich schenk mir also ein Glas Landwein ein, mach den Fernseher an und schmeiß mich aufs Kanapee. Ich sitz noch gar nicht lang, dann komm ich wegen der Moserin ins Grübeln: Wer sollte jetzt da noch auf dem Moserhof herumgeschlichen sein, ha? Und wer, verdammt noch mal, hat die Moserin auf dem Gewissen? Welche Anhaltspunkte habe ich denn bis jetzt schon? Ich mache mir mal schnell eine Liste. Listen sind immer gut fürs Nachdenken, vielleicht komm ich dann drauf. Also schreibe ich:

Ehemann von Moserin, sehr verdächtig
Hafermeirin ... aufsuchen
Küche aufräumen
Moser Hartl finden
Küche aufräumen!

So ein Schmarrn. Ich streiche die Sätze durch. Gehört hier nicht rein. Außerdem, an die Gammelküche vom Slawinski kommt meine Küche ja nie und nimmer nicht ran.

Apropos Slawinski. Warum ist der wohl abgehauen? Wenn die Moserin schon dreißig Jahre in dem Sockel dringelegen hat, dann kann der Slawinski ja nicht der Mörder sein, oder? Der hat den Hof ja erst vor zehn Jahren gekauft.

Aber wer kann's dann bloß sein?

Ich notiere weiter:

Gift
Holzspäne
Lavendelbüschl

Bei »Ehemann von Moserin« mache ich mir ein fettes Kreuzchen auf die Liste. Weil ich immer mehr draufkomm, dass nur er der Mörder sein kann. Ich mein, warum sollte denn diese Hafermeirin, also quasi die Cousine von der Moserin, den Moser in aller Öffentlichkeit so derart beschimpfen und beschuldigen? An dem Vorwurf muss doch was dran sein. Und dann plärrt uns beim Maskerergehen die Moserin auch noch die Hucke voll und ist kurz drauf für immer verschwunden. Nein, nein, die hat nicht geflennt, weil der Heinzi »Ihr Kinderlein kommet« geträllert hat, die Frau hatte damals vermutlich ein Problem. Irgendein Problem, von dem ich jetzt noch nix weiß. Vielleicht Eheprobleme? Mhm, das werde ich schon noch rausfinden.

Es klingelt. An der Wohnungstür. Vermutlich hat der Gustl wieder mal keinen Schlüssel dabei. Das kommt öfter vor, und das nervt. Ich reiß mich also vom Kanapee los und mach mich auf den Weg zur Wohnungstür. Nicht, ohne mein halb volles Glas Wein mitzunehmen. Schließlich komme ich auf dem Weg an der Küche vorbei und kann mir somit noch nachschenken. Dann reiß ich mit einem Ruck die Tür zum Flur auf, und grad will ich mich wieder umdrehen, da haut's mir die Schusser raus, weil vor mir steht nicht etwa der Gustl, sondern die Polizei. Und zwar in der Form von diesem Schmiedi. Er hält mir seine Dienstmarke unter die Nase.

»Elvira Fuchs?«, fragt er mich in einem sehr ernsten Ton.

Oh mein Gott, der ist uns draufgekommen, dass wir auf dem Moserhof … Einbruch, Entfernung von polizeilichen Siegeln, alles Straftaten. Womöglich steh ich auch noch unter Mordverdacht! Wie kann ich mich rausreden? Hilft's, wenn ich sag … Ja, was könnt ich denn überhaupt sagen? Mir fällt gleich direkt gar nix ein.

Ich setze meinen Bitte-tun-Sie-mir-nix-Blick auf, und er

schaut mich dabei an mit einem Röntgenblick, als wollte er alles aus meinem Hirn herauslesen, was sich grad dort drin abspielt.

Dann räuspert er sich, und ich befürchte, er legt jetzt direkt los.

Aber der Schmied sagt immer noch nix. Stattdessen schaut er jetzt an mir vorbei und inspiziert meinen Flur. Was nun auch nicht viel besser ist, weil da liegen doch noch die ganzen Schuhe von der Josi verstreut auf dem Boden herum.

»Es liegt gegen Sie eine Anzeige vor, wegen Verletzung der Aufsichtspflicht und Sachbeschädigung«, sagt er dann bitterernst.

»Aufsichtspflicht? Sachbeschädigung?«, wiederhole ich die Wörter stammelnd, weil ich's nicht kapier. »Wie m-m-meinen S' das jetzt?«, stottere ich und kau dabei nervös auf meiner Unterlippe herum.

»Angeblich hat Ihre minderjährige Tochter beim Herrn Dossenbach in den Blumenkübel gespieben«, klärt er mich endlich auf. Und jetzt fällt bei mir nicht nur der Groschen, sondern auch ein Stein vom Herzen. Der Stein fällt so schnell, eigentlich hätte der Schmied ihn jetzt müssen rumpeln hören, so schnell fällt der.

Der Dossenbach hat mich angezeigt? Ja, was soll ich dazu noch sagen?

Erleichtert nehme ich einen großen Schluck Rotwein auf den Schrecken und lächle den Schmied über das Glas hinweg etwas dümmlich an. »Auf den Dossenbach«, erhebe ich das Glas, worauf der Schmied Lenz wieder mal breit grinst. Und ich weiß nicht, liegt es am Landwein oder an der komischen Situation, ich find sein Grinsen jetzt grad im Moment gar nicht weiter schlimm. Im Gegenteil, ich bin der Meinung, der Polizist hat Humor. So was hat man ja auch selten, gell? Meistens sind Polizisten doch eher Bürokratenscheißer.

»Mei, ihr erster Rausch halt. Da kann man nix machen«, nehme ich einen weiteren Schluck. Langsam werd ich locker.

Aber plötzlich fällt mir ein, wie ich ausschau. Der Busen

fühlt sich von der Schwerkraft angezogen, die Haare wie ein Haflinger und die Klamotten wie der letzte Penner. Ich schau aus wie eine asoziale Trulla von SAT.1. Sie wissen schon, die Weiber, die immer am Nachmittag durch den Bildschirm laufen, andere Menschen wüst beschimpfen und alkoholisiert irgendwelche Falschparker verklagen. Was soll der Polizist bloß von mir denken?»Und, ham S' den Slawinski schon gefasst?«, frag ich, um ihn von mir abzulenken und weil mir nix anderes einfallen will.

»Nein, leider nicht«, schaut er mich verwirrt an.

»Oder ham Sie schon irgendwelche Anhaltspunkte, was den Mörder betrifft?«, frag ich dann noch so nebenbei und dreh dabei verlegen das Rotweinglas in meinen Händen, aber der Bulle schweigt sich aus. »Landwein«, halt ich ihm jetzt das Glas hin. »Wollen S' auch einen?«

»Bin im Dienst«, dreht er sich um und will gehen.

»Was ist jetzt mit der Anzeige?«, frag ich noch nach.

Der Polizist winkt ab, tritt ins Treppenhaus hinaus, und schon springt der Waldi ums Eck und freut sich. Also, der Köter ist doch blöd. In seiner Funktion als Hund müsste der doch jetzt den fremden Mann im Haus anfeinden. Beißen, schnappen oder zumindest anbellen. Aber nein, er begrüßt den Fremdling freudig und wedelt mit dem Schwanz. So ein blödes Viech.

Aber der Schmied lässt sich vom Waldi gar nicht beeindrucken, lässt ihn links liegen und geht. Wie unten die Haustür ins Schloss fällt, da lehne ich mich oben erst mal gegen die Tür. Boah, was war denn das jetzt? Eine Glanzleistung, Elli. Da hast du schon mal einen Polizisten in der Wohnung, könntest ihn bezüglich des Mordes ausfragen, und statt taktisch vorzugehen, redest du so einen Stuss. Bietest ihm auch noch Wein an. Oh Herr, lass Hirn vom Himmel regnen! Noch dazu schaust aus wie Frau Flodder höchstpersönlich. Wie willst du denn so mit deinen Ermittlungen weiterkommen? Ab morgen KEIN ALKOHOL MEHR! Nehm ich mir jetzt das Gleiche vor wie die Josi. Der vernebelt mir ja noch komplett die Sinne. Den

Rest vom Landwein schütte ich deshalb ein bisserl wehmütig in den Ausguss. Da geht er dahin, der Landwein. Fließt in eine bayrische ländliche Klärgrube. Zurück zum Ursprung, kann ich da nur sagen.

9

Wenig später steht die Babsi bei mir auf der Matte. Quietschfidel.

Bis ich michs verseh, hat sie auch schon ihre Jacke ausgezogen. »Funkenmariechen« präsentiert sich frisch und heiter im kurzen Kleidchen mit tiefem Ausschnitt bei mir im Flur. Menschenskinder, die hat vielleicht ein Fahrgestell in dem Kleid. Und wenn sie sich bückt, dann schaut hinten der Unterbodenschutz raus, also ihre Unterhose quasi. Bei der Babsi ist es mehr ein Ritzenflitzer.

»Auf geht's, wir gehen ins Feuerwehrhaus, zur After-Umzugsparty!«, klatscht sie in die Hände.

Meine Lust geht gegen null. After-Umzugsparty? Erstens ist es schon spät, und zweitens müsste ich mich noch duschen, also quasi komplett herrichten.

Aber die Ausreden zählen bei der Babsi nicht. Schon prescht sie an mir vorbei in die Küche. Haut dort Salat, Ingwer, Gemüse und Obst in den Mixer, und schwuppdiwupp präsentiert sie mir einen grünen Smoothie. »Der haut dich wieder nach vorne«, hält sie mir das grüne Gesöff vor die Nase, »runter damit!« Na gut, man gönnt sich ja sonst nix. »So, und jetzt ab in die Klamotte und naus beim Loch. Was ziehst du an?«, fragt sie mich frohgemut.

»Keine Ahnung«, sag ich, weil ich echt nicht weiß, was ich auf so eine After-Umzugsparty anziehen soll. Afterparty! Wie das schon klingt. Sind sicher nur Ärsche da.

»Bleib ich halt gleich so und geh als Assi.«

Das liebe ich an der Babsi. Sie ist so herrlich naiv, die kauft einem aber auch alles ab. Steht jetzt da, schaut mich von oben bis unten an und überlegt. »Mhm, ja, stimmt. Echt originell, das Kostüm ... aber doch irgendwie doof, oder? Also, wenn du heute irgendwie noch einen Typen abkriegen willst, wär's, glaub ich, besser, du ziehst dir was anderes an.«

Und, ja, sie hat ja recht. In dem Aufzug krieg ich sicher keinen Mann. Also was anziehen?

Den dünnen Fetzen von heute Nachmittag? Ein Blick aus dem Fenster, und ich entscheide mich dagegen, weil es nun auch noch zu schneien angefangen hat. Hab keine Lust, mir heute Abend schon wieder den Arsch abzufrieren. Afterparty hin oder her.

Ich wähle ein rotes Ganzkörperhasenkostüm. Somit wird die Fuchs ganz flugs zum Hasen. Es hat ein Stummelschwänzchen am Hintern und eine Kapuze mit zwei drolligen langen Ohren. Das ist süß. Hab ich uns, also dem Ritschi und mir, mal vor Jahren für den Kostümball vom Münchner Klinikum bestellt. Der Ritschi hatte aber damals keine Lust, mit mir als Hase übers Parkett zu hoppeln, und so ist das Kostüm bis heute nicht zum Einsatz gekommen. Nun also rein in den Hasen.

So ein Ganzkörperkostüm hat einen ganz klaren Vorteil: Man kann sich auch mal komplett danebenbenehmen und wird dabei nicht erkannt. Mein Gesicht bemal ich mir rundrum mit brauner Farbe. Perfekt!

Auf dem Weg zum Feuerwehrhaus jammere ich der Babsi erst mal die Hucke voll. Beklage mich über mein langweiliges Landleben hier und erzähl ihr von meiner Sehnsucht nach meinem alten Leben in meiner tollen Stadt. Aber miese Laune lässt die Babsi einfach nicht gelten.

»Du wieder«, bufft sie mir in den Oberarm. »Komm, heute lassen wir es mal so richtig krachen.«

»Und bei dir? Kein Mann in Sicht?«, frag ich sie.

»Nö du, alles gut! Ich hab irgendwie gar kein Interesse an einem neuen Typen. Zumindest will ich irgendwie keinen stationär. Wenn ein neuer Mann … dann nur ambulant«, kichert sie, und jetzt muss ich auch lachen, und so ziehen wir halt jetzt recht albern durch die Straßen.

»WUMM, WUMM, WUMM«, tönt es aus den Boxen im Feuerwehrhaus. Man kann es schon von Weitem hören.

»Zwei Getränke sind frei«, erklärt uns ein netter junger Kerl am Eingang und schielt dabei der Babsi auf den Busen.

»Irgendwie voll schnucklig, der Typ«, kichert sie.

»Habt ihr auch Ohrenstöpsel?«, schrei ich ihn an, weil das »WUMM, WUMM« so laut ist, dass man sein eigenes Wort nicht versteht.

»Der Gustl legt auf. Voll die fette Mucke!«, informiert er uns und kassiert zehn Euro. Dafür bekommen wir von ihm ein Plastikbändchen um den Arm, wie im Club-Hotel auf Mallorca!

Im Feuerwehrhaus ist es auch so warm und so voll wie auf Mallorca. Leider!

Ich steh dann erst mal da und beobachte. Mach ich ja gern, Leute beobachten. Man möchte meinen, dass bei so einer Afterparty ein paar bekannte Ärsche da sind. Aber nix. Kein Wimmer, kein Haslinger und auch kein Grinser nicht. Ich entdecke die Frau in Weiß. Angelehnt an eine Säule, steht sie einfach nur da, und obwohl die Entfernung zu ihr groß ist, wird mir sofort klar, dass sie mich ununterbrochen mit ihren dämonisch wirkenden Augen beobachtet. Trotz der Hitze durchfährt mich ein Schauer über den Rücken. Wer in aller Welt ist diese Frau? Und warum starrt die mich so an?

Ich habe keinen blassen Schimmer.

Ein paar Dorfdotschen stehlen mir die Sicht. Stehen im Pulk auf der Tanzfläche, haben eine Bierflasche in der Hand und wippen ein bisschen mit ihrem Hinterteil hin und her. Gehen unheimlich aus sich raus. Wie der Blick zur Säule frei wird, ist die weiße Frau weg. Eine Weile starr ich auf die Stelle, wo die Menge die Frau in Weiß verschluckt hat. Dann erspähe ich Batman. Er tanzt direkt vor mir. Lässt so richtig die Sau raus. Da könnten sich die Dotschen aber mal was abschauen. Beweglich wie Kaugummi, der Kerl. Schwingt sich über die Tanzfläche, dass der Scheitel wackelt. Auffallend ist, dass der junge Mann nicht nur einen großen Scheitel hat, sondern auch Riesenlauscher. Gut, seine Ohren sind nicht so groß wie meine Hasenlöffel, die ich heute auf dem Kopf trage, aber fast. Noch dazu hat er ein Riesenloch in der Größe eines Pingpongballes im Ohrwaschel. Also, ich kenn nur einen, der solche Oschis in den Lauschern hat, und das ist der Kevin. Mensch, der hat vielleicht Nerven. Ist seit zwei Tagen krankgemeldet und geht auf den Fasching. Der spinnt wohl. Sollte der Haslinger oder der Otto hier auftauchen, dann hat der Bub morgen Hundstage, da bin ich mir sicher.

Das Feuerwehrhaus ist möbeltechnisch komplett leer geräumt, es gibt keinerlei Sitzgelegenheit. Kein Feuerwehrauto, keine Feuerwehrkluft, nix. Keine Ahnung, was passiert, wenn es in Engelsried und Umgebung brennt. Aber wurscht. Vermutlich ist jeder hier anwesende Feuerwehrmann eh schwer damit beschäftigt, seinen eigenen Durst zu löschen. Apropos Durst, beim Versuch, zum Schanktisch vorzudringen, werden wir von allen Seiten geschubst und angerempelt. Schnäppchenjagd beim Aldi? Dreck dagegen. Mit Jugendschutz haben die sicher keine Probleme. Man kann sagen, der Alkohol ist hier verdammt schwer zugänglich. Es dauert nämlich eine gefühlte halbe Stunde, bis wir endlich vor dem Tresen stehen. Ich bestelle ein Rüscherl, was auch immer das ist. Die Babsi nimmt ebenso ein Rüscherl, weil ein Rüscherl halt auch wunderbar zu ihrem Kostüm passt, gell? Dann kommt das Mammutprojekt, das Getränk heil aus dem Getümmel zu bringen. »Heiß und fettig!«, brüll ich in die Menge, heb das Rüscherl über die Köpfe und mach uns damit halbwegs den Weg frei. »Also, alt werd ich da heute nicht. Mir gefällt's da nicht, ist viel zu laut, der Pressluftschuppen!«, brüll ich zur Babsi rüber, wie wir endlich etwas abseits von der Menge einen freien Platz ergattert haben.

»Ach was …!«, grölt sie zurück, und dann redet sie ohne Punkt und Komma. Hält mir einen langen Monolog über positives Denken. Leider kann ich nur Teile davon verstehen. Und das hört sich in etwa so an: »Wenn du … irgendwie negativ denkst, dann … du auch nur … irgendwie total negative Leute treffen. Allein … von der Energie … brauchst … dich … nicht wundern … um dich herum dann nur Negatives passiert. Du solltest positiv … Weißt? Nimm … alles so an … kommt. Wenn du … umdenkst … sich sicher auch … zum Guten wenden … Wirst sehen.«

Ich stell auf Dauernicken. Mei, was soll ich machen? Kaum dass die Gläser leer sind, hol ich Nachschub, und wie ich später mit dem Selbigen zurückkomme, finde ich die Babsi mit einem Cowboy knutschend in einer Ecke. Donnerwetter, die geht aber ran. Also mein Geschmack wär der Typ nicht. Cowboy, kariertes Hemd, Cowboyhut, ich mag keine langweiligen Verkleidungen. Auch der Oberlippenbart gefällt mir nicht. Gut, einen Oberlippenbart hat die Babsi auch, aber nur einen ganz kleinen. Und weil ich nun den beiden nicht dauernd beim Knutschen zuschauen will, geselle ich mich mal lieber zu Batman dazu und tanz ein bisserl. Der kennt mich in dem Hasenkostüm freilich eh nicht. Meine Glieder sind ein bisschen steif. Vermutlich eingerostet. Hab schon ewig nicht mehr getanzt. Eine frische Ölung von innen wär nun nicht schlecht. Bei der Hitze sind die Rüscherl nämlich im Nullkommanix herausgeschwitzt, und der gesamte Alkohol ist verdampft. Bevor ich der Gefahr einer Austrocknung entgegengehe, hol ich mir jetzt ein weiteres Rüscherl.

Später lädt uns der Cowboy von der Schmusebabsi in die Bar ein, die sich im Untergeschoss vom Feuerwehrhaus befindet, was echt gut ist, weil es da bei Weitem nicht so heiß und laut ist.

Ich bestell ein Tschäki-Cola, dann einen Mojito. Weil, wie hat die Oma früher schon immer gesagt? »Einem geschenkten Gaul schaut man nicht ins Maul.«

Wie ich später aufs Klo raufgeh, da gefällt mir das »WUMM, WUMM« schon ein bisserl besser. Unglaublich, was so ein Rüscherl, ein Tschäki-Cola und ein Mojito ausmachen.

Jetzt steh ich erst mal vor dem Frauenklo. Vor mir eine riesige Schlange. Das kenn ich von früheren Veranstaltungen. Da hat sich seit meiner Jugend nix dran verändert. Zwei Klos für Frauen und ein Klo und fünf Urinale für die Männer.

Versteh ich nicht.

Hab ich noch nie verstanden.

Ich vermute mal, dass die Herren Architekten von sanitären Anlagen, sprich: von Klos in öffentlichen Gebäuden, keinen

blassen Schimmer nicht haben. Gehen von sich aus: Hosenfallen auf – das Ding raus – bieseln – schütteln – reinschoppen,
Hosenfallen wieder zu – fertig! Bei uns Frauen dauert es halt
einfach länger.

Wegen dem roten Hasenkostüm und dem Alkohol in meinem Schädel verbringe ich sage und schreibe ich-weiß-nicht-
wie-lang auf dem Klo. Weil beim Bieseln ist so ein Kostüm
furchtbar unpraktisch.

Komplett ausziehen – Schuhe runter – ui, kalter, versiffter
Boden. Unterhose runterziehen – bieseln – Unterhose rauf. In
den Hasen reinschlupfen – das Gleichgewicht verlieren – gegen
die Tür knallen – aua!

Noch mal.

Fertig, Gott sei Dank!

Hä? Reißverschluss ist hinten? War doch vorher vorne,
oder? Mhm!

Wo vorher mein Popo drin war, ist jetzt der Bauch!

Bauch füllt Stoff, wo Kuhle von Arsch drin war, nicht auf!

Schaut doof aus, aber juhu! Habe abgenommen!

Kapuze ist jetzt auch vorne!

Ach so, jetzt check ich's, das Kostüm ist verkehrt herum!
Aber wurscht.

Wenn ich aber jetzt die Kapuze hochziehe, seh ich nix. Mhm,
blöd!

Entweder wieder ausziehen oder Löcher für Augen rein-
schneiden.

Hab keine Schere, Mist.

Eine halbe Ewigkeit später hab ich dann den Hasen tatsächlich wieder andersherum an. Wobei jetzt halt die Naht und der
Zettel außen sind.

»Nur liegend trocknen! Achtung, Ausblutungsgefahr!«, lese
ich da auf der Waschanleitung. Mein Lieber, der Hase hat ja
ganz schöne Ansprüche. Und weil wir grad dabei sind, schnup-
per ich an ihm herum, waschen könnt der sich auch mal, er
stinkt wie ein Klohäusl.

Wie ich später endlich aus dem Klo wackel, ereilt mich der

Eindruck, dass inzwischen eine lange, lange Zeit vergangen sein muss. Das »WUMM, WUMM« ist aus, und am Eingang diskutiert ein Haufen von schwarz angezogenen Muskelmännern mit einem Haufen von Polizisten. Genau genommen sind es nur zwei Polizisten. Aber ich seh sie halt doppelt. Ein siebengescheiter junger dünner Hering im Polizeikostüm, mit schwarzem Ziegenbart, labert was von Ruhestörung und so. Und ich grins den anderen Bullen an. Lall ihm ein »Dossenbach« hin und ernte seinerseits ein Gegrinse, wofür ich ihm am liebsten eine mitgeben würde. Es ist doch nicht zu glauben, es kann spät sein, wie es will, der Typ grinst immer! »Lass gut sein, Franz«, beschwichtigt er dann den Jungspund. »Und ihr dreht die Musik leiser«, sagt er noch zum Muskelmann in Schwarz, und das find ich jetzt direkt nett von Schmiedilein.

Er ist doch ein feiner Kerl. Hat Verständnis für alle. Für Partygänger und für alkoholisierte, falsch parkende Muttis, die ihre Aufsichtspflicht verletzen. Ein toller Typ, echt! Tja, da kann man mal sehen, was der Alkohol alles verändert. Plötzlich wird auch der blödeste Grinser zum Helden.

Wie ich wieder in die Bar komm, muss ich erst mal Luft holen, bevor ich eintrete. Da ist ein Mief, das kann und will ich hier gar nicht beschreiben. Will vermutlich auch gar niemand wissen. Kurz, es stinkt nach einem Gemisch aus Schweiß und Alkohol.

Überall liegen Gläser herum, und der Boden pappt, als hätte den jemand flächendeckend mit »UHU flinke flasche« eingesaut. Ich entdecke die Babsi. Sie hängt im Fell von einem großen Teddybären drin. Der schaut aus wie Balu aus dem Dschungelbuch. Der ganze Typ ein braunes Fell. Aus seinem Gesicht schauen zwei pfiffige Augen heraus, und durch die Öffnung am Mund blitzen gelbe Zähne hervor. Das sieht lustig aus. Interessant ist, der Typ hat sein Kostüm noch komplett an, was um diese Zeit und bei der Hitze jetzt echt kolossal ist. Vermutlich ist er jetzt erst hergekommen.

Die Babsi aalt sich förmlich in seinen breiten Schultern und fummelt dabei mit den Händen am Fell herum. Ihre Augen funkeln. Was irgendwie logisch ist, weil sie ja heute auch ein Funkenmariechen ist.

»Wer ist das?«, flüster ich. Sie kichert nur, und darum gesell ich mich mal zu ihm dazu. Schließlich ist mein Hobby Ermitteln, und irgendwann werde ich dann schon draufkommen, wer's ist.

Das Doofe ist aber, er redet nix. Komm ums Verrecken nicht drauf, wer das sein könnte. Von der Statur her ... würd ich sagen ... ach, keine Ahnung. Jedenfalls schmeißt er großzügig ein paar Runden. Aber je mehr Runden er schmeißt, umso weniger Ermittlungsfieber lodert in mir. Weil ich halt zunehmend immer mehr benebelt bin.

Ich bin benebelt, der Bär ist benebelt. Die Babsi ist auch benebelt. Die ganze Bar ein Nebel. Ich sehe echt nur noch Umrisse, aber die sehe ich doppelt.

Und genau zwischen diesem ganzen depperten Nebel, da taucht sie dann wieder auf, diese Frau in Weiß. Steht zwei Meter von mir entfernt am Tresen und bestellt sich was. Das kann ich ganz genau erkennen. Also pack ich all meinen Mut zusammen und schreite auf sie zu. Dann falle ich.

10

Wie man sich unschwer denken kann, sitz ich am nächsten Morgen im Büro vom Haslinger und hab einen Riesenbrummschädel auf. Vermutlich war eins von den Getränken gestern Abend schlecht. Aber ich bin guter Dinge, dass es mit dem Schädel im Laufe des Tages besser wird. Ich mein, was soll er denn machen, der Schädel? Er kann doch nicht den ganzen lieben langen Tag so herumhängen, oder? Irgendwann muss der sich ja auch mal wieder aufraffen.

Ich hab mich doch heute auch in aller Früh zusammenreißen müssen. Bin aufgestanden und hab mich zuallererst entfusselt. Ja, keine Ahnung, im Haar, eigentlich überall sind diese Fussel von diesem Bärenkostüm drin gewesen. Bis ich die rausgefieselt hab, frag nicht. Dann hab ich erst mal mein Knie verarztet. Schaut irgendwie zerschunden aus. Hab mich vermutlich gestern irgendwo angestoßen. Dann duschen, das Frühstück für die Kinder richten, dem Rupi die Pausenbrote schmieren, eine Fünf in Mathe unterschreiben und die Suffziege von Josi krankmelden, weil sie gar nicht mehr aus den Federn rausgekommen ist. Und jetzt sitz ich da in der Arbeit und brauch meinen Kopf, und der nimmt sich einfach einen Tag frei? Ja, wo sind wir denn da?

Heute keine Spur vom Haslinger weit und breit.

Und weil halt jetzt sein Bürostuhl so verwaist herumsteht, setz ich mich erst mal genau da rein. Lehn mich weit nach hinten, leg die Beine auf den Schreibtisch und schließe die Augen. Nur für ein ganz kleines Momentchen – kurzes Powernapping.

Die Ladenglocke ist es, die mich aus meinem Dämmerzustand in die gemeine Arbeitswelt zurückkatapultiert. Herrgottsakrament, ist das ein Stress. Zuerst der Brummschädel, dann die Ladenglocke. Drama pur. Was kann jetzt noch kommen?

Ich hätt es mir denken können – der Wimmer.

»Nein«, sag ich schnell, »wir haben keine gebrauchte Klobrille.«

»So, ja, meine Frau will jetzt doch eine neue«, schaut er mich an. Mit einem Mordsbinkel auf dem Hirn. »Ham S' eine da?«

Und freilich haben wir eine da.

Ich lass ihn im Laden drinstehen und latsch über den Hof hinweg zum Lager rüber, um einen Toilettensitz zu holen. Die frische Luft tut mir gut.

Oh Mann, diese depperten Rüscherl können einem echt den ganzen Tag versauen. Ich mag sie nicht. Weder an Kleidern noch in flüssiger Form, aber nein, die Elli muss sich ein Rüscherl nach dem anderen reinballern und noch dazu ein Tschäki-Cola. Oder auch zwei. Gut, vielleicht waren's auch drei, egal, ich mag dieses Gesöff nicht. Hab ich früher in der Jugend schon nicht mögen.

Ich strahle, wie ich dem Wimmer den verpackten Deckel auf den Ladentisch lege. Endlich kauft der eine neue Brille, kommt dann nie wieder, und ich bin ihn los.

»Den nehm ich jetzt erst mal mit, zum Probesitzen«, nimmt mir der Wimmer die Brille gleich ab. »Ich kauf ja nicht die Katze im Sack, geh! Naa, naa, da muss man scho schauen, ob ich da draufpass.«

Der spinnt doch komplett.

Für lange Diskussionen fehlt mir heute definitiv die Kraft, und so stimme ich halt zu, dass er den Deckel mitnimmt. Mach ihm im Büro noch schnell die Rechnung fertig. Weil, hat er den WC-Sitz erst mal an seiner Kloschüssel montiert, dann ist der von dem Toilettensitz so begeistert, dass er ihn eh nicht mehr zurückbringt. Da bin ich sicher.

»Der ist ja weiß!«, schreit mir der Wimmer ins Büro.

»Ja, freilich ist der weiß.« Der Mann regt mich auf. Was will er denn jetzt schon wieder?

Genervt leg ich ihm die Rechnung auf den Ladenbudel. Hat der doch glatt den Sitz aus der Verpackung genommen.

»Einen weißen Sitz? Ja, um Gottes willen! Einen weißen Deckel … Ja, was meinen Sie, wie der dreckelt! Mit dem brauch ich bei meiner Frau erst gar ned daherkommen. Naa, naa, die will schon einen schwarzen!«

»Einen schwarzen WC-Sitz gibt's leider schon lang nimma«, klär ich ihn auf.

»Wieso?«

»Die Farbe Schwarz ist im Bad schon seit den Siebzigern out.«

»Das ist mir wurscht. Ich hab jahrzehntelang einen schwarzen Klodeckel gehabt, und so einen will ich jetzt auch wieder haben«, pfeift er mich an.

»Tut mir leid, aber es gibt keine schwarzen Klodeckel.«

»So, gibt's nicht?«

»Nein.«

»Warum hab ich dann im Baumarkt einen gesehen?«

»Ja, das kann schon sein, dass Sie im Baumarkt einen schwarzen gesehen haben, dann müssen S' halt auch in den Baumarkt gehen und Ihren schwarzen Deckel da kaufen, gell?«, sag ich süffisant, in der Hoffnung, dass er dann geht. Und ja, meine Hoffnungen werden erfüllt. Der Wimmer macht tatsächlich kehrt und dackelt ohne Deckel in Richtung Ausgang. »Dann schau ich jetzt mal heim zu meiner Frau und frag s'. Also, Pfiagott.«

Endlich. Ich leg den Klodeckel vorsichtig zur Seite, weil heute besser keine ruckartigen Bewegungen, und geh ins Büro zurück. Überlege, ob ich mich wieder aufs Ohr hauen soll oder ob ich die Gunst der Stunde nutz und ermittle. Ich entscheide mich für Letzteres.

So, welche Anhaltspunkte haben wir denn? Da muss ich jetzt direkt nachdenken.

Nachdenken ist heute anstrengend.

Meine Herren, ist das ein Kreuz. Ich beug mich nach unten und leg mal kurz meinen Brummschädel auf der Schreibtischplatte ab. Da geht das Nachdenken doch gleich viel leichter.

Ein Staubsauger weckt mich.

Himmeldonnerwetter, hat man denn hier gar keine Ruhe zum Überlegen?

»Bist jetzt endlich wach?«, ist das Nächste, was ich vernehme. Es kommt von der Leni, die mit ihrem alten Kittelschurz und den löchrigen Socken in meinem Türrahmen steht. Was will die denn schon wieder in meiner Wohnung heroben? Und wieso saugt die hier?

»Was machst denn da?«, frag ich verschlafen und reib mir die Augen.

»Was soll i scho machen, putzen halt, wie jeden Freitag«, lacht sie und rückt dabei ihr Kopftuch zurecht, das sie über ihrer Lockenpracht beim Putzen trägt. Und jetzt kapier ich erst mal, wo ich bin. Herrje, ich bin ja im Büro, gähne ich und schau auf die Uhr. Unglaublich, aber es ist schon gleich halb elf. Irgendwie muss ich wohl doch kurz weggenickt sein. »Weißt du, wann ich gestern heimgekommen bin?«, schau ich die Leni fragend an, sobald ich wieder aufrecht auf dem Stuhl sitz.

»Mit dem Gustl bist heim, um halb sechse«, lacht sie.

»Ja, freilich, mit dem Gustl, ja klar.«

Mhm, mit dem Gustl also. Komisch.

»Mei, der is ja ewig nicht heimgegangen, der Gustl. Was ich auf den eingeredet hab, dass der mitgeht«, sag ich jetzt einfach so.

»Ja, ja«, setzt sich die Leni auf meinen Stuhl. »Mit dem Gustl, do macht man scho was mit.« Kommt sie direkt ins Jammern. »Was ich mit dem scho alles mitgmacht hob, scho wie er noch ganz klein war … Den Bua wollten s' ma ja scho im Kindergarten ned nehmen. Ja, ich weiß ned, wann sich das mal ändert mit dem Bua. Jedes Mal das Gleiche. Kommt erst in der Früh heim und flackt dann den ganzen Tag im Bett«, fällt sie nun komplett in den Jammermodus, und ihr Organ wird dabei immer lauter.

»Bitt schön, ned so laut reden, weil, weißt, ich bin heut beieinander wie ein Packerl Kunsthonig«, unterbreche ich sie und halt mir den Schädel.

»Host recht Schädelweh?«

»Ja, weißt, ich bin das mit dem Durchmachen nimma gewohnt. Wenn ich denk, früher haben wir ja oft nächtelang durchgemacht …«

»Ja, früher. Do host ja o die Getränke besser vertragen. Du bist fei a ganz schöner Rauschbohla, mein lieber Schwan! Da Heinzi und der Gustl ham dich die Treppe naufgeschleift. Und klatschnass warst, weil du dich im Garten draußen mit deinem Hasenanzug noch in Schnee neiglegt host und a Engale gmacht host«, informiert sie mich lachend.

Und ja, irgendwie kann ich mich noch an den nassen Hasen erinnern. Hab mich mit ihm auf's Sofa gelegt. Ja, weil doch auf der Waschanleitung vom Hasen gestanden ist: »Liegend trocknen«. Und weil ich Angst hatte, dass ich ausblute, bin ich dann, keine Ahnung, wann, irgendwann halt, in die Heia. Halt! Stimmt nicht. Zuerst bin ich in so ein saublödes Karussell reingestiegen und damit immer und immer wieder im Kreis herumgefahren.

Ach, ich will gar nix mehr davon wissen. Reicht schon, wenn mich mein Schädel jede Minute dran erinnert, dass ich gestern zu tief ins Glas geschaut hab.

Das Telefon klingelt. Ein Herr Ludwig Moser ruft an. Er sagt, man müsse bei ihm im Bad zwei Siebe an den Waschbecken tauschen, und freilich mach ich auch gleich für heute um halb eins einen Termin mit ihm aus. Da fahr ich nämlich selber hin. Okay, ich bin keine Installateurin, aber ein paar Perlatoren wechseln, das kann doch jedes Kind. Und außerdem muss ich mit dem Moser ganz dringend ein paar Takte reden. Immerhin ist er der Witwer von unserer Leiche.

Wie ich das nächste Mal aufwach, steht die Marie im Büro. Auch die Marie lacht, wie sie mich sieht. Hat von Ohr zu Ohr ein fettes Gegrinse im Gesicht. »Aspirin«, hält sie mir ein Glas entgegen. »Der Alfi ist auch gerade erst aufgestanden. Und er hat mir gesagt, dass du heute bestimmt auch eins gebrauchen kannst«, zwinkert sie mir her.

»Aha, das hat er gesagt? Ja, dann dank ich dir recht schön, gell«, wunder ich mich über ihre Worte und leer das Glas in einem Zug aus. »Marie, weißt du zufällig, wer auf dem Moserhof vor circa dreißig Jahren ein Bad eingebaut hat?«, frag ich sie dann.

»Das Bad beim Altbürgermeister? Ja, wir halt, wer denn sonst? Wär ja noch schöner, wenn der Moser Ludwig damals mit dem Bad zu einem anderen Installateur gegangen wär.«

»Gibt es von dem Badeinbau noch irgendwelche Unterlagen?«

»Ja, freilich gibt's da noch Unterlagen. Wir heben ja alles jahrzehntelang auf. Ich kann gern mal schnell in den Keller runtergehen und dir alles raussuchen«, bietet sie mir freundlich an. Und keine Viertelstunde später kommt sie auch schon mit den ganzen Akten ums Eck. »Für dich mach ich das doch gern. Da, schau einmal her, da sind die Rechnungen und da sämtliche Regieberichte«, schlägt sie gleich den Ordner an der richtigen Stelle auf und sucht mir alle Dokumente her.

Das Bad wurde in der Zeit vom 5. Februar bis zum 17. Februar vor exakt dreißig Jahren von einem Sepp installiert. In den Regieberichten ist jeder einzelne Tag ganz genau aufgeführt. Die Badewanne, zum Beispiel, wurde am 15. Februar aufgestellt.

»Der Sepp, war das ein Mitarbeiter von euch?«

»Ach, woher denn, Sepp, das war mein Mann ... Gott hab ihn selig«, macht sie ein Kreuzzeichen. »Er hat das Bad allein gemacht. Ich kann mich da noch gut dran erinnern. Der Moser wollte damals ein Mordsluxusbad in Moosgrün, aber die Moserin, die hat darauf bestanden, dass nur billige weiße Ausstattungsgegenstände verbaut werden, und hat beim Fliesenhändler einen Restposten rosa Fliesen gekauft. Mei, wer zahlt, schafft an, gell? Der Moser hat da nix zum Mitreden gehabt.«

»Und dein Mann hat dann ganz allein das Bad installiert?«

»Ja, ich weiß es noch wie gestern, dass mein Sepp, Gott hab ihn selig, da so gejammert hat, weil es so viel Arbeit war. Und die Mitarbeiter alle wegen dem Fasching blaugemacht haben.«

»Hat er dir auch noch andere Dinge über die Baustelle erzählt? Zum Beispiel etwas über den seltsam großen Sockel hinter der Wanne?«

»Mhm, nicht dass ich wüsst. Mei, das Ganze ist ja auch schon etliche Jahre her, gell?«

»Den Wannensockel hat dein Mann nicht gemacht. Sonst wär es ja hier im Regiebericht vermerkt. Es müsste also dann noch ein Maurer und hinterher ein Fliesenleger mit auf der Baustelle gewesen sein. Oder hat vielleicht der Moser selbst mitgeholfen?«

»Der Moser Ludwig?«, lacht sie. »Der hat da ganz sicher nicht mitgeholfen, der hat doch zwei linke Hände. Nachdem damals sein Vater gestorben is, hat der den Hof recht runtergewirtschaftet. Dann hat er die Sophie geheiratet, die hat ihm die ganze Arbeit gemacht und ihr Geld in den Hof reingesteckt, und er ist derweil im Wirtshaus gehockt und hat große Reden geschwungen. Is nicht umsonst Bürgermeister geworden. Keine Ahnung, wer damals sonst noch mit auf der Baustelle war, der Moser war's sicherlich nicht.«

»Mit welchen Firmen habt ihr denn damals immer zusammengearbeitet?«

»Ja, mit dem Bauunternehmen Schmied von Bibelhofen halt, mit wem denn sonst? Mit dem arbeiten wir ja heute auch noch viel zusammen, gell«, setzt sie sich auf dem Chef seinen Stuhl und beobachtet mich dabei, wie ich die Akten durchschau. Hat noch irgendwas auf dem Herzen. Schmunzelt schon wieder so seltsam und zwinkert dauernd mit dem Augendeckel. Grad will ich sie fragen, ob sie was im Auge hat, da fragt sie mich ganz zuckersüß, ob es heute Nacht nett war. Und weil ich nicht recht weiß, was genau sie mit »nett« meint, zuck ich jetzt einfach mit den Schultern.

»Ich freu mich so«, himmelt sie mich dann an. Keine Ahnung, was die hat, aber sie wird es mir vermutlich gleich sagen. Tut sie aber nicht.

Stattdessen redet sie weiter in Rätseln, weil sie nämlich Folgendes sagt: »Du hättest jetzt aber nicht gleich in aller Früh heimgehen müssen, gell. Ein Frühstück hätt ich dir dann schon noch gemacht. Hättest dich ganz in Ruhe anziehen können. Ich tu euch doch nix. Ihr seid mir schon zwei so Schlingel, gell.«

Ich schau blöd.

Und wenn Sie mich jetzt fragen, warum, dann sag ich es Ihnen: Ich check einfach nicht, was die meint.

»Habt ihr gemeint, ich krieg das nicht mit? Aber ich freu mich für euch zwei, nein, echt.«

Die Leni steht mit offenem Mund im Türrahmen, haut dann kopfschüttelnd den pitschnassen Putzlappen auf den Flurboden, knallt den Schrubber drauf und nässt den Flur ein. Und ich atme erst mal tief durch.

Was erzählt die Marie denn da?

In meinem Gehirn rattert es. Es rattert und rattert. Zwar langsam, aber es rattert. Einzelheiten laufen wie bei einem Film durch mein Hirn. Da war der Bär, der hat Runden geschmissen, wir haben uns in sein Fell reingekuschelt, da drin war's gemütlich, hat aber auch jämmerlich gestunken. Und gefusselt hat's auch. Weiter …

War da nicht diese Frau in Weiß? Doch, da war aber auch ein Barhocker, über den ich gestolpert bin. Der hatte so depperte, wacklige Füße, an dem konnte man sich ums Verrecken nicht hochziehen. Vermutlich lag es aber auch an dem klebrigen Boden, an dem der Hase mit dem Fell festgepappt ist. Jedenfalls war die weiße Frau irgendwie nicht mehr da, wie ich mit dem Bär und der Babsi heim bin.

Saukalt war's. Dicke, fette Schneeflocken sind vom Himmel runtergefallen, die haben wir mit der Zunge aufgefangen, sind herumgehüpft wie die Kinder.

So, und dann? Was war dann noch?

Der Schneepflug hat einen Schneehaufen gemacht beim Wirt in der Einfahrt. Pappschnee. Haben ein Iglu reingebaut.

Haben wir nicht dem Dossenbach ein Ständchen gesungen? Doch, und der Depp hat sich nicht mal dafür bedankt.

Dann … Dann weiß ich nix mehr. Kompletter Filmriss.

Nö, warten S' …

Ich bin auf den Treppenstufen vom Dossenbach gesessen, und mein Gustilein war da, hat dem Dossenbach an die Hauswand hingebieselt. Ganz gelb. Und dann … dann …

Ich versuche, alle einzelnen Filmteile aneinanderzureihen,

aber nix. Ich komm nicht drauf. Wo würd der Chef in die Filmteile reinpassen? Der war doch gestern gar nicht dabei? Vermutlich hat sich die Marie was zusammengereimt. Ein Wunschtraum, eine Fata Morgana. Beziehungsweise, mehr eine Mutter Morgana. Genau. Lächerlich ist das, da war kein Chef, da war nur der Bär ... Der Bäääär! Der Haslinger wird doch nicht der Bär gewesen sein?

Und wann sollt ich denn dann mit dem zu ihm gegangen sein?

Also wenn, dann zwischen dem Ständchen beim Dossenbach und dem Gustl seiner Bieslerei.

Blödsinn, ich geh doch nicht mit dem Haslinger heim ... Und wenn doch? Was hätt ich denn dann bei ihm gemacht? Ich hätt mich in Ruhe anziehen können, hat die Marie gesagt ... Hab doch nicht ... Ich mein, an so was müsst ich mich doch erinnern! Okay, bin zwar ausgetrocknet wie ein Bachbett im hochsommerlichen Andalusien, aber dass ich deswegen mit dem Haslinger ... Ich muss unbedingt die Babsi fragen! Ja, die Babsi, die muss es doch wissen. Also, ich und der Haslinger, das ist doch nun wirklich absurd!

Wenn man vom Teufel spricht, dann kommt er bekanntlich ums Eck. Schon steht der Chef im Flur. Mit einem Sprudel und mit nassen Socken. Ja, weil halt der halbe Flur schwimmt.

Schaut nicht gut aus, der Mann. Irgendwie übernächtigt.

Ungekämmt, ungewaschen und mitgenommen schaut der aus. Stinkt nach faulen Eiern. »Morgen«, krächzt er mir eher unfreundlich her, scheucht die Marie aus seinem Sessel und lässt sich gleich dort hineinplumpsen. »Herrschaft, bin ich hautig beinander«, lamentiert er vor sich hin.

»No, no, no, sei doch nicht so unfreundlich zur Elli«, kriegt er von der Mama einen Rüffler. »Gell, Elli, heut hat er es wieder genau beieinander. Bub, du darfst dich fei schon auch a bisserl am Riemen reißen, gell. Und überhaupt, du schaust fei heut aus wie frisch gspieben.«

»Ja, ja«, brummt der Haslinger und dreht seinen Kopf zur Seite.

Der Haslinger brummt!

War das Brummen jetzt genauso wie das Brummen von dem Bären gestern?

Mir ist schlecht.

Der Haslinger stützt seine Ellenbogen auf der Schreibtischplatte ab und umklammert mit beiden Händen seine schwere Rübe.

»Magst an Tee?«, fragt ihn die Marie.

»A geh, lass mir meine Ruh.«

Stille. Dummes Gschau von der Leni und der Marie.

»Is was?«

»Na, nix. Gell, Leni? Nix is.«

»Warum stehts dann so saudumm da, wenn nix is? Und jetzt schauts, dass ihr nauskommts! Die Elli und ich ham do herinnen was zum Bereden. Ja, was is jetzt?« Er schiebt die zwei unsanft in den Flur hinaus und knallt ihnen die Tür vor der Nase zu, dass die Scheiben vibrieren.

»Oh, bitt schön, ned so laut«, massier ich mir mit den Fingern meinen Brummschädel.

Der Haslinger zieht wortlos die nassen Socken aus, windet sie vor sich aus und hängt sie zum Trocknen an seine Schreibtischlampe. Dann sitzt er vis-à-vis in seinem Stuhl und grinst mich breit an.

»Und … wie war's gestern? Hat's dir gefallen?«

Ich weiß echt nicht, was ich sagen soll, also schau ich weg.

Ein Socken fängt zu tropfen an.

Tropft auf die Lieferscheine.

Nasse Lieferscheine sind schlecht.

Ich schau mal hin.

Der Haslinger hat lauter braune Fusseln in seiner wilden Haarpracht.

Oh Gott, er war's!

Ich hab beim Haslinger übernachtet, hatte offensichtlich nix an und weiß vor lauter Rausch nix mehr davon.

Nein, bitte nicht der Haslinger! Bitte, bitte nicht, schlag ich mir die Hände ins Gesicht.

Das ist ein böser Traum, eine Einbildung, ein Faschings-
scherz.

»Geht's da ned gut?«

Ich schüttle bloß den Kopf.

»Ja, ja, Fuchsin, die Rüscherl vernebeln einem den Schädel,
geh?«

Hat er das wirklich gesagt?

Ja, das hat er. Ich könnt weinen.

11

Auf dem Heimweg mach ich einen kleinen Abstecher zum Semmelmeier. Die Rosl steht im Laden und redet sich das Maul fusslig. Hat heute einen schwarzen Strich um die Warze. Wer weiß, wo die heute schon überall herumgekrochen ist. Vielleicht ist sie wo durch den Kamin in ein Haus? Wer weiß das schon. Unterhält sich grad ausgiebig mit der Gitti, und weil es um die Moserin geht, werfe ich einen kurzen Gruß in die Menge, bleib hinter der Rosl stehen und horch ein bisserl mit.

»Die Sophie, das war ja so ein schiaches Weib. Der alte Hafermeier hot mich damals gefragt, ob ich ihm ned einen Mann weiß, der die Sophie heiraten tät. Xaver, hob ich zu ihm gsagt, denk dir nix, jeden Tag steht a Blöder auf. Und was war? Wie es der Teufel will, kommt eines Tages der Moser Ludwig zu mir und hot mich gefragt, ob ich ihm nicht eine wüsst. Du, alle möglichen Weiber hob ich dem zugetragen, mein Lieber, ganz schneidige waren do dabei. Aber nein, die Hafermeier Sophie wollt er ham. Mir war's ja wurscht, geh. Ich hob an Batzen Schmuserlohn gekriegt. Von alle zwei«, lacht die Rosl hämisch in sich hinein.

»Ja, ja, ich muss dann mal, geh«, versucht die Gitti zu fliehen, es gelingt ihr aber nicht, weil die Rosl freilich einfach weiterredet.

»Mei, mit dem Kinderkriegen, das hot halt bei den zwei ewig ned hingehaut, geh. Ja, ewig ned. Todunglücklich war s', die Sophie, weil s' kein Kind gekriegt hot. Aber nach Jahren is ja dann der Bub gekommen. Nach Jahren. Naa, naa, naa, und jetzt war die dreißig Jahre in dem Sockel drin gelegen, dreißig Jahre.«

»A geh, das weiß man doch nicht, ob die Leich die Moserin war«, widerspricht ihr der Semmelmeier. Auch er hat einen schwarzen Strich im Gesicht. Ja, sag einmal, was ist denn da los? Haben die sich heute vergessen zu waschen?

Waren die gestern denn auch alle bis spät in der Nacht feiern?

»Das werdets ihr dann scho noch alle sehn, ich sag euch, die Moserin ist die Leich, und keine andere nicht«, dreht sie sich nun zu mir um. »Den Schmied Lenz, den kennst, geh?«, schaut sie mich durchdringend von der Seite an.

»Flüchtig«, geb ich zur Antwort, ohne den Kopf nach ihr umzudrehen. »Drei Puddingkrapfen.«

»Das ist ein ganz ein gewiefter Polizist, is das. Bei da Kripo is a. In Weilheim. Und der wird des scho rausfinden, wer die Moserin abgmurkst hot.«

Ups, bei der Kripo ist der also. Und ich habe gedacht, der wäre ein windiger Dorfpolizist.

»So, bei da Kripo ist der, aha«, dreh ich mich zu ihr um. »Warum kümmert er sich dann in Engelsried um so lächerliche Anzeigen wie Ruhestörung, Verletzung der Aufsichtspflicht und lauter so Schmarrn?«, rutscht es mir heraus, und ich ernte gleich drauf einen bösen Blick.

»Das is o gut so, dass sich der Schmied Lenz bei uns im Dorf um so Sachen kümmert, weil der kennt schließlich seine Pappenheimer da heraußen am besten. Is ja von Bibelhofen, also einer von uns. Das täten mir ja gar nie ned dulden, dass do ein anderer Polizist sich um unsere Sachen kümmern tat. Womöglich noch so a Bürokratenscheißer, der überall seine Nasen reinsteckt. Naa, naa, naa, das brauchen mir bei uns do ned. Da Schmied Lenz, der is scho recht.«

Und bevor sich die Rosl jetzt in Fahrt redet, zahl ich meine Krapfen, mach auf meinem Schuhabsatz kehrt und geh.

Aber die Rosl wär ja nicht die Rosl, wenn sie mir nicht folgen würde. Tritt schlicht und einfach mit mir aus dem Laden raus und redet dabei ungezügelt weiter. »Es wär ja ein Unsinn, wenn do so a Kaschperl aus da Stadt käm, der keine Ahnung von da heraußen hot, oder? Schau, das is wie bei unserem Herrn Pfarrer. Den wollten s' seinerzeit doch o nach Hamburg versetzen. Als ob unser Herr Pfarrer sich do droben wohlfühlen tät. Dem langt's ja scho, wenn er zu seiner Schwester nauffahrt. Ja, das dumme Luder hot doch da naufgeheiratet. Ausgerechnet nach

Hamburg, wo die do droben ja nicht mal a ordentliches Bier ham. Von de Berg ganz zu schweigen.«

Bla, bla, bla. Ich lass sie einfach vor dem Laden stehen. Geh mit schnellen Schritten zum Wirt hinüber. Nicht, dass ich Durst hätte, nein. Ich will nur schnell nachschauen, ob dort tatsächlich dieser Schneehaufen mit dem Iglu ist. Und ja, meine Erinnerung funktioniert, das Iglu ist da. Direkt über dem Eingang vom Iglu ist mit dreckigen Fingern das Wort »Kräuterhex« hineingeschrieben. Also, ich war's nicht, stelle ich fest, wie ich meine Finger in die kleine Einkerbung im Schnee hineinhebe. Es sind ganz kleine, feine Finger, die dieses Wort in den Schneehaufen hineingeschrieben haben.

Mit einem Mal hüpft ein Mädel samt einem fetten Schulranzen auf dem Buckel hinter dem Haufen hervor, kommt direkt auf mich zu und springt an mir hoch. Bis ich überhaupt reagieren kann, schmiert sie mir auch schon mit schwarzen Fingern die Backe voll.

»Ja, hä!«, schrei ich und bin total verdattert.

»Rußiger Freitag!«, klärt mich die Göre noch auf und läuft weg.

Und freilich fällt bei mir jetzt das Zehnerl, weil man eben bei uns am Rußigen Freitag den Brauch hat, den Leuten Ruß ins Gesicht zu schmieren. Haben wir als Kinder auch gemacht. Und so mach ich mich mit einem fetten Grinsen und einem schwarzen Strich im Gesicht auf den Nachhauseweg. Hab ja noch einen Termin mit dem Moser, und ein Blick auf die Kirchturmuhr sagt mir, dass ich schon sakrisch spät dran bin. Und aufs Klo muss ich halt auch noch schnell.

Daheim reiß ich die Klotür auf, mach sie aber gleich wieder zu, weil dort der Gustl gerade eine Nudel zwickt. Hergottsa, wann baut dem der Heinzi jetzt endlich mal ein Klo ins Dachgeschoss rauf? »Gustl, wo wohnt denn der Altbürgermeister?«, frag ich durch die Tür.

»Im Neubaugebiet hinten, der Bungalow! Das kannst gar nicht verfehlen!«, schreit es durch die Tür zurück.

Also geh ich bei der Leni unten aufs Klo, pack die Perlatoren und dem Heinzi seine Werkzeugkiste und suche nach meinem Autoschlüssel, aber leider ist der unauffindbar.

Inzwischen ist es fünf vor halb eins. Ich fluch vor mich hin und flitze in den Hof hinunter. Mein Garagentor ist verschlossen, aber die Garage vom Heinzi ist offen. Nur, da ist kein Auto drin. Aber das alte Kinderradl vom Gustl, das ist drin. Rostig bis dorthinaus, keine Gänge und eigentlich überhaupt nicht betriebsbereit, aber immerhin hat es Luft.

Mit der Werkzeugkiste auf dem Gepäckträger fahr ich Richtung Neubaugebiet. Das ist am Ortsende von Engelsried. Wie ein Ochs tapp ich in die Pedale. War der Drahtesel eigentlich schon immer so klein? Das Radl passt ja überhaupt nicht zu der Länge meiner Füße.

Wie ich am Friedhof vorbeitapp, da fahr ich fast die Rosl über den Haufen. Ich kann da gar nix dafür. Das Problem ist nämlich, dass bei uns der Friedhof direkt an die Hauptstraße grenzt, die durch den Ort führt. Und es praktisch weder einen Grünstreifen noch einen Gehweg dazwischen gibt. Wer unseren Friedhof verlässt, steht also mit einem Fuß schon mitten auf der Straße, und wenn er nicht aufpasst, dann macht's plopp, plopp, und schon wird er postwendend wieder reingetragen in unseren Friedhof.

»Mir pressiert's!«, entschuldige ich mich bei der Rosl und fahr weiter.

»Ja, hä!«, droht sie mir mit dem Stecken hinterher, aber das schert mich jetzt nicht die Bohne.

Pünktlich wie die Maurer steh ich ziemlich abgekämpft vor einem Eingangstor, auf dessen Klingelschild der Name »Moser« zu lesen ist. Ich klingle.

»Ja«, kann ich eine männliche Stimme vernehmen, weiß aber nicht, aus welcher Richtung sie kommt. In der mit Efeu bewachsenen Mauer neben dem Tor finde ich dann die Sprechanlage. »Ja, Fuchs. Grüß Gott, ich komm wegen der Perlatoren«, sag ich recht freundlich dort rein, und schon geht das Tor auf, und ich steh in einem riesigen Garten. Der Moser erscheint im grünen Trachtenanzug an der Haustür. Hält einen riesigen

Köter mit fletschenden Zähnen am Halsband fest. Ich hasse Hunde.

Das haben S' sicher schon gemerkt. Der Hund merkt's auch. Knurrt mich an. Hoffentlich lässt der Moser ihn nicht los.

»Hat denn der Alfi keine Zeit?«, fragt mich der Moser, und so erzähl ich ihm halt einfach, dass der Haslinger heute krank ist. Was ja auch irgendwie stimmt.

»Ja, und der Otto hat auch keine Zeit?«, fragt er dann. »Ach, das kriegen wir schon hin«, tu ich recht euphorisch und frag nach dem Bad.

»Da entlang«, geht der Moser schon mal vor. Öffnet eine Tür und sperrt den Köter darin ein. Ich atme erleichtert auf.

Das Haus ist groß und edel, und auch das Bad macht was her. Alles vom Feinsten. Die Hütte muss mal eine Stange Geld gekostet haben.

»Sind Sie sicher, dass Sie die Siebe austauschen können?«, fragt er mich noch mal und setzt sich demonstrativ auf die Badewanne.

»Ja, ja, freilich«, sag ich, stell den Werkzeugkasten ab, in der Hoffnung, dass ich ihn nicht brauch. Normalerweise ist ein Siebwechsel ein Kinderspiel. Einfach den Perlator von der Armatur runterschrauben, einen neuen draufschrauben und fertig. Das kann schon mal fuchsen, wenn das Gewinde verkalkt ist, aber sonst, wie gesagt, ein Kinderspiel. Normalerweise müsste das der Moser selber können.

»Ich kann's ja nicht selber machen, wissen S'? Gicht in den Fingern«, zeigt er mir seine Hände, als hätte er gewusst, was ich gerade gedacht habe, und bis er schaut, da bin ich auch schon fertig mit der Handwerkerleistung. Ist prima gegangen. Alles kein Problem. Nur, wie komm ich jetzt an meine Informationen bezüglich des Mordes an seiner Frau?

Aber manchmal ist das Schicksal halt gnädig. Der Moser lädt mich zum Dank auf eine Brotzeit ein. Es gibt frisches Landbrot vom Semmelmeier mit Südtiroler Speck, Allgäuer Käse und eine ganz frische Hopfenkaltschale. Dazu schenkt er mir ein Stamperl Kräuterschnaps ein. Für den Magen, sagt er. Astrein ist das.

Wir sitzen also gemütlich in seinem Wohnzimmer und machen ein bisserl Small Talk. Er ist ein netter, feiner älterer Herr. Fragt mich aus, und wie ich dann davon erzähle, dass mich mein Göttergatte zwecks einer Jüngeren verlassen hat, da lenk ich gekonnt das Thema auf seine Frau, weil je mehr ich vom Bier trink, umso mutiger werd ich.

»Ihre Frau hat Sie doch auch verlassen, oder? Das ist aber schon lang her, gell?«, frag ich ganz unverblümt.

»Abgehauen ist sie mir, die Sophie. Von einem Tag auf den anderen. Genau dreißig Jahre ist das jetzt her, am 13. Februar, ich weiß es noch genau. Ich war damals wie vor den Kopf gestoßen«, lehnt er sich nun in seinen Sessel hinein, legt dabei recht andächtig seine Hände in den Schoß und hat auf einmal einen tieftraurigen Blick auf. »Am nächsten Tag, da ist dann ein Auto hergefahren mit Hamburger Kennzeichen, ein Mann ist ausgestiegen, ist zu uns rein und hat von der Sophie noch ein paar Sachen geholt. Und dann hab ich nie wieder was von ihr gehört«, macht er einen tiefen Schnaufer, Tränen sammeln sich im Augenwinkel, er wirkt sichtlich geknickt. »Ja, das war schlimm damals. Hab ihren Weggang nie überwunden, nie …«, klagt er bitter und schaut dabei recht trübsinnig auf seine Hände runter, die immer noch gefaltet in seinem Schoß ruhen, »traurig, traurig war das … Und dann hab ich dem armen Buben sagen müssen, dass seine Mutter für immer weg ist … schlimm!« Dicke Tränen kullern ihm über die Backen. »Die Sophie war meine große Liebe«, nimmt er eine Serviette vom Tisch und trocknet sich die Tränen ab.

Mir juckt der Busen.

Und wenn mir der Busen juckt, dann stimmt was nicht, das war schon immer so. Ich hab einfach den Eindruck, dass dieser Mann, der da wie ein Häufchen Elend vor mir sitzt, mir ein Schmierentheater vorspielt. Irgendwas stimmt hier nicht. Und da bin ich ganz meiner Meinung.

»Im Schützenverein haben wir uns kennengelernt. Da waren wir beide mit ganz viel Leidenschaft«, schwärmt er mir vor.

»Und jetzt hat man auf Ihrem alten Hof eine Leiche gefunden. Und einige Leute behaupten, dass das Opfer Ihre verschwundene Frau ist?«, konfrontiere ich ihn jetzt mit dem Mord, und kaum hab ich die Worte ausgesprochen, katapultiert es den Moser im Nullkommanix aus seiner Traurigkeit heraus.

»Das ist ja absurd!«, springt er aus dem Sessel. »Stellen S' Ihnen vor, da fallen sogar so Behauptungen wie, dass ich sie auf dem Gewissen hätt. Ich, als ehemaliger Bürgermeister von Engelsried!«, schlägt er die Hände zusammen und wandert wutschnaubend im Zimmer auf und ab. »Was denken sich die Leute bloß dabei, wenn sie so was behaupten? Da macht man jahrelang alles für Engelsried. Eine neue Schule baut man ihnen hin, ein neues großes Feuerwehrhaus, die neue Sportstätte. Für jeden hab ich immer ein offenes Ohr gehabt. Für jeden. Und dann behaupten die so was. Ich bring meine Frau um? Ich?«, schreit er mir fast her. »Ich bin so enttäuscht …«, setzt er sich wieder hin und fasst sich theatralisch mit der rechten Hand an sein Herz. »Ich … Ich kann's Ihnen gar nicht sagen, wie enttäuscht ich bin, dass man so was von mir denkt.«

Dramatik pur.

»Geht's Ihnen nicht gut?«, frag ich.

»Mein Herz, ich darf mich nicht aufregen. Das ganze Gerede hat mich so mitgenommen. Bitte verzeihen S', aber ich muss mich jetzt ausruhen«, steht er auf, holt einen Zehner aus dem Schrank und überreicht ihn mir. »Das ist für Sie. Danke für Ihre schnelle Hilfe. Für die Arbeit schreiben S' mir eine Rechnung, gell?«

Ich nehm den Zehner und trink notgedrungen ziemlich schnell mein Weißbier aus, was jetzt zugegeben nicht ganz so glücklich ist, weil ich wegen dem noch vorhandenen Alkoholpegel von gestern nämlich ruckzuck ein kleines, aufgewärmtes Räuscherl hab. Und so reich ich dem Moser noch anständig die Hand, bedank mich für die köstliche Bewirtung, hol den Werkzeugkasten aus dem Bad und geh.

Draußen vor dem Tor, da entdecke ich schräg gegenüber auf der anderen Straßenseite die Rosl in einem Bushäusel. Sitzt da und schaut. Ist vermutlich schon wieder beim Observieren, weil Bus fährt um diese Zeit heute, soweit ich weiß, keiner. Ganz gschaftlig winkt sie mir her. Möchte freilich wissen, was ich beim Moser gemacht habe, und so schwing ich mich aufs Radl und will zu ihr rüberfahren.

»Das ist ja ein heißes Gefährt!«, ruft es auf einmal aus einem Auto heraus. Es ist der Schmied Lenz, der blöd aus seinem Wagen grinst. Ignorieren und weiterfahren, denk ich noch, bleib mit meinem Knie an dem blöden Lenker hängen, komm deshalb auf einmal ins Trudeln, und bevor ich überhaupt reagieren kann, lieg ich auch schon da. Aua.

Nachdem ich mich geärgert, tief durchgeatmet und vor mich hingeflucht habe, steht auch schon der Schmied neben mir und reicht mir seine Hand, die ich freilich nicht annehme. Ich halte mich am Radl fest und hangel mich vom Boden hoch. Steh noch nicht ganz, dann lieg ich auch schon wieder. Und das bloß, weil diese Hornochsen vom Engelsrieder Bauhof es nicht fertigbringen, die Straßen zu salzen. »Hocken vermutlich in ihrem Stüberl in der Straßenmeisterei drin und saufen Bier, während sich unsereiner hier auf offener Straße die Haxen bricht«, schimpf ich und lass mir nun doch von ihm aufhelfen. Mei, was soll ich machen?

Kaum steh ich, könnt ich dem Schmied auch schon wieder eine reinhauen. Weil er halt wieder mal so deppert grinst.

»Das Radl ist aber nicht verkehrstauglich«, reicht er mir das Fahrrad her, das ich ihm dann unwirsch aus den Händen reiß.

»Ham wir was getrunken?«, lässt er jetzt auch den Bullen raushängen und schnuppert an mir herum.

»Ob Sie was getrunken haben, das weiß ich nicht, ich jedenfalls hab nix getrunken«, sag ich frech, werf mir die Haare nach hinten, zieh dabei einen Schmollmund hin und geh.

Nachdem ich mein Radl über die Straße geschoben hab, ist der Schmied auch schon am Gartentürl vom Moser. Ob er ihn nun davon in Kenntnis setzt, dass es sich bei der Leiche um die Sophie handelt? Vielleicht verhaftet er den Moser aber auch gleich, weil der die Sophie auf dem Gewissen hat, wer weiß?

Schad, dass ich nicht seh, wie der Moser auf die Nachricht reagiert.

Der Schmied ist kaum im Haus verschwunden, fragt mich die Rosl auch schon aus. Und so setz ich mich halt zu ihr ins Bushäusel rein und erzähl ihr schnell von meinem handwerklichen Einsatz. Immerhin will ja auch ich von ihr nun einiges wissen.

»Du, Rosl, dem Moser sein Haus ist aber ganz schön üppig für einen Bauernsohn und Bürgermeister in so einem kleinen Kaff.«

»Mei, da Wiggerl, das is a Hundling, der hot scho immer gewusst, wie man gute Geschäfte macht. Ich vermute, der hot als Bürgermeister den Baufirmen lukrative Aufträge zugeschanzt, und dafür ham s' ihm das Haus hingestellt«, holt sie ein Fernglas aus der Manteltasche.

»Der Moser hat mir erzählt, dass er die Sophie im Schützenverein kennengelernt hat.«

»Das hot a gsagt?«, glotzt sie durch das Fernglas ganz konzentriert Richtung Haus.

»Ja, das hat er gesagt. Aber du hast doch heute beim Semmelmeier erzählt, dass *du* die zwei zusammengebracht hast.«

»Freilich. Die Sophie war scho auch bei de Schützen, aber erst später, nachdem sie mit dem Wiggerl verheiratet war. Er war ja Vorsitzender von de Schützen. Ganz wichtig hot er's gehabt, wie immer halt. Und de Sophie, ja mei, die hot halt dann mitmüssen. Aber ...«, winkt sie ab, »... grauenhafte Schützin.«

»Also hat mich der Moser angelogen?«

»Ja, freilich.«

»Und siehst was?«

»Na, nix!«

12

Dreißig Minuten später gibt's im Hausgang von unserem trauten Heim mal wieder Mordsdiskussionen. Der Rupi möchte auf Teufel komm raus seine Faschingsferien nicht bei seinem Vater in München verbringen. Jetzt, wo wir hier in Engelsried endlich Schnee haben, will er lieber mit seinen Freunden mit dem Zipfelbob den Berg hinuntersausen. Und die Josi, ja, die hat mal wieder keine Lust, ihre Winterschuhe anzuziehen. Jeden Tag das Gleiche mit dem Mädel. Das fängt ja oft schon in der Früh an. Da latscht die doch glatt mit Turnschuhen, also quasi mit Sommerbereifung, zur Bushaltestelle. Bibbert lieber vor sich hin, bis der Bus kommt, als dass sie sich was Ordentliches anzieht. »Schauen voll scheiße aus, so fette Winterstiefel. Nö, die zieh ich nicht an«, stampft sie mit dem Fuß auf, macht eine auf Rumpelstilzchen.

»Im Auto ist es aber kalt, Josi«, versuch ich, an ihre Vernunft zu appellieren.

»Mir doch egal. Hab eh kein Bock, mit der alten Schrottkarre ohne ordentliche Heizung stundenlang in der Gegend herumzukurven. Ich ruf Papi an, dass er uns abholen soll«, steht sie jetzt trotzig mit verschränkten Armen da und zieht einen Flunsch.

»Nein, der Papi ist in der Arbeit.«

»Mutter, du schnallst auch gar nix. Der kann uns doch auch *abends* holen.«

Frech wie eine Wanze, das Weib. Nach der gestrigen Aktion möchte man meinen, dass die Suffziege heute fromm ist wie ein Lämmchen, aber nein, weit gefehlt.

»Ich will aber gar nicht zum Papi. Ich will Schlitten fahren«, motzt nun wieder der Rupi.

»Euer Vater hat doch auch das Recht, Zeit mit euch zu verbringen. Der freut sich doch auf euch. Und du ziehst dir jetzt die Winterstiefel an und basta«, befehle ich der Josi.

»Nö, das kannst du so was von vergessen. Immer soll man alles so machen, wie du willst, äää.«

»Gut, dann hock dich mit den Turnschuhen ins Auto. Wenn's dich friert, ist mir das jetzt auch egal«, geb ich nach.

»Nö, mach ich nicht.«

»Machst du schon.«

»Mach ich nicht«

»Jetzt schreibt halt jeder mal auf ein Blatt Papier auf, was ihm am anderen nicht gefällt«, mischt sich die Babsi ein, die schon eine ganze Weile in der Haustür steht.

»Ich hock mich doch nicht neben den da«, deutet die Josi zum Rupi, der heulend auf der Treppe steht.

»Oder macht einen schönen Stuhlkreis und tuts erst irgendwie mal in Ruhe darüber reden«, versucht die Babsi wieder, zu vermitteln.

»Pff«, bockt die Göre, rennt in die Wohnung hoch und sperrt sich in ihrem Zimmer ein. Mein Gott, mit den Kindern, da macht man was mit!

»Das ist ja voll tragisch bei euch«, schüttelt die Babsi entsetzt den Kopf und wickelt dabei ihre Strickjacke ganz fest um ihren drallen Busen.

»Mei, der alltägliche Familienwahnsinn halt«, klär ich sie auf. Wer keine Kinder nicht hat, der kann leicht gscheid daherreden, gell?

»Bei euch ist ja irgendwie gar keine Harmonie. Vielleicht solltet ihr mal bei meiner Heilpraktikerin einen Kurs für gewaltfreie Kommunikation machen. Ein bisserl Empathie würde euch sicher guttun.«

Der Rupi gibt auf. Setzt sich ins Auto raus.

»Sag mal, wie sind wir heute Nacht eigentlich heimgekommen?«, will ich von der Babsi gleich wissen, kaum dass wir allein sind.

Sie kichert. »Du hast aber auch einen sitzen gehabt.«

»Du doch auch. Also, wie sind wir heim?«

Sie antwortet nicht gleich.

»Ja, sag halt!«

»Wie? Ja mei, besoffen halt.«

»Der Teddybär, war das … der Haslinger?«, schau ich sie todernst an. Sie kichert.

»Das war so lustig, dass du den nicht erkannt hast.«

»Wir sind also gemeinsam mit dem Haslinger heim. Und dann? Was war dann? Die Marie hat da heute so eine Andeutung gemacht. Ich hab doch nicht …? Ich mein, da müsst ich mich doch dran erinnern können, wenn ich …«, sag ich verzweifelt.

Die Babsi lacht. Und zwar aus vollem Halse. »Keine Angst, du hast nicht mit dem Haslinger.«

»Aber die Marie, die hat doch gesagt, dass …«, unterbreche ich hier meinen Satz und schau sie flehend an. Ich seh in ein fröhliches, entspanntes Gesicht, ein Gesicht, das mir so vertraut ist, weil ich es seit meiner Kinderzeit kenne. Und freilich weiß ich jetzt sofort, was los ist. »Sag bloß, *du* hast mit dem Haslinger …?«, sprudelt es aus mir heraus.

»Pst«, schaut sie sich um. »Es ist nicht so, wie du denkst, Elli … Schau, manchmal wollen der Haslinger und ich halt einfach mal ein bisserl zusammen schnackseln.«

»Du meinst … Du und der Haslinger, ihr macht … es öfter?«, schau ich sie ungläubig an.

»Mei, wir haben schon damals in der Jugend …«

Meine beste Freundin schnackselt seit der Jugend mit dem Haslinger herum, und ich weiß nix davon? Also, das ist doch … Mir fehlen die Worte.

»Du, der Alfi, der ist fei nicht ohne. Nö, ganz im Gegenteil, ich würd sagen, der ist eher eine richtige Granate …«

»Halt, halt, halt! Verschon mich bitte mit Details«, unterbreche ich sie gleich, weil ich keine grauslichen Einzelheiten hören will. Hab so schon Gänsehaut vom Gruseln. Die Babsi und der Haslinger! Das Bild will mir ja jetzt schon nimma aus dem Kopf. Wä, pfui Teufel, schüttel ich mich, lass die Babsi im Flur stehen, hol das Rumpelstilzchen aus der Wohnung und fahr nach München.

Eine halbe Stunde später ist in der Daisy ein Mordsrambazamba. Meine Sprösslinge sitzen samt Wärmflasche unter einer Wolldecke hinten auf der Rücksitzbank und hauen sich die Köpfe ein. Von gewaltfreier Kommunikation keine Spur. Ich reagier nicht darauf. Ist mir zu blöd. Kurz vor Weilheim wird mir klar, die Kinder zu ignorieren war ein Fehler. »Mama, halt an! Halt an!«, schreit mir jetzt die Josi von hinten ins Ohr. »Ich will sofort aussteigen!«

Na, das ist doch mal eine super Entscheidung.

Ich hau den Fuß auf die Bremse.

Mit einem Ruck haut es die Streithähne nach vorn. Der Fahrer eines Volvos, der hinter mir hergefahren ist, legt eine Vollbremsung hin. Selber schuld, wenn er so dicht auffährt, der Depp. Immerhin hab ich auf dem Kofferraum der Daisy dieses Warnschild drauf: »Achtung, mitfahrende Kinder«. Da kann man doch einen gewissen Sicherheitsabstand vom Hintermann erwarten, oder?

Ich fahr rechts ran.

»Raus!«, schrei ich und klopf mit den Fingern aufs Lenkrad. Schlagartig wird's still, und wie ich nach hinten schau, seh ich in zwei entsetzte Gesichter. Beide haben sie diesen Bitte-Mamasetz-uns-nicht-hier-in-der-Pampa-aus-Blick auf, und darum tret ich halt jetzt wieder aufs Gas und fahr weiter. Bin ja keine Rabenmutter.

Obwohl, aussetzen wäre gar keine so schlechte Option. Finden S' nicht?

Ach, was soll's, klappt eh nicht. Ich hab's ja schon einige Male versucht. Bei der Josi zum Beispiel, wie die noch ein Baby war, da hab ich mal ernsthaft überlegt, ob ich sie nicht wieder im Krankenhaus abgebe. Die haben doch da so eine Babyklappe.

Anfangs hätte sie da noch prima reingepasst. Aber ich hab halt zu lang gezögert, und irgendwann war sie zu groß für diese Art der Entsorgung. Hat nicht mehr Platz gehabt. Okay, später bin ich dann mal an einem Kinderheim vorbeigefahren und hab geschaut, ob die dort vielleicht eventuell eine größere Klappe haben. Aber nö, keine Chance. Ich sag ja, das mit dem

Aussetzen ist nicht so leicht. Schaun S', das haben ja die Eltern von Hänsel und Gretel auch schon probiert. Haben die Kinder mit einem Stück Brot in den Wald …

Ach, geholfen hat's nix, weil kurze Zeit später waren die doch wieder auf der Matte gestanden. Kinder sind einfach zu schlau.

Umso mehr freu ich mich heute, wenn ich sie über die Ferien beim Ritschi parken kann. Hat auch so seine Vorteile, wenn man getrennt lebt, gell? Soll sich der doch mit dem Kind herumschlagen.

Ich bin schon auf dem Rückweg, wie mein Handy klingelt. Die Marie ist dran, ist völlig aus dem Häuschen.

»Elli, du musst ganz schnell zu uns ins Büro kommen. Der Schmied Lenz nimmt uns mit seinen Leuten den ganzen Laden auseinander. Er hat mir auch so komische Fragen gestellt, du, ich hab fast den Eindruck, der hat meinen Sepp in Verdacht, dass der die Moserin umgebracht hat«, flüstert sie mir atemlos und völlig aufgewühlt in den Apparat.

»Was hat er denn alles zu dir gesagt?«

»Ja, dass die Leich, die ihr auf dem Moserhof gefunden habt, die Moserin ist. Und dann hat er mich gefragt, ob ich mich an den Tag erinnern kann, wie die Moserin verschwunden war, und lauter so Krampf halt.«

»Ja, und? Kannst dich dran erinnern?«

»Ja, woher denn, is doch alles schon so lange her. Meinst, das weiß ich noch?«

»Und was hat er sonst noch gefragt?«

»Ob mein Sepp sich anders verhalten hat, nachdem die Sophie verschwunden war … Und dann, stell dir vor, fragt der mich doch tatsächlich, ob mein Sepp vielleicht mit der Moserin ein Verhältnis gehabt haben könnte. Mein Sepp! Ja, spinnt der?«

Aha, der Schmiedi geht also davon aus, dass die Moserin ein Verhältnis hatte. »Mit wem, meinst, könnte dann die Moser Sophie ein Techtelmechtel gehabt haben?«

»Das schiache Luder? Ja, keine Ahnung. Mit meinem Sepp

jedenfalls nicht. Und jetzt komm bitte vorbei, der Alfi flippt mir total aus, der hat Angst, dass sie bei uns was finden, wegen seinen Schwarzgeschäftla«, flüstert sie mir nun wieder in die Muschel.

»Mit dem Chef seine Schwarzgeschäfte hab ich doch nix am Hut, das macht er schon hübsch allein. Außerdem wollen die ja sicher nur die Akten von früher«, beruhig ich die Marie.

»Eben nicht, die nehmen sogar deinen Computer mit. Der Alfi schwitzt Blut und Wasser. Ja, der hat doch den Slawinski schon teilweise schwarz abkassiert.«

So, schwarz hat der Haslinger den Slawinski also schon abkassiert. Und mir winselt er die Hucke voll, von wegen Forderungsausfall.

»Mei, das muss man der Polizei ja nicht auf die Nase binden. Ist die Baustelle halt offiziell noch nicht abgerechnet. Kann ja keiner kontrollieren«, beschwichtige ich die Marie und leg auf.

Am nächsten Tag in aller Früh, da räum ich daheim erst mal auf. Zum einen, weil ich seit Tagen nicht dazu gekommen bin, und zum anderen, weil ich sowieso nicht mehr länger schlafen kann. Muss dauernd über den Mordfall nachdenken. Kurze Zeit später ist alles fertig, frisch durchgesaugt und wieder herzeigbar. Dafür schwitze ich wie ein Eisbär in der Savanne. Warum ist mir nur dauernd so heiß? Stimmt was mit der Heizung nicht? Werde heute gleich mal meinen Vermieter fragen.

Wie ich dann in meine Küche komm, da ist der Heinzi schon drin. Sitzt doch tatsächlich im Feinrippunterhemd am Küchentisch und liest die Zeitung. Vor sich ein dampfendes Kaffeehaferl. Schaut aus, wie der Hausherr persönlich, und grad will ich ihn fragen, ob er sich im Stockwerk geirrt hat, da begrüßt er mich auch schon freudig.

»Frühstück gibt's«, überreicht er mir eine Tüte mit frischen Semmeln und Brezen.

Also, dass der Heinzi mir ein Frühstück spendiert, das grenzt echt an ein Wunder, so geizig, wie der normalerweise ist. Sicher will er wissen, was ich beim Moser gestern alles in Erfahrung gebracht habe. Scharrt vermutlich schon vor Neugierde mit den Hufen unter dem Tisch wie ein Stier. Darum lass ich ihn freilich jetzt ein bisserl scharren und deck in aller Seelenruhe erst mal den Tisch. Er wechselt dabei, immer ungeduldiger werdend, von einer Arschbacke auf die andere und schaut auf jede Handbewegung, die ich mach. Je länger ich brauch mit dem Auftischen, umso ungeduldiger wird er. Er scharrt und scharrt, und bevor er mir jetzt den ganzen Fußboden durchscharrt, erzähl ich ihm freilich dann doch alles. Obwohl mir das mit dem Fußboden theoretisch wurscht sein könnte. Ist ja sein Fußboden. Ich wohne ja hier nur zur Miete.

»Weißt waaas?«, fängt er an, kaum dass ich mit meinem Bericht fertig bin.

»Nö, sag.«

»Weißt es wirklich ned?«

Ich hasse dieses Spiel.

»Jetzt sag halt!«

»Ich hab gestern ermittelt.«

»Wie ›ermittelt‹?«

»Ja, ermittelt halt«, stochert er mit einer Breze in der Butter herum.

Ich hau ihm auf die Pfoten. Weil, so geht's ja echt nicht. Kann ich überhaupt nicht leiden, so was.

»Kaum sind die Kinder aus dem Haus, machst du bei mir einen auf Mutti«, zieht er einen Flunsch hin, wie ein beleidigtes Kleinkind, nimmt einen großen Schluck Kaffee und schlürft dabei wie ein Elefant am Wasserloch. Dann beißt er wieder in seine Breze und grinst mir beim Kauen schelmisch her. »Ich war gestern bei der Hafermeier Liesbeth. Hab im Telefonbuch geschaut, wo die in Schongau wohnt, bin hingefahren, hab ihr meinen Dienstausweis gezeigt, und schon hat sie mich reingelassen.«

»Was für einen Dienstausweis?«, unterbreche ich ihn hier mal, worauf er gleich aus seinem Geldbeutel einen Ausweis rauszieht und ihn mir auf den Tisch legt.

»Das ist ein Mitgliedsausweis vom Fischereiverein.«

»Mit dem hab ich bloß a bisserl vor ihrer Nasen herumgefuchtelt, und schon hat sie mich reingelassen. Ach, bei so alte Schachteln brauchst du doch bloß sagen, dass du von der Polizei bist, die glauben einem doch eh alles. Wir sind dann gemeinsam in ihr Wohnzimmer reingegangen, dort hat sie sich ächzend in die Kuhle von ihrem Kanapee reinfallen lassen und hat eine Weile wortlos in den Fernseher reingeschaut. Du, die hat den gleichen Fernseher wie du, Elli! Aber bei ihr sind ›Die Vögel‹ gekommen.«

»Welche Vögel?«, schau ich ihn entgeistert an.

»Ja, ›Die Vögel‹ halt, der Gruselfilm vom Hitchcock.«

»Ja, und dann? Was hast dann gemacht?«, bohr ich weiter.

»Mei, ich hab mich neben sie aufs Kanapee gehockt, bin dann aber mindestens einen halben Meter höher gehockt wie sie.«

Der macht mich wahnsinnig!

»Komm zum Wesentlichen, Mann«, pamp ich ihn an.

»Hernach hat sie zu mir raufgeschaut und mir erzählt, dass sie selbst gar keine schöne Kindheit gehabt hätt. Mann hätt sie auch keinen gekriegt. Gejammert hat s' halt wie die Sau. Nachher hat sie mir erzählt ... Jetzt pass auf, das glaubst du nicht ... Sie hat mir erzählt, dass der Moser Ludwig gar nicht der Vater vom Hartl ist.«

»Und wer ist der Vater?«

»Hat die Sophie der Hafermeier Liesbeth nie erzählt.«

Ach, deswegen hat der Schmied die Marie gefragt, ob ihr Mann ein Verhältnis mit der Moserin gehabt haben könnte.

»Und, was hat sie noch gesagt, die Hafermeier Liesbeth?«, schmier ich mir eine Semmel mit Himbeermarmelade.

»Dass der Moser Ludwig eine Sau ist, weil er die Sophie abgemurkst hat.«

»Und wie kommt sie dadrauf?«

»Ja, das hab ich sie auch gefragt, wie sie dadrauf kommt. Sie hat mir aber keine Antwort gegeben. Is zum Schrank gegangen und hat sich aus der Schublade ›Edle Tropfen in Nuss‹ geholt. Is ihre Lieblingssorte, hat s' gesagt. Dann hat s' in den Fernseher reingeschaut und alle auf einmal verputzt. Du, apropos Fernseher, ich hab gestern Abend bei dir a bisserl Fernsehen geschaut, gell? Bloß, dass du Bescheid weißt. Bei dir kommen ja Sachen ...! Macht dir nix aus, oder?«

»Herrschaft, nein!«

»Wir haben dann den Film noch zu Ende angeschaut, und dabei hat sie mir erzählt, dass sie damals, nachdem die Sophie auf einmal weg war, mit dem Moser Ludwig zusammen bei der Polizei eine Vermisstenanzeige aufgegeben hat. Der Moser hat die Anzeige aber am nächsten Tag zurückgezogen, mit der Begründung, dass ein Typ aus Hamburg der Sophie ihre Klamotten abgeholt hätte. Tja, die Polizei hat ihm das geglaubt, obwohl niemand im Dorf damals ein Auto mit einem Kennzeichen aus Hamburg gesehen hat. Der Moser ist ein Grattler, hat die Hafermeirin gesagt, ein Mörder ... Dann hat sie sich mit ihrem ganzen Gewicht aus dem Kanapee rausgeschält. Du, und kaum war die aus dem Sofa draußen, bin ich auch schon um einen halben Meter weiter unten gesessen.«

»So, war's das jetzt?«, frag ich, und der Heinzi nickt.

»Aber ich weiß nicht, der Moser is ned der Typ, der jemanden umbringt. Der ist viel zu nett. Und außerdem hätte ihn dann der Schmiedi schon längst überführt«, klopft sich der Heinzi die ganzen Brösel von der Hose.

»Ja, danke! Hab grad gesaugt«, schimpf ich ihn. »Der Bulle ist aber doch auch der Sohn vom Schmied, der das Baugeschäft hat, oder? Vielleicht hat der Schmiedi den Moser ja nicht verhaftet, weil sein Vater mit dem Moser irgendwelche Geschäfte gemacht hat. Oder aber dem Schmiedi fehlen die Beweise. Ich trau dem Moser jedenfalls nicht. Mir hat mein Busen gejuckt, wie der mir von der Sophie erzählt hat ...«

»Verdammt, wenn ein Mord schon so lang her ist, dann hat man einfach nix in der Hand. Keinen gescheiten Anhaltspunkt, nix!«, ertränkt der Heinzi jetzt seine Breze im Kaffee und seufzt rum. »Mhm ... Ach, das mit der Moserin ist echt schwierig ... keine Tatwaffen, keine Spuren ... nix. Man tapst praktisch vollkommen im Dunkeln. Man müsste einen guten

Draht zur Polizei haben, dann würde man viel mehr wissen«, murmelt er und nollt dabei wie ein Kleinkind an seiner aufgeweichten Brezen herum.

Und ja, er hat recht. Vielleicht sollte ich zum Schmied Lenz wirklich ein bisserl freundlicher sein. Dann wär die Sache mit dem Ermitteln sicher leichter. Wenn der Kerl nur nicht immer so deppert grinsen würde.

13

Nachmittags dreh ich dann eine Dorfrunde. Brauch frische Luft zum Nachdenken, und weil der blöde Hund mal dringend rausmuss, nehm ich den Waldi halt mit. Wie ich bei unserem dorfeigenen Frisör vorbeikomm, seh ich die Rosl drinsitzen. Muss sie dringend was fragen, also geh ich da mal rein. Tassilo Gschwendner, der Frisörmeister höchstpersönlich, schnippelt grad an der Rosl ihrem Haar herum, und die zwei sind so in ihrem Gespräch vertieft, dass sie mich erst gar nicht wahrnehmen. »Die Marie is rein ins Zimmer, dann is sie, geh, Sie wissen schon, also besagte Person, geh, ins Bad, hot sich dodrin eingesperrt, und ... jetzt kommt's ... die war pudelnackat!«

»Naa!«

»Doch, wenn ich's Ihnen doch sag, *pudelnackt!*«

»Ah, gengan S' zua!«

Das scheint ja mal wieder ein interessanter neuer Dorftratsch zu sein, was die Rosl da erzählt. Hab ich eigentlich schon erwähnt, dass die Rosl gern Stille Post spielt? Ist ihr Lieblingsspiel. Nur mit dem Flüstern, da hat sie es nicht so, sie gibt die Nachrichten lieber laut weiter, damit auch jeder alles mitbekommt.

»Er hot die Marie dann gleich aus dem Zimmer gschmissen. Das is doch o keine Art, so was. Vermutlich machen s' das öfter, die zwei. So Schweinereien. Sehen sich ja jeden Tag im Büro.«

Ich setze meine Mütze ab und sag ein artiges »Grüß Gott«.

Kaum hab ich es ausgesprochen, da herrscht eine Stille im Raum, das kann man gar nicht glauben. Und in dem Augenblick, da kapier ich schlagartig: Die reden über mich. Über mich und den Haslinger. Die Rosl schaut mich aus dem Spiegel heraus verhuscht an, und der Gschwendner räuspert sich ein paarmal, bevor er meinen Gruß erwidert.

»Ja, ja, so, so ...«, sagt er dann immer wieder und schnipfelt peinlich berührt an der Rosl ihrem Haar weiter.

Ich erwäge noch kurz, ob ich die zwei aufklären soll, überleg es mir aber dann anders. Sollen die doch von mir denken, was sie wollen. Und die Babsi, die kann ich ja jetzt auch nicht verpetzen, ist ja schließlich meine Freundin.

Ich setz mich auf einen Stuhl, der vermutlich noch aus den Fünfzigern stammt, und grapsch mir eine Zeitschrift, die auf einem kleinen Tischchen liegt.

»Ja, ja, so, so«, redet der Gschwendner vor sich hin.

»Genau, genau a so is es«, murmelt die Rosl.

»Ja, ja, da ham S' recht, so is es«, schnippelt der Gschwendner weiter. Dann wird es still. Man hört nur das Klappern der Schere. Ich trau mich gar nicht, in der Frauenzeitschrift zu blättern, so still ist es auf einmal hier. Frauenzeitschrift? Warum heißen die eigentlich so? Gut, es gibt ja auch Männerzeitschriften. Da sind aber überwiegend Abbildungen von Frauen drin. Meistens nackte. In Frauenzeitschriften dagegen fehlen nackte Männer komplett. Ist doch eigentlich ungerecht, oder? Frauenzeitschriften sind mehr so Klatschblätter, wo irrsinnig blöde Ratschläge drinstehen, die kein Mensch braucht. So auch heute. »Was Männer wirklich wollen!« steht da als Überschrift und drunter in Rot: »Wie Sie sich einen Mann angeln, der zu Ihnen passt!« So ein Schmarrn!

Ich les mich mal rein. Frauen, so steht da, sollten bei der Auswahl von Männern darauf achten, dass der Mann auch wirklich zur Bettwäsche passt. Für die Männersuche sollte man unbedingt ein dezentes Kostüm in frechen Frühlingsfarben tragen. Aha, dezente Frühlingsfarben also. Ich überlege kurz, was an Frühlingsfarben dezent sein soll. Dazu sollte sich eine Frau einen frischen rosigen Teint zulegen, der nicht zu verführerisch sein darf, und dann steht da außerdem, dass eine Frau in Gegenwart von Männern Alkohol nur in Maßen trinken soll. Mist, Mist, Mist, da halt ich mich ja gar nicht dran. Also, wenn das alles ist, worauf ein Mann bei einer Frau schaut, dann hab ich echt schlechte Karten. Kein Wunder, dass keiner anbeißt. Sollte mich zukünftig echt am Riemen reißen.

Der Waldi schnüffelt herum.

»Ich glaub, der Hund muss«, sag ich und geh.

Draußen wart ich freilich, bis die Rosl rauskommt. Frag sie gleich, ob sie gewusst hat, dass der Hartl nicht der Sohn vom Moser ist. Sie fällt aus allen Wolken. Es will mir trotzdem nicht in den Schädel, dass die Rosl von solch einem Techtelmechtel nix mitgekriegt haben will, wo sie doch sonst auch alles weiß.

»Wer könnte denn der Vater vom Hartl sein?«, schau ich sie fragend an.

»Ja, das weiß ich doch ned.«

»Vielleicht der Hurler? Immerhin waren sie Nachbarn.«

»Geh, da Hurler Hans, dass ich ned lach. Der war ja scho mit seiner eigenen Frau überfordert.«

»Haben die Mosers gute Freunde gehabt? Oder vielleicht war es jemand aus dem Schützenverein? Jetzt denk halt mal nach«, fordere ich sie auf, und das macht sie auch, sie denkt und denkt …

»Ja, wer hätt denn mit dem greißligen Luader …? Der Schwinghammer Xarie, der alte Weiberer vielleicht … Aber, dass der mit da Moserin … Mei, weißt, der Moserhof is so weit außerhalb, da kriegst halt dann doch nicht alles mit, geh.«

»Du, wenn dir noch einer einfällt, dann sagst es mir, gell? Pfiat di!«, sag ich noch und geh.

Beim Semmelmeier vor dem Laden muss der Waldi mal. Wie ich die Hundetüte dann beim Semmelmeier in den Mülleimer schmeiß, der seit Urzeiten vor dem Laden hängt, komm ich wieder ins Grübeln. Früher war der Laden vom Semmelmeier ein richtig netter kleiner Kramerladen. Die Rosl hat immer gesagt, beim Semmelmeier, da gibt es alles. Eine abgelaufene Ware gibt's da, und einen Klaps auf den Hintern, den gibt's da auch. Weil der alte Semmelmeier halt gern mal die weibliche Kundschaft betatscht hat. Vielleicht ist die Rosl deshalb immer gern dort hingegangen, wer weiß? Vielleicht ist aber auch die Moser Sophie gern dort hingegangen, könnt ja sein, dass der alte Semmelmeier der Vater vom Hartl ist. Tja, das gilt es jetzt herauszufinden.

Am Abend zieh ich aber erst mal mit der Babsi ein bisserl um die Häuser. Hab mir extra ein Faschingskostüm mit dezenten Frühlingsfarben angezogen. Bin eine Gelbe Rübe. Orangefarbenes Kostüm, grün toupierte Haare. Na, wenn das mal keine frische Frühlingsfarben sind, dann weiß ich auch nicht. Rosigen Teint hab ich, und nüchtern bin ich fei auch. Aber das ist ein Fehler. Weil diese Party hier in einem Zelt nüchtern kaum zu ertragen ist.

Weil nur Halligalli, Drecksauparty, Wumm-Wumm, Besäufnis, fertig, aus. Wie, bitte, soll man sich da einen Mann angeln? Dann Faschingsparty in einer Schongauer Bar.

»Mein Hormonspiegel sagt mir, dass da irgendwie heute noch was läuft«, sagt die Babsi schon am Eingang. Die ist heute Schneewittchen, schaut auch echt heiß aus. Kaum sitzen wir an der Bar, schmeißt sie sich schon an einen garstigen Frosch hin.

Ein zerfledderter, besoffener Pilot macht mich an. Gefällt mir ganz und gar nicht. Schaut auch nicht vertrauenswürdig aus. Bei dem würd ich nie und nimmer nicht ins Flugzeug steigen. Dauert nicht lang, dann macht er einen Sturzflug unter den Tresen.

Vielleicht mach ich ja heute doch noch einen Aufriss. Ein recht attraktiver Mann in einem heißen, bunten Kostüm schaut irgendwann zu mir rüber. Weiß zwar nicht, was er darstellt, aber das Kostüm und der Kerl würden hervorragend zu meiner Bettwäsche passen. Ich setz mich also möglichst sexy auf einen Barhocker, aktiviere meine Bauchmuskeln, die bis dahin unter diversen Fettpölsterchen vor sich hinvegetiert haben, werfe mein Haar zurück und warte, dass er anbeißt.

Aber nix is. Schmust kurze Zeit später mit einer Nixe herum.

Ich geb auf.

Ach, Männer sind doch wie Toiletten – entweder sind sie besetzt oder beschissen.

Der Schneepflug ist es, der mich tags drauf aus dem Schlaf reißt. Hoffentlich hauen uns die Hamperer vom Bauhof nicht wieder den ganzen Schnee in die Einfahrt rein, sonst können wir heute wieder stundenlang Schnee räumen. Wehmütig schau ich in meine Bettwäsche rein. Ach, ob ich mal noch den passenden Typen dafür finde …?

Aus dem Wohnzimmer hör ich einen Schuss, der mich augenblicklich aus dem Bett katapultiert.

Der Fernseher läuft. Was mir jetzt unerklärlich ist, weil ich mich nicht erinnern kann, dass ich ihn gestern Abend angemacht hätte.

Der Heinzi sitzt auf meinem Sofa und schaut Bonanza. Ist das denn zu fassen?

»Guten Morgen. Endlich wach?«, fragt er mich, kaum dass er mich sieht. »Also, dein Fernseher, der Hammer! Ein Bild hat der, eins-a. Sogar die alten Filme haben eine Qualität. Unglaublich ist das«, schwärmt er mir vor.

So geht's echt nicht. Ich mein, immerhin wohne ich hier zur Miete. Da kann man doch nicht einfach in die Wohnung des Mieters reingehen und sich dadrin im Wohnzimmer breitmachen. Und das am Sonntagmorgen.

»Du, schick dich, wir müssen heute noch ermitteln«, sagt er, geht in die Küche und setzt einen Kaffee auf.

Oh Mann, der nervt. Gibt der denn gar keine Ruhe?

Im Bad seh ich die Spuren von gestern Abend im Spiegel. Bin zwar früh heim, hatte aber keine Lust mehr, mich wieder in einen Normalzustand zu versetzen. Brauch drei Waschgänge, bis ich wieder meine normale Haarfarbe hab. Und überall klebt dieser Glitter … ach ja, normal, weil Fasching.

»Bist jetzt endlich fertig?«, fragt der Heinzi, wie ich in die Küche komm. »Auf geht's, wir fahren zum Schwinghammer ins Altenheim«, drückt er mir das Kaffeehaferl in die Hand, und nachdem wir eine Stunde lang unsere Einfahrt erst mal von Schnee und Eisbrocken freigeschaufelt haben, stehe ich fix und fertig im Hof und warte darauf, dass der Heinzi seinen Prachtwagen samt Wackeldackel aus der Garage fährt.

Wie ich so dastehe und warte, da pirscht sich von hinten jemand an mich heran. Hebt mir mit beiden Handflächen die

Augen zu und fragt in mein bemütztes Ohr ein »Wer bin ich?«
rein. Ich hasse dieses Spiel. Hab ich in der Schule schon ge-
hasst. Kenn nur eine, die das Spiel seit jeher spielt, und das ist
die Babsi.

»Sag halt!«

»Die Leni?«, spiel ich mit.

»Falsch«, kommt es fröhlich piepsend aus der Babsi.

»Keine Ahnung, die Gitti vielleicht?«

»Nee, die doch nicht«, kommt es beleidigt. Die Babsi sieht
heute aus wie das blühende Leben. Frisch wie der Morgentau,
würd ich mal sagen.

»Hast du etwa den Frosch in einen Prinzen verwandelt?«,
frag ich sie deswegen.

»Nö, irgendwie nicht mein Geschmack gewesen, der
Frosch«, wimmelt die Babsi gleich ab. »Wo wollt ihr denn
jetzt hin?«

»Du, ins Altenheim zum Schwinghammer Xarie. Ein bisserl
ermitteln«, sag ich und steig ins Auto ein.

»Zu unsrem ehemaligen Leichenwärter? Ach, weißt was, da
fahr ich auch mit«, reißt sie mit Schwung die hintere Tür auf
und setzt sich auf die Rücksitzbank. »Irgendwie wie in alten
Zeiten«, lacht sie. »Nur waren früher die Ermittlungsfahrzeuge
irgendwie noch blöder. Ich bin mit dem Klappradl von deiner
Oma gefahren, mit dir auf dem Gepäckträger. Und der Heinzi
hatte ein klappriges BMX-Radl vom Schrott, wo er sich mit
so Wäscheklammern Spielkarten in die Speichen reingemacht
hat, damit es Geräusche gibt. Damals sind wir doch auch oft
irgendwie zum Schwinghammer Xarie auf den Friedhof. Waren
dort am Bankerl gehockt, er hat uns ein Wassereis spendiert
und uns irgendwie so Schauermärchen erzählt. Irgendwie was
von einer Leiche, die das Kleid von der Moserin angehabt hat,
oder so. Na, da bin jetzt aber mal gespannt, was wir von dem
erfahren.«

Gleich am Eingang erkundigen wir uns bei einem von Akne
gepeinigten jugendlichen Pfleger nach dem Schwinghammer
Xarie. »Eigentlich ist jetzt gleich Mittag und keine Besuchs-

zeit«, zwitschert uns der Aknepfleger durch die Scheibe zu. Die Babsi macht ihren Anorak auf und lüftet ihr Dekolleté.

»Station drei im Aufenthaltsraum«, informiert er uns, und schon latschen wir einen dunklen, nach Urin riechenden Gang entlang, wo hinter den Türen jammernde Menschen liegen oder der Ernst Mosch den Leuten den Marsch bläst. Unmenschlich ist das.

Auf Station drei riecht's nach Waschmittel. Das liegt wohl dadran, dass eine dralle Brünette hier das Kommando führt, die ausschaut wie die Klementine von der Ariel-Werbung. Sie heißt aber nicht Klementine, sondern Olga und steckt auch nicht in einer weißen Latzhose, sondern in einem weißen Schwestern- kittel und hat Riesenmedizinbälle. Da kann die Babsi mit ihren Äpfeln aber einpacken.

»Hey, Schwinghammer!«, schreit die Olga mit russischem Akzent durch den Saal. »Besuch hast du!«

Der Schwinghammer sitzt auf einem Stuhl und sieht aus wie früher. Gut, vielleicht ist er ein bisserl eingegangen. Kann sein, aber ich hätte ihn trotzdem gleich wiedererkannt. Er winkt uns aus einem riesigen blauen Strickpulli heraus freudig zu. »Ja, Elli! Grüß dich!«, nimmt er meine Hand in seine faltigen, warmen Hände und schüttelt sie auffallend lang. Lässt sie erst los, wie er die Babsi sieht. Die hat in der Zwischenzeit ihren Anorak ausgezogen und steht jetzt im Dirndl da. Aber nicht lang, weil sie der Schwinghammer vor Begeisterung packt und zu sich auf den Schoss runterziehen will, dass die Babsi gleich ins Rudern kommt.

»Der Schwinghammer is scho wieder gamsig!«, schreit eine kleine Frau quer über den Tisch rüber, die gerade von einem älteren Herrn gefüttert wird. Und wie ich genau hinschau, da erkenn ich in dem Mann den Wimmer. Mein Gott, der ist mir heute noch abgegangen. Hoffentlich will er nicht über seinen Klodeckel reden. Er ist aber grad schwer beschäftigt, weil er der Frau nix, aber auch gar nix recht machen kann. Erntet nur wüste Beschimpfungen von ihr. Der Wimmer – klein mit Hut, würd ich sagen. Tut mir direkt leid.

»Du, Schwinghammer, du warst doch lang bei uns auf dem Friedhof tätig«, sagt der Heinzi jetzt.

»A billiger Totengräber war a!«, schreit die Frau über den Tisch.

»Du, geh, ich hab eine leitende Position gehabt! Zweihundert Leute hab ich unter mir gehabt! Und bei jeder Beerdigung eine tragende Rolle!«, schreit ihr der Xarie rüber. Und erst wie der Wimmer die Frau aus dem Aufenthaltsraum hinausrollt, kommen wir hier aufs Wesentliche zu sprechen.

»Du, Schwinghammer, du hast uns mal irgendwie was von einer Leich erzählt, die ein Kleid von der Moserin angehabt hat. Das hast aber schon irgendwie erfunden, oder?«, fragt die Babsi.

»Ach, jetzt passt auf, das war a so: Die Barmeier Friedl is gestorben. Das weiß ich noch wie heute. Von da Futterluke in der Tenne in den Stall runtergefallen, bum – tot. Wie sie halt dann ins Leichenhaus gebracht worden is, da hab ich ihr ein braunes Kleid angezogen, das weiß ich genau. Und genau so war sie auch aufgebahrt im Leichenhaus dringelegen, die Friedl. Wie ich dann am nächsten Tag ins Leichenhaus reinkomm, da hat sie auf einmal ein gelbes Kleid mit Blumen drauf angehabt. Ich hab das Kleid gleich erkannt. Das hat die Moserin nämlich immer angehabt, wenn sie zum Beichten gekommen ist. Ja, das war sehr mysteriös damals.«

»Was hast dann gemacht?«

»Ja mei, Deckel drauf und fertig. Und dann, jetzt stellts euch vor, hat die Barmeier Friedl doch glatt noch eine Grabbeigabe gekriegt. Am nächsten Tag in da Früh vor der Beerdigung komm ich wieder ins Leichenhaus rein, und da seh ich, dass der Deckel vom Sarg nicht gscheid zu ist. Ich war mir aber ganz sicher, dass ich den Deckel zugemacht hab. Und weil eben vorher die Gschichte mit dem Kleid war, da hab ich mir gedacht, schaust halt noch mal rein in den Sarg. Ich öffne also den Deckel, und da hat die Friedl einen Lavendelstrauch in der Hand. Und unten bei den Füßen war ein Sack. Ein Futtermittelsack. Ich hab mir gedacht, das kann's ja jetzt auch nicht sein, gell. Ich hab dann den Sack raus, hab den Sarg wieder verschlossen und die Friedl begraben.«

»Und was war dann in dem Sack drin?«, will der Heinzi gleich wissen.

»Kleider und eine billige Kette. Ich hab's dem Pfarrer gezeigt, und der war ganz seltsam. Hat gesagt, das sei Teufelszeug und ich soll es ganz, ganz schnell verschwinden lassen. Hab's im Müll entsorgt.«

»Sag amal, die Moser Sophie, hast du die näher gekannt?«, fragt jetzt der Heinzi noch.

»Die Moser Sophie? Seid ihr drei jetzt in eure Kindheit zurückgeplumpst oder wie? Wegen der Moserin habt ihr doch früher als Kinder schon herumgeschnüffelt. Freilich hab ich sie gekannt, wir waren ja miteinander bei den Schützen. Ein greisliches Weib.«

»Mit wem hat die gleich wieder ein Techtelmechtel gehabt?«, frag ich unverblümt.

»Ja mei, ihr wollts da Sachen wissen«, schüttelt der Schwinghammer den Kopf. »Fragst halt die Rosl, die weiß doch so was. Ich war's jedenfalls nicht. Die Moser Sophie, die hätt man mir nackt auf den Bauch naufbinden können – ich hätt sie nicht genommen.«

»Der Semmelmeier vielleicht? Der hat doch die Frauen betatscht, wenn sie nicht bei drei auf dem Baum waren«, frag ich.

»Da Semmelmeier, der alte Grapscher. Ja, das war schon ein Hallodri. Mein lieber Schwan«, lacht der Schwinghammer.

»So, meine Damen und Herren der Schöpfung. Der Schwinghammer braucht jetzt seine Ruhe. Der geht jetzt ins Bett. Gell, Schwinghammer, Mittagsschlaf machen, weißt du?«

»Freilich, Frau Olga. Mach ma Mittagsschlaf, mir zwei«, haut er der drallen Russin auf den Hintern.

Ja, geht's noch?

Und so verabschieden wir drei uns brav vom alten Schwinghammer und lassen den Lustmolch seinen Mittagsschlaf machen. Draußen angekommen, da holen wir uns in einer Bäckerei noch einen Kaffee in so Plastikbechern. »Café to go« steht da auf einem Schild, und drunter steht »Auch zum Mitnehmen«. Worüber die Babsi und ich uns köstlich amüsieren. Dann machen wir uns auf den Weg zum Auto.

»Mei, du könntest dir fei irgendwie auch mal eine neue Jacke leisten. Is jetzt nicht grad irgendwie modern, die Jacke«, bekrittelt die Babsi den Heinzi.

»Wenn die Jacke aber mal wieder irgendwie modern wird, dann hab ich sie schon«, entgegnet ihr der Heinzi schlagfertig und geht schon mal vor.

»Da sind ja Löcher drin«, zieht sie von hinten ein Stück Klebeband von der Jacke runter.

»Ach was, der Kittel ist so gut wie neu. Das heißt, er war neu, also wie er halt irgendwie noch neu war«, reißt ihr der Heinzi jetzt das Klebeband aus der Hand und lacht.

»Ham mas jetzt bald?«, frag ich, weil's nervt.

Am Auto angekommen, da diskutieren wir dann freilich noch recht fleißig herum.

»Also, wenn's stimmt, was der Schwinghammer uns erzählt hat, dann wär's echt ziemlich abgedreht. Ich mein, wer macht sich denn die Mühe und kleidet eine Tote um?«, sagt der Heinzi.

»Ein gestörter Psychopath vielleicht«, sag ich.

»Der Moser ist jedenfalls kein gestörter Psychopath, davon bin ich überzeugt«, lässt uns der Heinzi wissen und stochert dabei gedankenverloren mit dem Schlüssel im Türschloss von seiner Rostlaube herum.

»Mhm, das würd ich gar nicht so unterschreiben. Wenn er es gewesen wär, dann ergibt das Ganze nämlich einen Sinn. Er hat doch behauptet, dass die Sophie einen Tag nach ihrem Verschwinden Kleider und Schmuck hat abholen lassen. Und damit ihm jeder glaubt, hat er eben genau diese Dinge verschwinden lassen. Und zwar genau da, wo sie sicher niemand sucht«, werfe ich hier mal ein.

»Das mag sein, er war's aber nicht«, schwingt der Heinzi seinen Arsch in seine Rostlaube rein und startet den Motor. Fährt jetzt noch langsamer wie sonst. Schaut dauernd in den Rückspiegel.

»Außerdem hat mir, wie mir der Moser von der Sophie erzählt hat, mein Busen gejuckt. Und wenn mir der Busen juckt, dann stimmt was nicht«, sag ich.

»Also mir juckt irgendwie nie der Busen.«

»Das mit dem Busenjucken ist eben so eine Gabe von mir. Mein Busen ist wie ein Lügendetektor.«

»Mhm … So was hab ich nicht«, schaut die Babsi versonnen in ihr Dekolleté.

»Dein Busen hat halt andere Qualitäten«, grinst der Heinzi in den Rückspiegel.

»Herrgottsa, hör doch endlich auf, der Babsi dauernd in den Ausschnitt zu gaffen!«, fahr ich den Heinzi nun an.

»Das sagt mir grad die Richtige. Wer macht denn mit dem Haslinger rum? Immerhin bist du ja noch mit dem Ritschi verheiratet«, haut der Heinzi mit den Händen auf das Lenkrad.

»Ach, spielst jetzt den Moralapostel, oder was? Wer schaut sich denn nachts geile Weiber an, ha?«

»Welche geilen Weiber?«, lehnt sich die Babsi zu uns nach vorn. Der Heinzi stiert stur durch die Windschutzscheibe und schaut dabei aus wie der Stromboli bei Nacht. Hochrot und feuerspuckend.

»Nö, aber du versaust dir jede Rückkehr zu deinem Gatten, so schaut's aus«, sprudelt es aus ihm heraus.

»Seit wann bist denn du um das Wohl vom Ritschi so besorgt, ha? Magst ihn doch nicht. Hast ihn doch nie beachtet … Ach, jetzt kapier ich, du interessierst dich nicht für den Ritschi, sondern für seine Tätigkeit als Leichenfledderer. So schaut's aus. Du willst, dass ich zu ihm zurückgeh, damit du auch weiterhin schön an Informationen kommst!« Kaum hab ich die Worte ausgesprochen, bereu ich sie auch schon wieder. Weil es freilich nicht stimmt, was ich da vom Stapel gelassen habe. Der Heinzi ist halt eifersüchtig. Hatte mir gegenüber schon immer diesen Beschützerinstinkt.

»Was für eine Tätigkeit als Leichenfledderer?«, schaut mich die Babsi ganz entgeistert an.

»Ach nix!«, hält der Heinzi wütend das Lenkrad fest und

gibt Gas. Die Babsi wartet noch immer auf eine Antwort von mir.

»Das behältst du fei für dich«, fahr ich sie gleich an. Und jetzt ist sie eingeschnappt.

»Seit wann?«

»Mei, schon immer halt.«

»Danke fürs Vertrauen«, setzt sie sich bockig hinter meinen Sitz. Toll, jetzt is die auch noch beleidigt.

»Ich wollt's dir ja immer sagen ...«, versuch ich mich zu verteidigen und schau hilfesuchend zum Heinzi rüber. Aber der schmollt immer noch und fährt doppelt so schnell wie sonst.

»Mein Gott, Babsi, das is doch auch total wurscht, was der Ritschi von Beruf ist, das hat doch mit unserer Freundschaft nix zu tun.«

»Vertrauen und Freundschaft, das gehört aber doch irgendwie zusammen, oder? Oder gehört das nicht zusammen? Mhm, sag?«

»Doch, Herrschaftszeiten. Du hast mir doch auch nicht erzählt, dass du mit dem Haslinger schnackselst.«

»Ja, sag amal, geht's noch?«, haut der Heinzi den Stachel rein.

Die Babsi zuckt bloß mit den Schultern.

Aber was ich an den zwei echt mag, sie sind absolut nicht nachtragend. Wie der Heinzi sein Gefährt vor dem Engelsrieder Friedhof parkt, da ist die ganze miese Stimmung schon wieder verflogen.

Unser Gottesacker ist nicht groß. Also dauert es nicht lang, bis wir das Grab von der Barmeier Friedl gefunden haben. Und freilich steht auf ihrem Grabstein auch der Todestag von ihr drauf. Es war der 16. Februar vor exakt dreißig Jahren. Sie ist also drei Tage nach dem Verschwinden von der Sophie verstorben. Nein, der Schwinghammer hat uns kein Märchen erzählt.

14

Anderntags wach ich ziemlich gerädert auf. Der Fasching zehrt an meinem Körper. Gestern, am Nachmittag, war ich mit den Strickerweibern nämlich noch auf dem Engelsrieder Weiberkränzle vom Frauenbund. Saulustig war's. Den Vogel hat allerdings das Männerballett abgeschossen. Der Haslinger, der Heinzi und die zwei dürren Hamperer vom Bauhof sind in honiggelben Strumpfhosen und im zweiteiligen Biene-Maja-Kostüm erschienen und haben uns was vorgetanzt. Der Anblick, phänomenal. Weil beim Haslinger und beim Heinzi die Bierwampen geschwabbelt haben und die zwei Bauhofkonsorten schon wieder besoffen waren. Das Gelächter war freilich groß.

Später haben wir mit den Bienen in der Garderobe auf die erfolgreiche Aufführung ein paar Kräuterschnäpse getrunken. Sind dann miteinander heimgewackelt, weil fliegen haben die Bienen leider nimma können, und auf dem Weg hab ich dann die Gelegenheit genutzt und mit den zwei Fuzzis vom Bauhof endlich mal Tacheles geredet.

»Also, ihr zwei Kameraden. Obacht!«, hab ich gesagt und hab mich zwischen den zwei in die Arme eingehängt. »Wenn ihr weiterhin dauernd die ganzen Eisbrocken mit dem Schneepflug in unsere Einfahrt reinschiebts, dann raucht's im Karton. Dass das klar is!«

»Jawohl«, haben sie gelacht und mir ein fettes, nach Bier und Schnaps miefendes Bussi auf die Backe gedrückt.

An einer Straßenkreuzung haben sich dann unsere Wege getrennt. Der Haslinger und die Babsi haben den linken Weg genommen, weil gleicher Heimweg. Die Leni, der Heinzi und ich den rechten, weil auch gleicher Heimweg, und die zwei Konsorten vom Bauhof haben den Weg ins Wirtshaus genommen, weil immer noch Durst.

Kurz vor unserem Heim hat uns der Heinzi dann noch das

bayrische Wappen in einen Schneehaufen reingebieselt. Ich bin zwar früh ins Bett gekommen, hab aber furchtbar schlecht geschlafen. Ja, weil mir dauernd diese Frau in Weiß im Kopf herumgeschwirrt ist. Wie aus dem Boden gestampft ist die nämlich beim Weiberkränzle mit einem Mal hinter mir gestanden. Auf der Toilette, beim Händewaschen. Erscheint einfach so mir nix, dir nix heckwärts im Spiegel. Ganz ohne Vorwarnung. Ich meine, ich selbst war ja ruhig. Aber meine Pumpe hat einen Salto gemacht, dass die Herzklappen gleich direkt zu klingeln angefangen haben. Ich wollte sie freilich gleich fragen, wer sie eigentlich ist, aber kein Wort ist mir über die Lippen gekommen. Stattdessen habe ich mich gebückt und den Wasserhahn zugedreht. Und wie ich wieder in den Spiegel geschaut habe, war sie weg. Genauso ex abrupto, wie sie gekommen ist. Hab mich dann bei sämtlichen Leuten durchgefragt. Keiner will die Frau in Weiß gesehen haben. Mittlerweile zweifle ich schon daran, dass es die Frau in Weiß überhaupt gibt. Vielleicht bilde ich sie mir ja auch nur ein? Der viele Alkohol tut mir echt nicht gut.

Endlich eingeschlafen, war ich im Traum vergeblich auf Männersuche. Dann hat mir die Leni im Hausflur ein unglaublich riesiges Packerl in die Hände gedrückt. Das sei für mich abgegeben worden, hat sie gesagt, und wie ich in freudiger Erwartung das Packerl aufgerissen hab, wer hat da rausgegrinst?

Der Haslinger!

Ein Alptraum der übelsten Sorte.

Deswegen stapf ich eben jetzt ziemlich ermattet durch den Tiefschnee zur Arbeit und ärger mich grad. Nix is geräumt. Ganz Engelsried zugeschneit. Die zwei Hamperer vom Bauhof liegen vermutlich noch unterm Tresen oder in der Heia.

Die Marie sitzt im Büro und liest Zeitung. Erkundigt sich, kaum dass ich ins Büro reinkomm, nach meinem Befinden. Ob ich gut geschlafen hab, will sie wissen und mustert mich ausgiebig.

»Passt scho«, sag ich und setz mich auf den Stuhl. Muss endlich die Ausschreibung von der Erzdiözese fertig machen.

»Hast du ehrlich gut geschlafen?«, fragt sie mich noch mal. Ja, Herrgottsa, was will die denn von mir? Hat die mir heute Nacht etwa dieses Packerl mit dem Haslinger drin geschickt? Vielleicht kann die so eine Art Voodoo-Zauber. Schickt mir jede Nacht per Traum ihren Sohn, bis ich nachgebe und ihn nehme.

»Hab bestens geschlafen, nix geträumt«, lüg ich. Damit sie gleich Bescheid weiß, dass derlei Tricks bei mir nicht funktionieren. Und weil sie jetzt schon da ist, die Marie, da kann ich sie auch prima mal was fragen. »Du, Marie, du bist doch auch im Schützenverein, kannst du mir eine Liste von den Mitgliedern besorgen, die in den Achtzigern dabei waren?«, frage ich sie zuckersüß.

»Mei, freilich, wenn du eine Liste willst, dann kriegst du eine Liste. Ich war doch jahrelang Schriftführerin bei den Schützen und müsste die Unterlagen noch haben«, erhebt sie sich freudig vom Stuhl und verschwindet gleich durch die Tür.

Die Marie ist nett. Nein, echt, ich mag sie unheimlich gern. Wäre eine Top-Schwiegermama für mich. Ich muss sie bei Gelegenheit fragen, ob sie nicht rein zufällig für mich einen anderen Sohn auf Lager hätte. Der bräuchte auch gar keine Ähnlichkeiten mit dem Alfons zu haben, weder im Aussehen noch vom Charakter. Nein, nein, ganz im Gegenteil.

Das Telefon läutet.

Die Pichelmeier ist dran. Oh mei, und das am Montagmorgen.

Wegen ihrer Kloschüssel halt wieder. Und natürlich wegen Horst, ihrem Hamster. Sie redet und redet. Und selbstverständlich weiß sie auch was über den Moser. Sie ist davon überzeugt, dass der Moser ein Doppelleben geführt hat. Wie sie das meint, darüber schweigt sie sich allerdings aus. Kommt lieber gleich wieder auf das Doppelleben von ihrem Nachbarn zu sprechen, der beim Semmelmeier zwei Semmeln kauft, obwohl er allein wohnt, und das will ich freilich von ihr gar nicht hören und stell auf Durchzug. Nehme derweil die mit Senf verschmierte Ausschreibung von der Erzdiözese aus der Ablage und übertrag dem Haslinger sein Geschmier auf ein neues Formular. Eine gefühlte halbe Stunde später übergibt mir die Marie die gewünschte Liste und der Haslinger die frohe Botschaft, dass die Polizei mir meinen Computer vorbeibringt.

»Nix ham s' gefunden, gar nix. Gott sei Dank«, faltet er die Hände vor seiner Brust und schaut dankend zum Himmel hinauf, was ich jetzt ebenso mach, weil die Pichelmeier endlich einhängt. Und so mache ich mich kurz darauf mit der fertigen Ausschreibung auf den Weg ins Pfarramt. Die Sonne scheint, der Himmel ist blau, ein wunderbarer Tag.

Vor dem Pfarrhof steht ein grüner Mercedes. Es ist das Auto vom Moser Ludwig. Hab es auf seinem Grundstück stehen sehen. Hat auch das gleiche Kennzeichen. Ich gebe den Kostenvoranschlag im Pfarrbüro ab und rumpel im Flur beinah mit unserem Herrn Pfarrer zusammen. »Grüß Gott, Herr Pfarrer«, grüß ich freundlich, aber er nimmt mich gar nicht recht wahr. Schüttelt nur den Kopf. Ist total in seinen Gedanken versunken. Reißt eine Tür auf und tritt in ein Zimmer ein, dahinter kann ich ganz einwandfrei den Moser erkennen. Der sitzt recht geknickt auf einem Stuhl.

»Mein Gott, naa, diese Sünd!«, schaut der Pfarrer zur Decke hoch und schließt die schwere Eichentür hinter sich. Und weil er schlecht hört, unser Herr Pfarrer, und dementsprechend laut redet, kann ich freilich durch die Tür hören, was er sagt.

»Mei, Bua, beichten willst? Beichten?«, schreit er, und der Moser antwortet etwas, was ich leider nicht verstehe.

»Mei, diese Sünd!«, schreit der Pfarrer wieder, aber dann kommt die Pfarrhofstante aus ihrem Zimmer, und ich such zwangsläufig das Weite, was jetzt echt schade ist. Hätte zu gern gewusst, was der Moser zu beichten hat.

Am Nachmittag fahren der Heinzi und ich mit der Daisy nach Weilheim. Der Heinzi hat nämlich herausgefunden, dass der Moser Hartl dort wohnhaft ist. Also werden wir ihm einen kleinen Besuch abstatten.

»Weißt, der Haslinger und ich, wir sind ja mit dem Hartl

in die gleiche Klasse gegangen. Irgendwie war der Hartl ein komisches Kind. Dick und greislich wie seine Mama. Is immer auf dem Schulhof gemobbt worden. Da Haslinger war eigentlich der Einzige, der ihm dann geholfen hat. Keine Ahnung, der war halt, wie gesagt, komisch. Und wie die Mama vom Hartl dann weg war, hat er dann bei der Hafermeirin in Schongau gewohnt. Is dann nur noch in den Ferien dagewesen. Hab ihn total aus den Augen verloren«, informiert mich der Heinzi noch auf der Fahrt, die erwartungsgemäß nicht lang dauert, weil ich am Steuer sitz.

Der Hartl wohnt in einer ziemlich heruntergekommenen Wohngegend im Hinterhof. Ein-Zimmer-Wohnung, zweiter Stock, da wo AC/DC aus Tür und Fenster schreit. Klingeln hat er nicht gehört, also klopft der Heinzi wie ein Bekloppter an die Tür, bis der Hartl sie von innen aufreißt und nun mit seiner ganzen Leibesfülle fast den Türrahmen sprengt.

Der Mann ist gar nicht mein Geschmack. Nein, überhaupt nicht. Ich steh nicht so auf Schränke, wissen S'? Er macht auf mich einen ziemlich aggressiven Eindruck. Wenn seine rot unterlaufenen Augen nicht so furchtbar traurig ausschauen würden, dann könnte mir sein Anblick durchaus ein mulmiges Gefühl einjagen.

Mhm, wem könnte der jetzt ähnlich sehen? Könnte er der Bruder vom Semmelmeier sein? Oder etwa vom Haslinger? Oder sieht er gar dem Schwinghammer ähnlich? Nein, also von der Statur her ... also wenn, dann noch am ehesten dem Haslinger.

Der Hartl erkennt den Heinzi gleich, rennt zu seiner Stereoanlage, dreht sie leiser, und wir nutzen freilich den günstigen Augenblick und folgen ihm in seine Wohnung. Ich schließ die Wohnungstür hinter uns und schau mich mal um.

Einrichtung: spärlich, praktisch nix vorhanden außer Bett und Verhau. Kaum ist die Musik aus, bietet uns der Hartl einen Platz auf einem großen Pappkarton an, der in der Mitte von der Wohnung steht. Das heißt, dem Heinzi bietet er den Platz an, mich ignoriert er komplett. Was jetzt echt ein Glück ist, weil der Heinzi, kaum dass er nämlich sitzt, in die Kiste reinfällt und wie wild mit Händen und Füßen zappelt, bis ihn der Hartl mit einem Ruck wieder rauszieht. Und so stehen wir jetzt halt alle drei ziemlich blöd zwischen den ganzen Habseligkeiten vom Hartl herum und schweigen uns an.

Da der Heinzi an einen Verhau in der Wohnung gewöhnt ist, fällt ihm das Chaos hier zuerst gar nicht auf. Dann aber fragt er den Hartl, ob er hier am Aus- oder Einziehen ist, worauf der Hartl irritiert reagiert. »Ich bin pleite, Mann, was hast denn erwartet, hey«, erklärt er ihm.

»Du, ich war grad mit meiner Cousine zufällig in Weilheim, da hab ich gedacht, schaust mal zum Hartl und fragst, wie es ihm geht«, sagt der Heinzi dann.

»Mei, wie soll's mir schon gehen? Wie würd es dir gehen, wenn die Polizei bei dir auf der Matte steht und dir sagt, dass sie deine Mutter tot in einem Wannensockel gefunden ham? Ha?«, schnieft er, und in seinen Augen sammeln sich dicke Tränen.

»Ich hab's in der Zeitung gelesen. Ich kann das gar nicht glauben. Wo es doch immer geheißen hat, dass deine Mutter fort ist«, sagt der Heinzi mitfühlend.

»Tja, zumindest hat man mir das so gesagt«, setzt der Hartl sich auf eine Bierkiste. »Ich weiß es noch ganz genau, wie das damals war. An diesem 13. Februar. Ich bin von der Schule heimgekommen, mein Vater hat mich draußen abgefangen, hat meinen Schulranzen in den Flur gestellt und mir erklärt, dass die Mama weggefahren sei und erst am Abend wieder zurückkomme. Und weil sie eben nix gekocht hat, die Mama, da sind wir zum Wirt gegangen und ham Schweinswürstl mit Sauerkraut verdruckt. Am Nachmittag hat die Liesbeth dann mit mir Hausaufgaben gemacht. Mein Herr Vater hat mir dann mitgeteilt, dass die Mama ihre Sachen abholen hat lassen. Kleider und Schmuck. Ich hab eine Sauwut im Bauch gehabt, auf die Mama, verstehst?«

»Wie alt warst da?«, erkundige ich mich mitfühlend bei ihm.

»Zehn«, schluchzt der Hartl jetzt verzweifelt und bitter.

Mir tut er furchtbar leid.«Lang hab ich gehofft, dass die Mama irgendwann mal wieder auftaucht, weil ich ja die Glückwunschkarten gekriegt hab. Fuck, jedes verdammte Jahr, zu jedem verfickten Geburtstag. Is doch logisch, dass du da nicht denkst, dass die tot ist.«

»Glückwunschkarten? Was für Glückwunschkarten?«, geht der Heinzi in die Knie, damit er mit dem Hartl auf Augenhöhe ist.

»Ja, Glückwunschkarten halt. Da schau her ...«, greift er nach ein paar Postkarten und überreicht sie dem Heinzi.

Die Postkarten sind in Hamburg abgestempelt worden. Jede Karte ist mit einer recht verschnörkelten Handschrift beschrieben. »Alles Gute zum Geburtstag, mein Sohn, deine Mama«, steht dort geschrieben.

»Alle ham s' mich verarscht, alle ... In da Schule ham s' mich auch immer verarscht. Da Haslinger Alfons war der Einzige, der zu mir gehalten hat. Scheiße, Mann, du hoffst als Kind jeden Tag, dass die Mama wiederkommt, und derweil badet dein Alter jeden Samstag neben ihrem toten Körper. Kannst du dir vorstellen, wie scheiße das is? Kannst du das?«, schreit der Hartl jetzt schon fast mit einer unheimlichen Bitterkeit heraus, und ich bin so ergriffen, dass ich ebenso mit den Tränen kämpf. Auch dem Heinzi geht die Sache ziemlich an die Nieren. Es fällt ihm sichtlich schwer, den Hartl nun noch weiter auszufragen.

»Du, wer hat denn damals das Bad überhaupt bei euch eingebaut?«, traut er sich dann doch noch, die Frage an den Hartl zu richten.

»Ja, der Haslinger halt.«

»Und wer hat dabei geholfen?«

»Keine Ahnung, Mann!«

»Und wer hat's gefliest, das Bad?«

»Gefliest worden is ja erst später, wie die Mama schon weg war. Da hab ich dann ja schon bei der Liesbeth gewohnt.«

Bei dem Wort »Liesbeth«, da plärrt er wie ein Schlosshund, der Hartl. Macht dann irgendwann einen langen Seufzer, wischt sich den Rotz mit dem Pulli ab und fährt sich mit dem gleichen

Ärmel über das verheulte Gesicht. »Scheiße, Mann, der Milan, wenn der nicht gewesen wär, ich wär dran verreckt.«

»Welcher Milan?«

»Kennst eh nicht.«

»Und wer meinst, dass das war, der deiner Mama so was angetan hat?«

»Wer schon? Mein Herr Vater halt! Der edle Herr Bürgermeister. Gestritten ham s' wie die Sau am Abend davor. Gedroht hat sie ihm, dass sie es jedem erzählt. Und genau davor hat er Angst gehabt.«

»Das sie *was* jedem erzählt?«, will der Heinzi jetzt noch wissen, aber der Hartl hat so viel Groll in sich, dass er gar nicht reagiert.

»Ich bring ihn um, die Drecksau, hat mei Mama auf dem Gewissen.« Hasserfüllt steht er auf und tritt mit seinem Fuß in einen leeren Karton, dass der durch das Zimmer fliegt. Packt sich eine leere Bierdose und donnert sie an die Wand. Der Heinzi und ich schauen uns an und verstehen einander. Nix wie weg hier. Ein Wutausbruch von dem Kerl ist sicher nicht lustig. Und so verabschieden wir uns kurz und machen uns auf leisen Sohlen davon.

Kaum haben wir die Tür hinter uns zugezogen, da hören wir auch schon Flaschen und Gegenstände an die Wand fliegen.

Recht zerknirscht verlassen wir dieses traurige Heim. Ich, weil mir der Hartl furchtbar leidtut, und der Heinzi, weil er ein schlechtes Gewissen hat, wegen dem Mobbing von damals.

»Mich hätte es jetzt schon brennend interessiert, was da nicht ans Tageslicht hätte kommen sollen«, nuschelt der Heinzi vor sich hin, wie wir dann im Auto sitzen.

Und weil wir halt schon mal in Weilheim sind, schauen wir noch schnell beim Elektronikmarkt vorbei. Der Heinzi möchte sich nämlich noch informieren, was so ein neuer, flacher Fernseher kostet. Möchte genau den gleichen, wie ich hab. Lässt sich intensiv beraten. Freilich kauft er dann keinen. War ja klar. Dem Heinzi sitzt doch der »Ruach im Gnack«.

15

Stunden später steh ich dann mit der Babsi in einer Bar auf einem Rosenmontagsball. Sind heute im Partnerlook. Gehen wieder als Prinzessinnen aus »Tausendundeiner Nacht« und lassen uns grad von einem Halbmexikaner einladen. Ein Halbmexikaner ist der Typ deswegen, weil er nur einen Teppich als Umhang trägt, über dem ein Mexikanerhut baumelt. Er sieht halt einfach nicht aus wie ein ganzer Mexikaner, wie beschreibe ich das jetzt, dass Sie mir das glauben? Vielleicht so: Aus dem Teppich heraus, da lugt ein rotbäckiger Bauernschädel, mit einem bayrischen Riesenzinken und einer bayrischen Halbglatze. Und wer es mir jetzt noch immer nicht glaubt, dass der Typ nie nicht ein ganzer Mexikaner sein kann, dem verrate ich noch, dass der Kerl Edi heißt. Und bei aller Liebe, kein Mexikaner heißt Edi, oder?

Der Freund vom Edi, der ebenfalls in der Bar herumdümpelt, schaut aus wie Hein Blöd, hat aber einen Dialekt, als würde er ganz tief vom Wald kommen. Redet auch nur über Rückemaschinen, Borkenkäfer und übers Baumumsäbeln, und das ist halt langweilig. Darum inspizier ich jetzt die Bar, bis meine Augen bei einem Römer hängen bleiben, der sich auf der anderen Seite der Bar ausgiebig mit einer Römerin unterhält. Der Römer scheint den siebten Sinn zu haben, denn er schaut just in dem Moment auch zu uns her. Und jetzt erkenn ich ihn erst. Er hat nämlich das Grinsegesicht vom Schmiedi. Da schau einer an, Faschingsmuffel ist er also keiner, der Bulle. Nein, echt, die Verkleidung ist eins-a.

Er lässt die Römerin nun allein stehen und kommt zu mir rüber. »Servus«, sagt er ganz freundlich.

Der Schmied Lenz ist ein echt freundlicher Zeitgenosse. Wirklich ganz, ganz nett. Ich mag ihn aber trotzdem nicht. Und weil ich ihn nicht mag, bin ich wieder mal ziemlich pampig zu ihm. »Aha, auch da«, sag ich und zieh an meinem Strohhalm.

»Und, schmeckt's?«, grinst er mir her. Und das find ich jetzt schon wieder unverschämt. Ich mein, logisch, jedes Mal, wenn er mich sieht, bin ich bloß am Saufen. Ist ja klar, dass er keine gute Meinung von mir hat. Aber ganz ehrlich, es geht ihn doch einen Scheißdreck an, ob mir das Getränk schmeckt oder nicht.

»Mei, wer ko, der ko«, funke ich ihn giftig an und nehme noch einen Extrazug.

»Lust auf ein Tänzchen?«, fragt er mich ganz unverblümt.

Der spinnt wohl. Redet mich blöd an und denkt, ich würd dann mit ihm tanzen. Die Babsi kriegt Stielaugen und deutet mir an, dass ich den Tanz unbedingt annehmen soll. Mach ich aber nicht.

Der kann mich doch mal, der doofe Grinser.

»Sicher nicht!«, sag ich und dreh mich um.

Mit dem tanz ich nicht. Da kann er warten, bis er schwarz wird. Bevor der Grinserömer irgendwas sagen kann, schnapp ich mir den Halbmexikaner und zerr ihn auf die Tanzfläche hinaus.

Die Band spielt »Fürstenfeld«.

Der Mexikaner für Arme weiß gar nicht, wie ihm geschieht, macht aber brav mit. Tanzt wie der Lump am Stecken. Drehung links, Drehung rechts. Tappt mir nicht auf den Füßen herum, perfekter Tänzer. Nein, wirklich, kann man nichts sagen.

Die Band spielt »Live is life«. Wir machen immer noch Drehung rechts, Drehung links, ja Herrschaftszeiten! Um uns herum tobt die Menge, und wir machen Drehungen? Und noch dazu, wo man bei »Live is life« gar nicht gscheid im Takt tanzen kann. So was hass ich. Bei so einem Lied, da will man doch auf der Tanzfläche herumhüpfen und herumgrölen und nicht brav im Kreis tanzen.

Sie spielen »Satisfaction« von den Rolling Stones.

Drehung rechts. Drehung links.

Jetzt reicht's!

Ich mach mich los, spring in die Menge und lass es krachen. Hüpf, was das Zeug hält, heb die Hände klatschend zum

Himmel. Bei »Jump« von Van Halen taucht die Babsi mit dem Römerpaar neben mir auf, und wir jumpen gemeinsam wie die Wilden. Alle um uns herum flippen und grölen, bei AC/DC tanzt mich der Schmied Lenz mit dem Arsch an, und ich puff zurück. Dann spielen wir gemeinsam Luftgitarre, und dabei gehen wir beide ab wie die Schnitzel. Kurzum, ich bin saugut drauf. So viel Spaß hatte ich das letzte Mal mit fünfzehn beim Abschlussball.

Nachdem der Gitarrist kniend auf der Bühne sein Solo hingelegt hat, verstummt die Musik, die patschnass durchgeschwitzten Bandmitglieder verziehen sich aufs Klo zurück, und der Schmied Lenz nimmt uns in den Arm und lädt uns alle drei auf ein Tschäki-Cola in die Bar ein.

Ich bestell mir einen Caipirinha zu sieben Euro fünfzig. Wenn schon, denn schon. So ein Kriminaler verdient gut, der kann sich das leisten.

Die Babsi unterhält sich ausgiebig mit der Römerin, und ich nutze die Gelegenheit, um mit dem Schmied Lenz über den Mordfall zu reden. Aber der Schmied Lenz ist ein furchtbar diskreter Bulle. Aus dem kriegst du ums Verrecken nix raus. Eine ziemlich harte Nuss ist das! Wenn ich nur wüsste, wie ich sie knacken könnte. Irgendwo muss doch auch der Schmied seine Schwachstelle haben!

»Magst du eigentlich Rotwein?«, frag ich ihn. Was beim Ritschi funktioniert, das könnte doch auch beim Schmied Lenz hinhauen. Vielleicht krieg ich ihn ja so zum Reden?

»Ja, schon, wenn er gut ist.« Der schaut mich an mit seinen Rehaugen, das macht mich ganz verlegen. Langsam frag ich mich, wer da von wem was erfahren will. Haben Polizisten vermutlich so an sich, dass sie in den Augen der anderen lesen wollen.

»Und habt ihr schon einen Anhaltspunkt, wer der Täter ist?«

»Du bist recht neugierig«, kommt die Antwort prompt.

»Neugierig? Ach, ich bin halt interessiert an den Dingen, die um mich herum passieren«, spiel ich mein kriminalistisches

Interesse herunter, fummel mit meinem Strohhalm im Glas herum und versenke damit die Orange im Cocktail.

»Und weil du nicht neugierig bist, brichst in ein versiegeltes Haus ein?« Rums! Das hat gesessen.

»Wie … Wie hast das rausgekriegt?«, frag ich kleinlaut und schau ihn an wie ein begossener Pudel. Und jetzt lacht er, der Schmiedi. »Wenn der Fuchs Heinz und du schon auf staubigen Baustellen herumschleichts, dann solltet ihr vielleicht eure Schuhe hinterher nicht so dreckig in eurem Hausgang herumstehen lassen.«

Also, das ist ja jetzt die Höhe. Der kommt zu uns heim, erzählt was von einer Anzeige und kontrolliert dann nebenbei unsere Schuhe. Ja, da hört sich doch alles auf.

»Und der andere, der drin herumgeschlichen is, das war der Moser Hartl«, informiert er mich jetzt noch und beobachtet mich dabei genau.

»Der Moser Hartl?«, schau ich überrascht zu ihm auf.

»Die Frage ist jetzt, was du und der Fuchs Heinz zusammen mit dem Moser Hartl dadrin gemacht habt«, schaut er mir schon wieder ganz tief in die Augen.

»Ja, nix … Ich mein, wir waren ja zuerst da. Wir ham ja selber gerätselt, wer da jetzt noch reinschleicht. Er ist gleich schnurstracks ins Bad rein. Keine Ahnung, was er dadrin so lange gemacht hat. Vermutlich wollt er sich halt die Stelle anschauen, wo man seine Mama gefunden hat.«

»Aha«, schaut er mir jetzt streng in die Augen. Nachfolgend wandert sein Blick zu meinem Ausschnitt hinunter, und schwups, verändert sich sein Gesichtszug komplett. »Oder aber er hat dadrin was gesucht. Ein Schmuckstück vielleicht?«

Ich merk, wie er mich genau beobachtet. Jede Regung, jede Reaktion von mir liest der in meinem Gesicht ab. Der Wahnsinn, der Bulle.

»Der Hartl gehört fei zu den Hauptverdächtigen. Und wenn ihr mit ihm was zu tun habt, dann sag's lieber gleich«, flüstert er mir frostig zu.

Der Hartl gehört zu den Hauptverdächtigen? Was redet

der Schmied Lenz denn da? Wie kann der Moser Hartl ein Hauptverdächtiger sein? Der kann doch seine Mama nicht umgebracht haben, der war doch damals noch ein Kind. Und überhaupt, was faselt denn der Schmied jetzt da was von einem Schmuck daher?

»Der Hartl war aber damals noch ein Kind. Du glaubst doch nicht im Ernst, dass ein Kind zu einem Mord fähig ist«, steiger ich mich da so richtig rein. Will es genau wissen, wie er das mit dem Hauptverdächtigen meint. Aber schon ganz genau, gell?

»So«, grinst er mir her und schaut mir wieder auf den Busen. »Ein Kind ist freilich nicht zu so was fähig, aber vielleicht hat es ja jemand anders für ihn getan«, sagt der Schmied Lenz mehr so zu sich selber. Und erst jetzt merk ich, dass ich ihn erstens die ganze Zeit schon mit »du« angredet hab und zweitens mit ihm hier und jetzt eine regelrechte Diskussion über den Mord führe. Fachsimpelei unter Experten sozusagen. Genauso, wie ich es jahrelang mit dem Ritschi gemacht hab.

Der Schmied Lenz ist also ganz tief in seinem Herzen auch so ein kleiner Spinner wie ich. Jemand, den es bitzelt, einen Mord aufzuklären. Der einfach in Erfahrung bringen möchte, wer das Opfer auf dem Gewissen hat. Will wissen, was den Täter umgetrieben hat, so zu handeln. Ich bin sicher, der Schmied hat auch dieses tiefe Bedürfnis nach Gerechtigkeit und der Wahrheitsfindung. Ich spür das. Der hat sich dermaßen in den Fall reingedacht, sich verkopft sozusagen, da will der natürlich mit einem Gleichgesinnten darüber reden, ist doch klar. Und wer passt da besser als ich? Bin doch auch voll der Profi in Sachen Mord.

Um das lodernde Ermittlungsfieber zu sehen, schau ich ihn nun begeistert an. Aber der Schmied starrt mir schon wieder auf den Busen. Wow, der kann sich ja gar nicht mehr davon losreißen. Oder ist das der Grund, warum der plötzlich so redselig ist? Intuitiv setz ich mich kerzengerade hin, damit mein Vorbau noch mehr zur Geltung kommt. Und ja, es gefällt ihm, er schaut immer noch hin.

Wahnsinn! Hab ich nicht grad noch nach einer Schwachstelle gesucht? Nach etwas, womit ich diesen Mann zum Reden bringen kann. Und was ist die Schwachstelle? Mein Busen. Da wär ich nie drauf gekommen. Gut, ich mein, der Busen hat mir mit seinem Gejucke schon manche Dienste erwiesen. Immerhin entlarv ich damit etliche Lügner. Aber dass der Polizist hier so dermaßen auf meinen Juckebusen abfährt, ist jetzt doch echt der Hammer.

Oh mei, da hab ich's beim Ritschi echt leichter. Einen Mann mit Rotwein zum Reden zu bringen ist wahrlich einfacher. Aber bei Busen?

Ich kann dem Schmied Lenz doch nicht dauernd meinen Busen präsentieren, wenn ich von ihm was erfahren will.

»Du hast da was«, deutet der Schmied mir jetzt in den Ausschnitt rein. Ich schau mal hin. Ein Eisenstäbchen wächst aus meinem Ausschnitt. Es ist der Bügel vom BH. So ein Mist!

»Oh!«, sag ich und werde rot.

Und weil halt jetzt das Eisenstäbchen oben beim Ausschnitt heraussteht, darum hängt mein Busen mir munter bis zum Nabel runter.

Gut, nicht ganz. Aber fast. Ein Glück sitz ich aufrecht.

Und da ist sie halt jetzt wieder, diese peinliche Situation, die jedes Mal auftaucht, wenn der Schmied Lenz in meiner Nähe ist.

Klasse! Da denk ich Gott weiß was, dass mein Busen eine magische Anziehungskraft auf den Schmied hat, und stattdessen schaut der einfach nur hin, weil der Bügel aus meinem Ausschnitt kommt? Oh, wie peinlich! Du kaufst dir für einen Batzen Geld einen Büstenhalter, wiegst dich in Sicherheit, und dann bringt er dich auch noch in aller Öffentlichkeit in Verlegenheit. Allerhand ist das. Ein Graffl vor dem Herrn. So was kann auch nur uns Frauen passieren. Männer müssen so Zeug ja nicht anziehen. Obwohl, manchen täte es schon gut, wenn sie ... Aber das ist wieder ein anderes Thema, gell?

Ich schieb den Bügel unter meinen Busen rein.

»Soll ich helfen?«

»Geht schon«, sag ich und richte meinen Busen zurecht.

»Schade«, grinst der Schmied, worauf ich ihn grantig anschau.

»Wieso also ist der Moser Hartl ein Hauptverdächtiger?«, versuch ich die Diskussion erneut aufzunehmen und stocher dann wieder mit dem Strohhalm in meinem Glas herum.

»Lass uns tanzen gehen«, nimmt er mir das Glas ab, stellt es auf den Tresen und schiebt mich aus der Bar. Bis ich michs versehe, da steh ich mit ihm auch schon mitten auf der Tanzfläche. Er legt mir seinen rechten Arm locker um die Hüften, und wir legen einen sagenhaften Tanz auf das Parkett. Tanzen, als hätten wir jahrelang nichts anderes zusammen gemacht. So gut klappt das. Ich weiß nicht, liegt es an dem Gespräch von vorhin oder wieder mal am Alkohol, dass ich ganz plötzlich total aufgeregt bin? Hab da so ein flaues Gefühl im Magen, das ich jetzt gar nicht so recht deuten kann und im Moment auch nicht deuten will. Einfach, weil es Spaß macht, mit dem Schmied Lenz übers Parkett zu fegen. Ich merke dann auch gar nicht, dass die Band plötzlich so seichte Lieder spielt und der Schmied mich ganz nah an sich randrückt und wir so über die Tanzfläche schwofen.

Oder doch, ich merk's schon. Schließlich nehme ich den Duft seines Rasierwassers wahr, aber ich verdräng's halt komplett, weil's so schön ist.

Wie dann die Musik endgültig zu spielen aufhört, da stehen wir nur da und schauen uns wortlos an. Bis uns Hein Blöd anrempelt und sich nicht mal entschuldigt. Der Schmied Lenz räuspert sich, und wir schreiten schweigsam nebeneinander aus dem Saal.

Draußen im Foyer, da wartet die Babsi auf uns. Steht quasi schon in den Startlöchern. Hat uns ein Taxi bestellt. Und so schmeiß ich mich in meine Jacke, und wir machen uns zu dritt vom Acker.

Eine Viertelstunde später sitzen wir in einem Smart und fahren Richtung Engelsried. Die Babsi sitzt vorn beim Fahrer, und der Schmied Lenz und ich sitzen hinten, ziemlich eng aneinandergedrängt, auf der Rücksitzbank. Ich find ums Verrecken nicht das Teil, wo mein Gurt einrasten muss. Vermutlich sitzt der Schmied drauf, aber egal, wozu anschnallen, wir sitzen ja hinten. Der Lenz, ganz Polizist, kann das allerdings so nicht gelten lassen. Fummelt nun im Dunkeln an meinem Oberschenkel herum, bis er die Schnalle vom Gurt gefunden hat. Okay, ich bin selbst draufgesessen. Auch wurscht. Jetzt nimmt er meine Hand samt Gurtschnalle und fädelt mit mir gemeinsam den Gurt in das Schloss. Wie es klick macht, da legt er meine Hand auf den Sitz und streichelt mit seinem Daumen meinen Handrücken, was mir jetzt schon wieder dieses komische Gefühl im Magen macht. Und weil er halt nicht aufhört zu streicheln, da muss ich meine Hand jetzt umdrehen und seine Hand ganz festhalten. Ja, was soll ich machen? Sonst hört der ja nicht auf.

Wir sitzen also im Auto und halten Händchen wie zwei Teenager und schauen uns dabei an wie zwei frisch Verliebte. Mit dem Zeigefinger seiner anderen Hand streicht er mir federleicht über meine Backe, berührt meine Lippen. Das ist unheimlich aufregend. Fehlt nur noch, dass er mich küsst.

Macht er aber nicht.

Grad passieren wir das Ortsschild von Engelsried, da fragt er mich, ob ich … Lust hab … ob ich Lust hab auf ein Weißwurstfrühstück beim Engelsrieder Wirt. Und ja, ich hab Lust … auf ein Weißwurstfrühstück beim Engelsrieder Wirt. Und die Babsi hat auch Lust auf ein Weißwurstfrühstück, und darum fahren wir jetzt da auch hin.

Dort nämlich, da kommen in der Früh um halb drei die ganzen gestrandeten Faschingsgänger von nah und fern zusammen, einfach weil der Wirt der einzige im ganzen Gai ist, der um diese Zeit noch aufhat. Hier steppt der Bär. Alle stehen auf den Stühlen und schunkeln und grölen wie die Verrückten. Eine Luft ist dadrin, das muss man erlebt haben, sonst glaubt man es nicht.

Ich erblicke den Heinzi und drängel mich zusammen mit dem Schmied Lenz auf die Bank, und auch die Babsi hakt sich gegenüber bei jemandem unter.

Alle paar Minuten kommt eine Kirschgoaß vorbei. Das heißt, sie wird halt einfach so durchgereicht, und jeder nimmt davon einen kräftigen Schluck. Manchmal kommt auch noch eine Laternenmoß vorbei, und so lassen wir uns das Zeug ordentlich reinlitern. Die Stimmung ist dementsprechend ausgelassen und gut.

»Ihr müsst Brüderschaft trinken«, merkt die Babsi an, wie grad zwei Maß auf einmal daherkommen.

»Hau weg, das Zeug!«, ruf ich, pack die Maß am Henkel und häng mich beim Schmied Lenz ein, der macht es mir gleich. Tja, und wenn man sich mit jemandem verbrüdert, dann muss man sich freilich hinterher auch ein Bussi geben. Und so krieg ich halt jetzt von ihm doch noch ein Bussi auf den Mund. Wenn auch nur ein ganz kleines.

Dann weiterschunkeln und Prosit trinken.

Irgendwann mal, wann genau kann ich jetzt nicht mehr sagen, komm ich aus dem Klo raus, steht doch glatt mein neuer Bruder mit dem Heinzi im Flur. Der Heinzi hängt beim Lenz im Arm und schleimt herum. »Lenzi, Lenzi, eins muss ich dir tatsächlich sagen. Du bist ein supertrouper Krimi… Kriminaler, bist du.«

»Das kann schon sein, lieber Heinzi«, lallt es mit erhobenem Zeigefinger zurück. »Aber du und die Elli, geh. Finger weg von der Rumschnüfflerei. Mitgehangen, mitgefangen, Heinzi. Wenn … Wenn meine Kollegen da irgendwas davon mitdingen … Also wenn die mitkriegen, geh, dass ihr in verdingste, also in versiegelte Tatorte reinstiefelts, dann gehörts ihr zwei da Katz.«

»A geh, ich stiefel doch nicht einfach irgendwo rein. Wo denkst denn hin, Schmiedi?« wehrt sich der Heinzi gleich. Doch der Schmied Lenz drängt ihn zur Seite und sagt ihm noch einmal, aber diesmal mit Nachdruck, dass er sich in Zukunft von Tatorten fernhalten und gefälligst das Ermitteln ihm überlassen soll, worauf der Heinzi ziemlich betreten dreinschaut.

»Is scho klar, Schmiedi«, klopft er ihm dann auf die Schultern. »Aber sag, Schmiedi, Schmiedi, jetzt horch mir doch mal zu.

Sag amal ... Warum habts ihr damals, wie die Moserin nimma ...
also, wie sie halt verschwunden is ... Ja, warum habts ihr die
denn dann ... nicht mehr gesucht?«

»Mein lieber Heinz«, hebt der Lenz wieder seinen Zeigefinger in die Höhe und tut dabei ganz wichtig. »'s is nicht Auf-
gabe von der Polizei, Erwachsene zu suchen, die freiwillig ...
Mann ... und Kind verlassen. Ein jeder hat das Recht ... Ein
jeder hat das Recht, seinen Aufenthaltsort ... frei zu wählen.
Wir dürfen nur eingreifen, wenn Gefahr für Leib und Leben
besteht, verstehst?«

»Ui, die Elli«, kommt der Heinzi auf mich zu, wie er mich
entdeckt. Dabei braucht er die ganze Breite vom Flur.

»Komm her, trink mit«, zieht er mich zu sich her.

»Und du bist ... also mit dem Hartl in die gleiche Klasse
gegangen?«, wendet der Lenz sich jetzt aber gleich wieder an
den Heinzi.

»Ja, die arme Sau ham s' dauernd gemobbt. Und außerdem ... is der zweimal ... sitzen geblieben.«

»Genau. Wenn d' Mama ned gsagt hätt, dass ich mich um
den Hartl kümmern soll, dann hätt dem gar keiner gholfen.«
Auf einmal steht der Haslinger neben uns. Hat einen Mords-
silberblick. Sein Kostüm schaut auch wie der Haslinger selbst
ziemlich mitgenommen aus. »Hä, Fuchsin, bist o do«, legt er
mir den Arm um die Schulter. Puh! Der feuchtelt aus der Ach-
selhöhle, mein lieber Schwan! »Mei, wenn i mei Fuchsin ned
hätt. I tät sie ja gar nimma hergeben«, hebt er seine Flasche zum
Schmiedi rüber.

»Ich denk ... die is so grantig ... hast gsagt«, entgegnet ihm
der Schmied Lenz forsch.

»Ja, das is ja grad das, was i mag. Weißt, a Grantige ... de
ned so leicht hergeht, dann wird's einem nicht langweilig. Und
sind mir uns doch mal ehrlich, sie is doch o a recht a scharfs
Luader, oder?«, haut mir mein Chef auf den Arsch.

Mir reicht's jetzt.

»Ihr werdets ja eh bald heiraten ... was man so hört«, keift
der Heinzi recht sarkastisch den Haslinger an.

»Freilich, mir heiraten!«, legt mir der Haslinger wieder seinen schweren Arm um die Schultern und drückt mich ganz fest an seine Brust. Besser gesagt, er nimmt mich in den Schwitzkasten. Was jetzt in Anbetracht seiner Achseln wirklich die genauere Beschreibung ist. »Mei, Schmiedi, dein Weib is doch o so a scharfer Has.«

Dem Schmiedi sein Handy klingelt.

»Hä, Schmiedi, deine Gurke klingelt. Das is gewiss kein Gscheider nicht. Da würd ich jetzt ned hingehen. Das kann nix Gscheids sein«, motzt der Haslinger und lässt mich endlich wieder los.

»Ja ...«, hält sich der Lenz das Handy ans Ohr und verschwindet schnurstracks damit zur Tür hinaus.

»Das is genauso ... wie bei mir ... Immer auf Abruf, verstehst? Was meinst, wer da bei mir alles mitten in der Nacht anruft? Meistens is es a Orschloch«, klärt mein Chef den Heinzi auf und will grad weiterschimpfen, da kommt die Babsi aus der Wirtsstube.

»Wo is jetzt da Schmiedi?«, fragt sie suchend in die Runde.

»An Anruf hat a gekriegt. Entweder a Toter oder sei Alte ruft ihn an, dass er heimkommen muss.«

»Ich muss dringend aufs Klo«, wendet sich die Babsi zum Gehen.

»Da stehst fei mindestens a halbe Stunde an«, klär ich sie gleich mal über die Lage auf.

»Gut, dann geh ich halt aufs Männerklo.«

»Na, das machst ned, do hot oaner grad in Ausguss neigschifft. Do stinkt's wie die Sau«, lacht der Haslinger schelmisch.

»Dann geh ich hinter die Tannen«, winkt die Babsi ab und will zur Tür hinaus.

»Hey, Baby, wo willst hin? Wart, i muss o, i komm mit«, schreit ihr der Haslinger nach und will hinterher, rumpelt aber mit dem Schmied Lenz zusammen, der grad mit seinem Handy in der Hand zur Tür reinkommt und ein ganz betroffenes Gesicht macht.

»Is was?«, frag ich gleich, und die Antwort kommt prompt.
»Da Moser is tot«, schüttelt er bestürzt den Kopf.

»Da Moser?«, schaut ihn der Haslinger fassungslos an,
worauf der Schmiedi nur mit dem Kopf wackelt. »Ah geh, da
Moser is hie. Ja, do verreck!«

16

Es ist Viertel nach acht, wie ich am Aschermittwoch im Büro aufschlage.

»Morgen«, tönt es mir freundlich entgegen. »Na, ausgeschlafen?« Der Haslinger sitzt ordentlich gekleidet und frisch gekämmt auf seinem Bürostuhl.

Riecht irgendwie ungewöhnlich. Nach Moschus oder so. Stinkt nach Altherren, um es genau zu sagen. Hat der sich heute etwa Rasierwasser an sein Gesichtsgestrüpp hin?

»Und was sagst?«, zischt er durch die Zähne. Hat scheinbar noch sein halbes Frühstück zwischen seinen Beißerchen.

»Zu was?«, frag ich, weil ich echt nicht drauf komm, was er meint.

»Ja, was ich beim Wirt gsagt hob, Fuchsin.« Zischt es wieder. Der Mann spricht in Rätseln.

»Warum, was hast gesagt?«

»Ja, das mit uns zwei.« Zupft er nervös an seiner Strickjackn rum und schaut mich dabei verlegen an.

»Warum, was is mit uns zwei?«

»Ja, nix is, deswegen mein ich ja.«

Also, wenn der Haslinger jetzt weiterhin mit mir Rätselraten spieln will, dann setz ich mich halt hin. Ist mal was anderes, so ein Rätselratespiel. Is ja vollkommen wurscht, mit was ich hier mein Geld verdiene.

»Wenn im Dorf eh scho alle meinen, dass mir zwei was am Laufen ham, dann könnten wir uns ja in echt zusammentun, oder?«, druckst er ziemlich angespannt herum, zieht eine Zigarettenschachtel aus der Schreibtischschublade und legt sie vor sich auf den Schreibtisch.

Der meint das ernst!

»Bist ja eh mit der Babsi zusammen«, erinnere ich ihn jetzt mal.

»A so, meinst?«, zündet er sich eine Marlboro an und bläst

mir den Rauch über den Schreibtisch rüber. »Weißt, das mit
da Babsi, das is ja ganz was anderes.«

»A so?«

»Bist eifersüchtig?«, grinst er mir prompt her.

Hat der eigentlich einen an der Klatsche? Meint der denn
im Ernst, dass ich von ihm was will?

»Mei, weißt, das mit der Babsi, das is mehr, wie soll i das
sagen? ... Mei, wenn's uns halt grad reißt«, drückt er nervös
die Marlboro im Aschenbecher aus.

Pah, die zwei reißt's offenbar grad öfter. Letztens nach dem
Weiberkränzle hat er wohl bei ihr übernachtet, und gestern hat
mir die Babsi erzählt, dass der Haslinger und sie wieder mal ...
also praktisch da, wo sie beim Wirt zusammen beim Bieseln
waren ... im Wirtsgarten zwischen den Tannen. Da hat der
Haslinger wohl in seinem Rausch zu ihr gesagt: »Babsale, jetzt
wo wir schon mal da sind, da könnten wir auch prima noch
ein kleines Nümmerchen schieben.« Genau das hat er gesagt.
Und das hätten die zwei vermutlich auch gemacht, wenn nicht
die Gitti sie in flagranti erwischt hätte. Tja, und weil das liebe
Babsilein das gleiche Kostüm angehabt hat wie ich und dann
gleich über das Nachbargrundstück abgeschwirrt ist, wird vermutlich mal wieder das ganze Dorf meinen, dass ich mit dem
Haslinger ... mei, wie immer halt, gell? Ja, und der Haslinger ist
ja jetzt auch der Hammer. Schnackselt mit der Babsi im Wirtshausgarten herum und macht mir danach in aller Seelenruhe
einen Antrag.

Da hört sich doch alles auf.

»Warum baust denn dein amouröses Abenteuer mit der
Babsi nicht weiter aus und fragst sie?«, schau ich ihn eingeschnappt an.

»D' Babsi, naa, gewies ned.«

»Warum nicht?«

»A geh, d' Babsi«, winkt er ab und steckt sich nervös eine
neue Zigarette in die Gosche. »Das mit der Babsi, das darfst
du ned so ernst sehen, ich regel das ...« Er dreht sich um und
widmet sich wieder seiner Arbeit.

Mein Gott, der Haslinger macht mir einen Antrag, ich falte die Hände vor dem Gesicht und schüttel den Kopf. Und das schon in aller Früh. Na, der Tag fängt ja gut an. Was kann jetzt noch kommen?

Ich hätt es mir denken können – der Wimmer! Huscht gerade ums Hauseck herum.

»Oh mei, der Wimmer, geh du, ich bin ned da«, motzt der Haslinger und verschwindet im Lager.

Wie ich in den Laden komm, merk ich gleich, dass der Wimmer heute wieder keine gute Laune hat. Nein, gar keine gute Laune.

»Da schauen S' her, das Teil ist mir abgebrochen. Ein Glump habt ihr«, wirft er mir ein weißes Plastikteil über den Tresen.

»Was ist das?«, frag ich, weil ich das Teil nicht identifizieren kann.

»Von meinem Allibert ist das abgebrochen. Den hab ich ja bei euch gekauft.«

»Einen Allibert? Bei uns gekauft? Und wie lang ist das her?«, frag ich, weil es die Firma Allibert schon seit etlichen Jahren nicht mehr gibt.

»Ja mei, ein, zwei Jahre wird's schon her sein. Auf den hab ich ja noch eine Garantie.«

»Mhm. Also da müsst ich mal auf der Rechnung nachschauen, was das für ein Badezimmerschrank war, den Sie da bei uns gekauft haben.«

»Ja, dann machen S' das«, klopft er mit den Fingern auf den Ladenbudel.

»Ja, das geht jetzt aber nicht, weil, wissen S', der Schmied Lenz hat zwecks den Ermittlungen von dem Mordfall meinen PC und sämtliche Rechnungen mitgenommen.«

»Ja mei, der spinnt doch. Stellt überall blöde Fragen. Im Schützenverein hat er sogar so DNA-Proben machen lassen. Ja, sogar den Pfarrer hat er schon im Verdacht gehabt. Weil der eine Schwester in Hamburg droben hat und regelmäßig zu ihr auf Besuch nauffahrt. Der Moser wird's halt gewesen sein, wer denn sonst? Bringt seine Frau um und tischt uns jahrelang die

Geschichte vom verlassenen Ehemann auf. Allerhand ist das. Meine Frau hat's auch schon gsagt, im Vertuschen, hat s' gsagt, da is er gut, der Moser. War er schon immer gut drin. Derweil ham's eh die Spatzen vom Dach gepfiffen, dass er jahrzehntelang ein Techtelmechtel mit'm Rampftl Fritz gehabt hat.«

»Mit dem Rampftl Fritz? Mit dem Postboten?«

Da tun sich ja Sachen auf. Da schau einer an, der Moser war also homosexuell. Ich hab doch gewusst, dass der irgendwas verbirgt. Also, das hat sich der Moser ja damals fein ausgedacht. Arbeitsscheuer homosexueller Bauernsohn besorgt sich bei der Rosl eine Frau. Noch dazu eine mit Geld. Die perfekte Tarnung, damit ihm niemand draufkommt, dass er homosexuell ist. Und wie er dann als Bürgermeister kandidiert, droht ihm seine Frau, dass sie alles auffliegen lässt. Das hätte damals sicher einen Mordsskandal gegeben. Noch dazu in so einem oberbayrischen Kaff wie Engelsried. Niemand hätt den Moser damals noch als Bürgermeister gewählt, niemand. Tja, und deswegen wollte er unbedingt verhindern, dass es die Sophie überall herumposaunt. Und darum musste die Sophie verschwinden. Zack, vergiftet, eingemauert – Kleider und Schmuck bei der Barmeirin im Sarg versteckt, und niemand kommt ihm drauf. Und bevor er jetzt bei den Engelsriedern als Mörder dasteht, bringt er sich lieber selber um. Ja, so muss es gewesen sein. Aber warum dann dieser Lavendelbüschl?

»So, und jetzt machen wir das so: Sie schauen nach der Rechnung, und ich komm morgen wieder«, katapultiert mich der Wimmer aus meinen Überlegungen heraus, hebt seinen Filzhut zum Gruß und verlässt den Laden.

Kurz vor Mittag schau ich noch schnell zum Semmelmeier rein. Hab Hunger, weil ich heute noch nix gegessen hab, weil, hallo, heute Aschermittwoch – Fastenzeit!

Die Rosl steht im Laden und verbreitet gerade ihre Theorie über den Tod vom Moser.

»Den Wiggerl ham s' abgmurkst. Abgmurkst ham s' den. Weil er zu viel gwusst hot von dem Mord an seiner Frau. Was meinst, warum der Wigg seit Jahren den riesigen Köter hot und ums Haus eine Mordsmauer hot? Weil er Angst gehabt hot. Schützen hot er sich müssen, schützen, der Wigg. Und jetzt, wo langsam alles ans Tageslicht kommt, do is dem Mörder nimma wohl gewesen, is nachts rein in die Villa und hot den Wigg ermordet. Genauso, wie er es mit da Sophie gmacht hot.«

»Das war Selbstmord, das liegt doch auf da Hand. Der hot seine Frau auf dem Gewissen«, sagt eine andere Engelsrieder Ureinwohnerin.

»A geh, da Wigg hot sich nie und nimmer ned selber umgebracht. Dazu war der viel zu katholisch.«

»Wissen tut man es nicht«, sag ich und geb bei der Semmelmeier meine Bestellung auf. »Die letzten zwei Puddingkrapfen, bitte.«

Ich muss sie einfach haben. Sie liegen so einsam in der Vitrine drin, und außerdem gibt es diese Faschingsköstlichkeiten jetzt ein ganzes Jahr nicht mehr.

»Selbstmord, das macht ma bei uns ned«, drückt mir die Rosl ihren verkrüppelten Finger auf die Brust.

»Du, dass der Moser Ludwig homosexuell war, das weißt schon«, konfrontier ich die ach so katholische Rosl jetzt mal damit. Mal sehen, wie sie darauf reagiert.

Und nun kommt sie in Rage, die Rosl. »Ja, das ist ja so a Krampf, was du do sagst. So was machen s' von mir aus in Berlin droben oder bei den Luthrischen, aber bei uns, do gibt's so was nicht!«, ruft sie ziemlich laut und sendet mir dabei finstere Blicke her.

»Die sind fei von gestern«, informiert mich die Semmelmeier über die Krapfen.

»Das macht mir nix, weil da herinnen scheint heute mehr von gestern zu sein«, schau ich die Rosl scharf an, weil mir ihr heiliges Getue grad echt sauer aufstößt.

»Da redet man ned drüber«, fährt sie mir aber gleich über den Mund, stampft mit ihrem Stock auf die Fliesenboden und schimpft. Und weil sie sich so aufführt, merken wir auch nicht, dass jetzt der Schmied Lenz im Laden steht.

»Wieso nicht? Is doch das Normalste von Welt«, sagt die Semmelmeier, grad wie sie mir die Raritäten einpackt.

»Ja, bei euch Spaghettifressern vielleicht. Aber bei uns heroben, do macht so was niemand. Dass ihr das wissts. A so was Ausgeschämtes«, schimpft die Rosl. Sie ist es halt nicht gewohnt, dass man ihr widerspricht, gell. Aber so was lässt sich ja ändern. Ich jedenfalls hab nicht vor, dass ich mir ihr Geschwätz noch länger anhör. »Hast du dir schon mal überlegt, warum der Moser Ludwig sich eine Frau genommen hat und jahrelang den braven Ehemann gespielt hat? Weil solche Leute wie du die Wahrheit nicht vertragen und urteilen, nur weil man anders ist, so schaut's doch aus.« So, jetzt kann sie mal nachdenken, die Rosl.

Macht sie aber nicht.

»Schau du lieber, dass du vor deiner eigenen Tür kehrst. A Schand is das, was du und der Haslinger do treibts! Rammeln mitten in der Nacht in aller Öffentlichkeit im Wirtshausgarten hinterm Baum, da schlagt's ja dem Fass den Boden aus. Ich sag bloß: Sodom und Gomorrha«, funkelt sie mich an, und jetzt fängt die Semmelmeier lauthals zum Lachen an.

»Ich hab gar nicht …«, will ich mich verteidigen, meine Worte hört aber niemand. Einfach weil die Semmelmeier so laut lacht.

»Grüß Gott, die Damen«, grüßt uns der Schmied Lenz freundlich. »Haben Sie noch einen Rest von diesen leckeren Puddingkrapfen?«, fragt er die Semmelmeier, und die lacht jetzt noch mehr.

»Oh, leider hab ich gar nix mehr von den Krapfen, die letzten zwei hat grad die Fuchs Elli aufgekauft. Vielleicht fragen Sie die mal, ob sie Ihnen noch einen abgibt«, hör ich die Semmelmeier immer noch lachend sagen, da bin ich schon am Gehen. Ich teil doch mit dem Schmied nicht meine letzten Krapfen.

Aber kaum beiß ich draußen in meine soeben erstandene Köstlichkeit vorne rein, kommt hinten nicht nur der Pudding aus dem Krapfen, sondern auch der Schmied aus dem Laden. Der steht jetzt da mit leeren Händen, schaut mich an und schluckt, wie er sieht, dass ich mit der Zunge am Rand des Krapfens herumfahre, um den Pudding aufzuschlecken. Und bevor er hier jetzt zu sabbern anfängt, geb ich mich halt geschlagen und biet ihm den zweiten Krapfen an. Immerhin sind wir jetzt Brüder. Vielleicht kann ich ja so von ihm erfahren, an was der Moser nun gestorben ist. Mein Bruder nickt dankend. Und so lehnen wir beide also jetzt gemeinsam an einer Eisenstange vor dem semmelmeirischen Schaufenster und genießen die Reste von der deliziösen Krapfenkulinarik. Aufmerksam beobachtet von der Rosl, die im Laden förmlich mit ihrem krummen Zinken an der Schaufensterscheibe klebt. Hoffentlich gefriert der neugierigen Hex das Warzenhaar an die Scheibe.

Irgendwie ist der Schmied heute komisch. Lehnt da und sagt nix. Seine lockere, leichte Art mir gegenüber ist auch weg. Das schelmische Lachen, praktisch gar nicht mehr vorhanden. Schade, eigentlich. Jetzt, wo ich mich an das dämliche Gegrinse gewöhnt hab. Apropos. Jetzt muss ich grinsen. Einfach weil grad der Hamperer vom Bauhof auf uns zuwackelt. Die Hände im Hosensack von seinem total verdreckten Anzug. Ohweia, schaut der Kerl schlecht aus. Sauschlecht, um es genau zu sagen. Wie einer, der seit Monaten unter der Brücke nächtigt und für den das Wort Wasser ein Fremdwort ist. Was eigentlich auch kein Wunder nicht ist, wenn man bedenkt, was der gestern beim Kehraus beim hiesigen Wirt alles über sich ergehen lassen musste. Das war vielleicht ein Spektakel. Eine derartige Feier hab ich noch nie erlebt. Ein Mordsrambazamba, ein Happening, würde man auf Neudeutsch dazu sagen. Will es hier gar nicht erzählen.

Vielleicht nur ganz kurz. Zuerst ganz normale Faschingsfeier, ausgelassene Stimmung, Faschingsmusik aus dem CD-Spieler, freilich auch Alkohol. Kurz vor zwölf erscheint dann der Haslinger als Pfarrer verkleidet. Nennt sich fortan Don Promillo, hebt mit seinen Pratzen einen Maßkrug mit Dutzend Löffeln drin in die Höhe und scheppert damit feierlich. Und mit ihm erscheint eine ehrenwerte Trauergesellschaft, die einen Sautrog in die Stube trägt. Und genau in diesem Sautrog, da war eben der Bauhoffritz dringelegen. In der Rolle der Leiche. Don Promillo hat eine Trauerrede auf den Fasching zelebriert, die Trauergesellschaft hat geweint, und um Punkt zwölf hat dann jeder Gast den Fasching begraben. Einfach indem jeder die Reste, die er bis dato noch im Glas und auf dem Essteller hatte, in den Trog gegossen hat. Und ich mein, wenn man von innen besoffen in so einem Sautrog drinliegt und von außen mit Alkohol und fettigen Pommes beschüttet wird, dann ist das ja klar, dass man dann am nächsten Tag nicht mehr ganz so frisch ausschaut, gell?

»Servus, Schmiedi«, bleibt er stehen. »Booh, der Fasching, der macht mich echt hie, he!«

Der müffelt wie ein Wildschwein.

»Du, wie weit bist denn du mit dem Moser? Wegen dem Grabausschaufeln, mein ich«, fragt er meinen Bruder.

»Ach, das kann dauern«, winkt der ab. Was mir jetzt zu denken gibt. Es wurden also Ermittlungen bezüglich des Todes eingeleitet. Na, bin ja mal gespannt, was rauskommt, wie der Moser gestorben ist.

»Das is gut, wenn's noch dauert. Kann ich wenigstens in Ruhe in den nächsten Tagen mein Rausch ausschlafen«, latscht die Faschingsleiche dann weiter Richtung heimatliches Bett. Tja, Fasching kann einen echt fertigmachen.

Kurz darauf klopft sich der Schmied auch schon den Puderzucker von der Jacke, bedankt sich freundlich bei mir, steigt in seinen Dienstwagen und braust davon.

Ich sag doch, der ist heute komisch.

Daheim will sich mein Leib dringendst aufs Kanapee hauen. Der Fasching, insbesondere der Alkoholgenuss der letzten Tage, hat ihm komplett die Vorräte an Vitaminen und Mineralstoffen nausgeschwemmt, und er verlangt nach Ruhe. Ich geb ihm nach. Finde, so ein Nachmittag auf dem Kanapee kann durchaus auch mal ganz nett sein, gell? Hoffentlich kommt was Schönes im Fernseher. Erol Sander vielleicht?

Was ich dann aber, kaum dass ich die Tür zum Wohnzimmer geöffnet habe, seh, ist weniger schön.

Der Fernseher läuft. Notgeile Hausfrauen in Leder gehüllt rekeln sich in billiger Bettwäsche und betteln, dass man sie doch bitte anrufen soll. Sagen auch dauernd die gleiche Nummer durch. 089 4354 und dreimal die Acht. Und das mit der Acht, das betonen sie noch mal extra, indem sie ihren Bläschel aus der Gosche hängen und dabei einen Silberblick aufsetzen. Der Heinzi hockt auf meiner Couch, in der einen Hand die Fernbedienung und in der anderen eine Flasche Bier, und stiert gebannt in den Kasten. Ist so fasziniert von den Weibern, dass er gleich direkt zu sabbern anfängt. Nimmt mich gar nicht wahr.

»Zefix, schau deinen Schweinekram gefälligst bei dir daheim an!«, schrei ich ihn jetzt zornig an und schalte den Fernseher aus.

»Ja, bei mir drunten kommt das ja nicht«, springt der Heinzi abrupt auf. Verschüttet dabei sein Bier. Ja toll. Und wie ich dann später mit Putzen und Ausflippen fertig bin, da hockt der Heinzi ganz gelassen mit einer neuen Bierflasche auf den Sofakissen und tut, als wär nix gewesen. Fängt irgendwann an, über den Mord zu reden, und dann hock ich mich halt dazu.

»Also, wenn du mich fragst, dann war es der Moser«, sag ich.

»Warum sagt dann der Schmiedi, dass der Hartl zu den Hauptverdächtigen gehört?«, schüttelt der Heinzi vehement den Kopf.

»Mei, weil der Hartl halt gelogen hat. Der war zum Tatzeitpunkt, wo seine Mama auf einmal verschwunden war, nämlich gar nicht zehn Jahre alt, sondern älter.«

»Keine Ahnung, warum ich da nicht selbst draufgekommen bin. Also ich war damals dreizehn Jahre alt. Und wenn der Hartl zweimal sitzen geblieben ist, dann war der damals etwa fünfzehn.«

»Okay. Trotzdem kann ich mir beim besten Willen nicht vorstellen, dass der Hartl seine eigene Mutter umbringen lässt«, zeig ich dem Heinzi einen Vogel. »Der Schmied Lenz hat bestimmt geblufft, das sag ich dir. Hat versucht, dadurch von uns was in Erfahrung zu bringen. Also, entweder meine Theorie mit dem Moser stimmt, oder aber der Mörder ist jemand komplett anderes.«

»Der Mörder ist der Vater vom Hartl. So einfach ist das. Der alte Haslinger, der alte Semmelmeier oder gar der Schwinghammer, der alte Weiberer. Darum hat der uns auch von dem Lavendelbüschl erzählt, weil nur er davon gewusst hat und von sich ablenken wollt.«

»Oder aber es war jemand, den wir bis jetzt noch gar nicht auf dem Schirm hatten.«

Ach was, der Vater vom Hartl. So ein Blödsinn.

17

Am Donnerstag ruf ich den Ritschi an und frag, wie es unserem Nachwuchs geht. Einwandfrei geht's mit den Kindern, sagt er. Und dass er mich überhaupt nicht versteht, warum ich mit der Josi nicht klarkomm, weil sie doch so ein liebes Mädl sei, das sagt er auch. Und dann fragt er mich noch, warum sein liebes Mädl keine ordentlichen Winterschuhe nicht hat. Und weil der Ritschi nur über die Faschingstage freihatte und heute schon wieder in der Gerichtsmedizin seinen Dienst tut, da mach ich ihm den Vorschlag, dass ich am Nachmittag nach München reinkomm und mit der Josi Winterschuhe einkaufen geh. Und da ist er halt jetzt wieder froh, der Ritschi. Und ich bin es freilich ebenso. Nicht dass ich jetzt mit der Josi gern zum Einkaufen gehen will, nein, das nicht, aber der Ritschi hat den Moser sicher schon obduziert, und ich krieg raus, ob es Selbstmord war oder eben nicht.

Ein paar Stunden später, da warte ich dann am Stachus wie vereinbart auf die Josi. Keine zehn Minuten später kommt sie mir auch schon entgegen, hat den Rupi im Schlepptau, und so machen wir uns nun zu dritt auf den Weg zum Marienplatz, wo Dutzende schöne Geschäfte auf uns warten. Freilich nutz ich die Gelegenheit mit dem Schuhkauf auch für mich. Mein Kleiderschrank hat nämlich Hunger nach frühlingsfarbenen Klamotten. Hab mir lang nix mehr gegönnt. Wie auch? Seit dem Umzug nach Engelsried bin ich dauernd fast pleite, und ehrlich gesagt, wer braucht in dem Kuhkaff schon neue schicke Klamotten?

Sind Sie schon mal in einen Laden reingestolpert, bei dem nichts drinhängt? Also in so einen Markenladen, mein ich? Ja?

Ich auch, und zwar jetzt.

Die Verkäuferin mustert mich gleich mit diesem Schätzchen-das-kannst-du-dir-eh-nicht-leisten-Blick und fragt:»Kann ich Ihnen helfen?« Und genau diese Frage kann ich auf den Tod nicht ausstehen, wissen S'?

»Ich schau mal durch«, sag ich und geh schnurstracks auf eine labbrige gickerlgelbe Hose zu, die mit weiteren fünf Beinkleidern an einer riesigen Chromstange hängt. Wie ich sie rauszieh, seh ich das Preisschild. Zweihundertfünfzig Euro.

Gut, ich hänge sie wieder rein.

Die Verkäuferin grinst.

Blöde Kuh.

Tss! Früher hätte ich sie mitgenommen. Also, die Hose. Nicht die Verkäuferin, nein, die ganz sicher nicht. Egal, ob die Hose gepasst hätte oder nicht. Ich hätt sie gekauft. Grad mit Fleiß!

Aber früher hätte ja auch der Ritschi die Hose bezahlt, also wär's egal, wenn sie daheim jahrelang im Kleiderschrank herumgegammelt wäre, um irgendwann im Altkleidersack entsorgt zu werden. Aber heute, als alleinerziehende Mutter, da hab ich keine Lust, dass ich mir für eine sauteure, herumgammelnde Hose, die ich weder kenn noch mag, beim Haslinger im Büro den Arsch absitze. Darum pack ich meine Kinder und streich hier die Segel. Soll die doch grinsen, wie sie will. So Markenzeugs ist eben vorerst gestrichen.

Nächster Laden.

»Mann, du nervst, äh«, motzt die Josi schon wieder herum, weil ich halt jedes zweite Teil vom Ständer reiß und ausgiebig begutachte.

Aber ich kauf nix, weil mich in dem Laden nix anspricht.

Okay, das stimmt nicht ganz. Klar hat mich in dem Laden was angesprochen. Die Verkäuferin nämlich: »Kann ich Ihnen helfen?«, hat sie geträllert, und zwar in einer solchen Aufdringlichkeit, dass ich fast hergewürgt hätt. Darum hab ich eben nix gekauft.

Der Rupi bockt. Setzt sich auf den Boden und geht keinen Schritt mehr weiter. Ich hätt es mir denken können. Männer kann man nicht mit zum Shoppen nehmen. Das war früher schon so, als der Ritschi noch dabei war. Jedes Mal dasselbe.

Zuerst hat man die Männer beim Shoppen stundenlang an der Backe, sie folgen dir auf Schritt und Tritt, und das, wo man doch eintauchen will in die bunte Welt der Klamotten. Und kaum ist man in diese Welt der Kleider, Hosen und Schuhe abgetaucht, da taucht der Mann unter. Irgendwo zwischen Ständern und Schildern. Und taucht ums Verrecken nicht mehr auf. Was bleibt einem als Frau dann übrig? Man verplempert seine schöne Shoppingzeit mit der Suche nach dem Mann. »Der kleine Richard möchte an der Kasse abgeholt werden. Der kleine Richard!«, tönt es durch den Lautsprecher. Ich frag mich immer, aus welchem Grund es in so Klamottenläden eigentlich keine Bereiche für Männer gibt. So Spielhöllen oder eine Bar – wo sie sich stundenlang drin herumtummeln können. Einfach damit die Mannsbilder beschäftigt sind und wir Frauen in Ruhe einkaufen können. Aber auf so eine gute Idee kommt ja keiner. An alles wird in so einem Laden gedacht, echt an alles. Es wird daran gedacht, dass die Kaufgier der weiblichen Kundschaft befriedigt wird, indem man uns Frauen fünf Abteilungen schenkt, wo wir grenzenlos stöbern können. Aber der Mann bekommt nur einen kleinen, übersichtlichen Bereich, wo er gleich durch ist. Und wenn er Glück hat, dann bekommt er in der Frauenabteilung einen Sessel.

Einen Sessel!

Einen Sessel für so viele Männer?

Kein Wunder, wenn einem da der Mann abhandenkommt. Da lob ich mir die Möbelhäuser. Da kannst du Kinder und auch den Mann einfach bei den Bällen abgeben und in Ruhe stöbern.

Wir gehen zum Schachtelwirt.

Der Rupi ist befriedigt. Bei H&M wird die Josi fündig. Die kauft ja Zeug!

Knallgelbe Röcke, löchrige T-Shirts, Gürtel, Ohrringe, die hört gleich gar nicht mehr auf mit Geldausgeben. Von wem sie das bloß hat? Mit vierzehn geht die schon shoppen wie eine Große. Vermutlich hat sie das frühe Shoppen von ihrem Opa geerbt. Der ist früher auch immer früh schoppen gegangen. Aber nur sonntags im Wirtshaus.

Jetzt geht es an die Winterschuhe. Das ist ein schwieriges

Unterfangen, das können Sie sich vermutlich gar nicht vorstellen. Es dauert zwei Stunden, bis wir endlich die passenden Schuhe haben, die Madame auch wirklich anzieht. Entnervt machen wir uns mit gefühlt hundert Tüten auf den Weg zum Ritschi. Ich hab nämlich weder Lust noch Nerven, mich jetzt auch noch in der Damenabteilung herumzutreiben und mir was zu kaufen. Nicht mal einen neuen BH hab ich. Und jetzt kommt der Nachteil, wenn man keinen Mann beim Shoppen dabeihat: Ich muss Tüten schleppen.

Wie wir dann beim Ritschi ankommen, ist der echt überrascht, was ich da alles vor mir hertrage.

»Na, Mädls, wart ihr schön shoppen?«, begrüßt uns der Ritschi, und weil ich halt jetzt die ganzen Tüten vor mir herschleppe, da kann er mich nun schlecht gleich an der Tür abwimmeln. Noch bevor er sie mir abnehmen kann, schlupf ich auch schon an ihm vorbei in die Wohnung rein. Muss dringend ein Ortsgespräch mit dem Ritschi führen.

Zum ersten Mal seitdem ich ausgezogen bin, steh ich jetzt in meiner alten Behausung. Der Ritschi hat eine neue Wohnzimmereinrichtung. Total modern. Gut, es ist schon klar, dass der Ritschi sich neu aufgemöbelt hat, weil die alten Möbel hab ja auch ich in einer Nacht-und-Nebel-Aktion mit dem Heinzi und der Leni beim Auszug mitgenommen.

»Ach, Kinder, ich hab einen riesigen Hunger. So eine Shoppingtour ist anstrengend«, stell ich die Tüten auf dem Sofa ab. »Soll ich uns was Leckeres kochen?« Der Ritschi steht da und hat Schnappatmung. Hat vermutlich heute mit seiner Flamme noch was vor.

»Oh ja, Mama, mach doch schnell Spaghetti. Hackfleisch haben wir eh da«, zerrt mich der Rupi in die Küche. Ich bin überredet.

Jetzt kann der Ritschi wohl kaum noch Nein sagen. Und ich fackel auch nicht lang herum, hol mir die Schürze aus der Schublade und fang gleich zu kochen an. In meiner Küche, da kenn ich mich halt aus.

Der Ritschi telefoniert noch schnell. Vermutlich mit seiner

Holden. Ich hör ihn im Schlafzimmer jedenfalls diskutieren. Die Kinder sind ins Wohnzimmer rüber und schauen Pippi Langstrumpf.

»Wir hätten uns aber auch beim Chinesen um die Ecke was holen können«, sagt der Ritschi, wie er zu mir in die Küche kommt. Da ist es freilich schon zu spät.

»Ach, die Spaghetti sind doch gleich gemacht«, wink ich ab und heb ihm ein Schneidbrett und ein Messer hin. »Da, hilfst mir, dann geht's schneller«, sag ich noch, und da lässt er sich dann freilich nicht lumpen, weil schnipfeln kann er, der Ritschi. Schon von Berufs wegen. Ist überhaupt eine geniale Idee von mir, ihn in der Küche einzuspannen. Beim Kochen, da redet es sich doch viel leichter. Und tatsächlich, kaum hat der Ritschi ein Messer in der Hand, fängt er auch schon über unseren Toten zu reden an. Berufskrankheit. Der Ritschi ist eben ganz und gar ein Leichenfledderer.

»Sag mal, was in aller Welt ist bei euch da draußen in eurem Kuhkaff eigentlich los? Innerhalb einer Woche gleich zwei Leichen aus ein und demselben Dorf, das hab ich jetzt auch nicht ganz so oft gehabt.«

»An was ist der Moser denn gestorben?«

»Der hat zu viel von seinen Herztabletten erwischt, und das hat unweigerlich zum Tod geführt«, erklärt er mir, ohne dass ich ihn mit Rotwein abfüll. Es könnt nicht besser laufen.

»Aha«, sag ich und hol Hackfleisch aus dem Kühlschrank, »dann war es ein Unfall?«

»Nicht unbedingt. Vielleicht hat ihm ja jemand die Tabletten verabreicht. Ist alles schon vorgekommen«, geht er der geschälten Zwiebel auf den Grund. Begutachtet sie kurz, legt sie dann aufs Brett und zerlegt sie auf das Genaueste in exakt gleich große Würfel.

»Keine Gewalteinwirkung?«

»Nö, keine Gewalteinwirkung.«

»Der Knoblauch fehlt. Wo hast denn die Knoblauchzehen hin?«, frag ich, weil ich die Zehe nicht finde.

»Apropos Zehen, dem Moser fehlt eine.«

»Wie, dem fehlt ein Zeh? Dem Moser hat jemand den Zeh abgeschnitten?«, werde ich lauter.

»Pst, die Kinder!«, schimpft er.

»Also, der Täter muss ein echt widerlicher, perverser Typ sein. Krank im Kopf.«

»Nein, mit seinem Tod hat das nichts zu tun. Dein Moser is vermutlich schon einige Jahre mit nur neun Zehen durch die Gegend gelaufen«, schnippelt der Ritschi die Knoblauchzehen in ganz kleine, winzige Fitzelchen.

»Wie könnte ich nur rausfinden, ob der Moser nun selbst die Tabletten geschluckt hat oder ob sie ihm jemand verabreicht hat?«, frag ich, wie ich das Hackfleisch anbrate.

»Da fragst am besten euren Kriminalbeamten, der kann dir das sicher schon beantworten. Im Übrigen ein netter Kerl. Hab gar nicht gewusst, dass der auch aus eurem Kaff ist. Ich kenn den ja noch von früher, wie er in München beim Morddezernat war. Kriminalhauptkommissar Schmied. Verheiratet, ein Kind.«

»Der Schmiedi wohnt nicht in Engelsried, der wohnt im Nachbarort.«

»Du kennst ihn also?«

»Klar, bei uns, da kennt jeder jeden.«

»Eh klar«, verdreht der Ritschi die Augen. »Im Übrigen hab ich letztens noch vergessen, dass ich dir sag, dass die Moser Sophie schwanger war«, sagt er noch, dann ruft ihn der Rupi ins Wohnzimmer. Ja, und wenn der Rupi seinen Papa ruft, dann springt das Papilein freilich gleich zu ihm. Egal, ob die Mutti noch ein paar Fragen gehabt hätte oder nicht.

Nachher sitzen wir wie früher alle vier am Esstisch und essen gemütlich Spaghetti. Ganz so, als hätt es nie eine Trennung gegeben. Die Kinder sind happy. Hoffen vermutlich immer noch, dass wir Eltern uns einkriegen und alles wieder so wird wie früher. Nach dem Essen verziehen sie sich jedenfalls gleich ins Wohnzimmer und lassen uns zwei allein die Küche aufräumen.

Aber eine Rückkehr zum alten Familienleben scheint immer mehr in weite Ferne zu rücken. Beim Abspülen schwärmt mir nämlich der Ritschi her, wie gut er mit den Kindern allein klarkommt. Über seine Jungspundschnepfe reden wir zwar nicht, das braucht's aber auch gar nicht. Ich seh es ihm auch so an, dass er über beide Ohren verliebt ist. Er ist irgendwie lockerer drauf. Ist nicht mehr ganz so pingelig und muffig, wie er es noch in den letzten Monaten vor unsrer Trennung war. Vielleicht war unsere Ehe einfach zu eingefahren. Hatten vor lauter Kinder, Alltag und Kriminalfälle vergessen, dass wir ein Paar sind. Eine Ehe muss man eben pflegen. Jetzt ist es zu spät. Nach dem Aufräumen verabschiede ich mich auch brav. Will dem armen Ritschi nicht mit meiner Wenigkeit ewig auf der Pelle sitzen. War froh, dass ich mal wieder reinschauen hab dürfen in mein altes Leben.

Daheim treffe ich den Heinzi im Hof. Der hockt in seiner Rostlaube. Hat auf mich gewartet. Will wissen, was ich vom Ritschi in Erfahrung gebracht habe.

»Wir müssten herauskriegen, ob der tote Moser auch einen Lavendelbüschl in der Hand hatte und freilich ob er Selbstmord begangen hat oder nicht«, trommelt er mit den Fingern auf das Lenkrad drauf. »Den Schmiedi müsste man fragen, der weiß es sicher. Mit dem bist doch jetzt verbrüdert«, grinst er zu mir herüber.

»So schlau bin ich selber. Sag mal, was hockst du überhaupt da heraußen bei der Kälte?«, frag ich ihn dann.

Und so erfahr ich, dass er zum einen den Schlüssel für meine Wohnung nicht gefunden hat und zum anderen mit der Leni im Clinch ist. Wegen einer Rechnung von der Telekom, die der Postler heute gebracht hat. Für sage und schreibe siebzig Euro hätte die Leni angeblich telefoniert. Und das stinkt ihm halt, dem alten Knauserer.

»Die Leni ruft doch höchstens mal bei ihrer Familie an, das kann doch nicht so viel kosten, ich mein, sie telefoniert ja nicht nach Kanada. Vielleicht telefonierst ja du so lang?«, smile ich zu ihm rüber.

»A geh, mit wem soll denn ich telefonieren?«, wird er jetzt rot im Gesicht.

»Ich sag nur: ›089 4354 und dreimal die Acht‹.«

Und jetzt schluckt er, der Heinzi. »Also, wenn ich mal … dann ruf ich da ja auch nur ganz kurz … und meistens von deinem Apparat an.«

»Wie bitte? Du rufst von meinem Apparat aus die Weiber im Fernseher an? Sag mal, spinnst du? Weißt du, was das kostet?«, zisch ich ihn an und hau mit der Faust auf das Armaturenbrett. Jetzt reicht's. Ich zieh aus!

»Ja, jetzt reg dich ab, mein Gott, dann kriegst halt das Geld von mir. Hab ja nicht gewusst, dass das so teuer is. Sei doch nicht gleich so cholerisch.«

»Wie, das hast du nicht gewusst? Das steht doch unten am Laufband dran, was das kostet!«, fahr ich ihn an. Aber da hat er freilich nicht draufgeschaut, der Heinzi. Weil, wenn so Weiber im Fernseher drinsitzen, dann setzt ja sein Gehirn aus.

»Kauf dir jetzt endlich mal einen eigenen Fernseher!«, schrei ich ihn an, steig aus und hau mit Schwung die Tür zu, was leider ein Fehler war. Weil jetzt ist sie kaputt, die Tür.

Und wie ich gegen neun Uhr aus dem Fenster schau, da brennt noch Licht in seiner Garage. Hat vermutlich ein größeres Problem. Mit seiner Tür. Der Kerl. Aber macht nix, dann ist er beschäftigt und kommt auf keine schmutzigen Gedanken, gell?

18

Anderntags komm ich grad aus der Dusche den Flur entlang, da seh ich durch das geriffelte Glas der Küchentür jemanden in meiner Küche sitzen. Der Heinzi ist es nicht. Es ist das Lockenwicklergestell von seiner werten Gattin, die ziemlich geknickt im rosa Morgenmantel bei mir auf der Eckbank sitzt. »Morgen, Elli«, trommelt sie mit den Fingern auf die Tischdecke und macht dabei ein trübsinniges Gesicht.

»Was ist los?«, frag ich besorgt. Immerhin ist die Leni normalerweise die Gleichgültigkeit in Person.

»Do, lies«, fingert sie ein Stück Papier aus ihrem Morgenmantel hervor. Es ist die Telefonrechnung, die sie mir nun auf den Tisch legt. »Ich glaub, da Heinzi hot a Freundin in München drin«, schaut sie mich mit traurigem Blick an. »Stell dir das vor. Mit der telefoniert der regelmäßig. Do schau hin, das is immer die gleiche Nummer. Immer die 089 4354 und dreimal die Acht.«

Mir kommt schon fast das Lachen aus. »Geh, der Heinzi hat doch keine Freundin«, beschwichtige ich sie.

»Ich hob do gestern mol angrufen. Do geht so a ordinäres Weibsstück hin und behauptet, sie kennt keinen Heinz.«

Ich muss mich kolossal beherrschen.

»Hast mit ihm schon darüber geredet?«

»Naa, der war ja gestern no ewig mit seinem Auto beschäftigt, und jetzt schlaft er ja noch.«

»Lass mich mal die Nummer noch mal sehen«, nehm ich ihr dann die Rechnung aus der Hand. »Ach diie Nummer ...«, lach ich, dass der Bauch wackelt.

»Was ist jetzt da so witzig?«

»Ja, nix is daran witzig, Leni, gar nix«, lach ich noch mehr. Reiß mich dann aber zusammen. »Du, ä, die Nummer kenn ich. Da hat der Heinzi wohl öfter in der Gerichtsmedizin drin angerufen. Wollte vermutlich mit dem Ritschi über den Mordfall reden. Die haben doch da am Empfang so eine Tusse sitzen, ein richtig ordinäres Weib ist das, sag ich dir. Hab mich über die früher schon immer aufgeregt.«

»Der Heinzi wollt mit dem Ritschi reden?«, verzieht sie ungläubig das Gesicht. So ganz kauft sie mir die Lüge nicht ab. Immerhin reden der Ritschi und der Heinzi seit Jahren eher wenig miteinander. Meine Verwandtschaft hier kann den Ritschi nämlich nicht recht leiden. Finden, dass er ein blasierter, penibler Schnösel ist. Und auch der Ritschi interessiert sich nicht die Bohne für die Engelsrieder Sippschaft. Die ist ihm freilich zu primitiv.

»Ach, der Heinzi mit seiner Kriminalisiererei«, schüttelt die Leni den Kopf und steckt die Rechnung wieder ein. »Und bei mir jammert er herum, wenn ich a bisserl am Telefon ratsch. Wird Zeit, dass der a Arbeit kriegt. Der spinnt doch«, nuschelt sie vor sich her und verschwindet durch die Tür. Da hat er jetzt aber verdammt Glück gehabt, der Heinzi, das darf man ganz klar sagen. Ich lach mich tot.

Tja, und weil Lachen und Weinen ja oft nah beieinanderliegen, da bin ich wenige Stunden später auch schon auf der Beerdigung von den Mosers. Die Kirche ist voll bis zum Gehtnichtmehr, aber ich hab einen Platz oben auf der Empore, von wo ich einen einwandfreien Blick auf die ganze trauernde Gesellschaft hab. Leider nur von hinten. Das komplette Dorf ist anwesend, ebenso die Honoratioren aus den umliegenden Orten. Unser Herr Pfarrer leiert seine Standardpredigt herunter, die er seit meiner Kindheit auf allen Beerdigungen zelebriert. Todlangweilig. Aber schlafen Fehlanzeige, weil erstens der Pfarrer so schreit und zweitens das Mikrofon dauernd dröhnt. Wie der geistliche Herr dann die Arme ausbreitet und zu singen anfängt, da halten sich alle die Ohren zu, und die Hafermeier Liesbeth, die am Rand der vordersten linken Bank sitzt, rutscht dauernd auf ihren dicken Arschbacken hin und her. Was bei so schmalen Kirchenbänken verständlich ist, wenn man bedenkt, dass der Arsch von der Hafermeier Liesbeth da nur halbwegs drauf

Platz hat. Ganz am anderen Ende von der gleichen Bank, mit einem Riesenabstand zur Liesbeth, da sitzt der Hartl. Die zwei scheinen sich nicht zu mögen. Würden doch sonst nicht so weit voneinander entfernt allein auf einer Bank sitzen. Wenn schon der gesamte Familienclan ausgestorben ist, dann tät man doch meinen, dass es da einen gewissen Zusammenhalt zwischen den beiden gibt. Aber nein, Sicherheitsabstand.

Die Hafermeirin steht auf. Und jetzt hat der Hartl echt Glück, dass so eine Kirchenbank am Boden festgeschraubt ist. Bei einer Bierbank hätte es ihn jetzt nämlich trotz seines Gewichtes aus der Bank gehebelt. Aber wurscht.

Die Hafermeirin schält sich mit ihrem Nerz aus der Kirchenbank raus und trottet den Mittelgang entlang nach draußen. Warum macht die das? Ist doch nicht üblich, dass trauernde Familienangehörige die Beerdigung verlassen. Okay, vielleicht hat sie eine schwache Blase, kann ja sein. Ich geh ihr nach.

Sie watschelt zum Leichenhaus hinüber. Stellt sich dort vor der Sophie ihren Sarg hin und betet ehrfürchtig, was jetzt ja auch irgendwie wieder normal ist, wenn einen die Verwandtschaft auf so tragische Weise verlässt. Was aber nicht normal ist, ist die Tatsache, dass die Hafermeirin, kurz bevor sie das Leichenhaus wieder verlässt, dem Moser auf den Sarg spuckt. Ich hab's genau gesehen. Im Augenwinkel. Weil ich mich nämlich zu ihr ins Leichenhaus reingestellt hab und die betende Elli gespielt habe.

Mich interessiert jetzt freilich brennend, was sie zu solch einer gewissenlosen Tat bewogen hat, darum geh ich raus und spreche sie an.

»Mein Beileid«, reich ich ihr die Hand.

»Schaun S', dass Sie wegkommen, Sie Schmucke«, kommt es postwendend aus ihrem Mund. Da weiß ich gleich gar nicht, was ich dazu sagen soll.

Vielleicht meint sie ja gar nicht mich. Ich schau mich mal um. Aber nein, weit und breit niemand zu sehen.

»Was wollen S' denn überhaupt?«, funkelt sie mich mit stechenden Augen an.

»Ich, äh, ja, nix«, such ich betreten nach Worten.

»Na also, dann schauen S' gefälligst, dass S' Land gewinnen. Das is ein Friedhof und kein Puff«, schaut sie mich missbilligend von oben bis unten an. Hä, wie meint sie denn das jetzt? Ich komm da grad irgendwie nicht mit.

»A so a Flitschal«, schimpft sie und wendet sich ab.

Ich dreh mich noch mal suchend um, aber nein, immer noch keiner da. Ist an mir was falsch? Der Rock gerissen oder so was in der Art? Suchend schau ich an mir hinunter. Schwarzer, übers Knie gehender, ordentlicher Rock, hohe, elegante Stiefel, schöner schwarzer Mantel bis zum Knie. Alles tipptopp.

»Ja, was ist jetzt, ham mas bald? Nur perverse Weiber, wo man hinschaut«, hör ich sie noch schimpfen, kaum dass ich ums Eck bin.

Dort bleib ich erst mal stehen und sammle mich. Kann ihre Wut und ihre verbale Attacke gegen mich nicht verstehen. Ich mein, ich hab der doch gar nix getan? Die kennt mich doch gar nicht.

Ich linse ums Eck.

Sie latscht Richtung Eisentor. Das steht heute offen. Und weil sie vermutlich unseren Friedhof nicht kennt und vor dem Tor heute reger Verkehr herrscht, da schrei ich ihr ganz laut ein »Halt, stehen bleiben!« hinterher, weil, wenn es blöd läuft, macht's gleich plopp, plopp, und sie ist die dritte Tote in der Familie vom Hartl. Und das innerhalb von nur wenigen Tagen. Das muss ja jetzt auch nicht sein, gell?

Meine Worte lösen allerdings genau das Gegenteil von dem aus, was sie sollen. Die Hafermeirin geht ab wie ein Schnitzel und rennt schnurstracks auf das Tor zu.

Gut, »rennen« ist vielleicht nicht der richtige Ausdruck, weil rennen mit der Leibesfülle von der Hafermeirin freilich gar nicht möglich ist. Sagen wir mal so, sie dampft davon. Und zwar Richtung Tor. Und bis ich schau, da hupt auch schon ein Auto auf der Straße und legt eine Vollbremsung hin. Der Fahrer steigt aus und fragt sie, ob alles in Ordnung sei, worauf die Hafermeirin ganz freundlich ein »Passt scho«

entgegnet und kurz drauf etwas verstört wieder in die Kirche reinwatschelt.

Eine geschlagene halbe Stunde später stehen wir dann alle am Grab von den Mosers. Ein Mordsbrimborium ist das. Riesenaufgebot an Würdenträgern. Böllerschützen, Feuerwehr, Männerchor, Trachten- und Veteranenverein. Alle haben sie Mordsfahnen. Selbst der Landrat hat eine, aber die kommt aus seinem Mund. Lallt auch bei seiner Rede. Ach, es ist schon ein Kreuz, wenn man auf jedem Starkbierfest im Landkreis das Fassel anzapfen muss.

Der Hartl und die Hafermeirin plärren praktisch um die Wette. Die Musik spielt, der Ostwind bläst, es ist saukalt.

Ziemlich zum Schluss tritt der Rampftl Fritz ans Grab. Vermutlich hat er den Moser Ludwig sehr geliebt, jedenfalls heult er ebenso viel wie der Hartl.

Später, wie der Ostwind und auch die öffentliche Trauer nachgelassen haben, gehen wir in einem Pulk zum Leichenschmaus.

»Wie schau ich aus?«, frag ich die Leni dann, wie wir vor dem Wirtshaus stehen.

»Ja, normal halt«, sagt die Leni, und das sagt auch die Babsi, und die Marie sagt's auch. Und weil ich halt jetzt noch von einem Mann wissen will, wie ich ausschau, da frag ich nun noch den Haslinger, weil der grad eh so dumm bei uns herumsteht. Der geht um mich herum, begutachtet mich von allen Seiten, steckt die Hände in die Hosentaschen und zischt ein paarmal durch die Zähne.

»Rattenscharf wie immer!«, lautet sein Urteil.

Die Hafermeirin hat uns beobachtet. Ist richtig angeekelt. Und in dem Moment wird mir klar, was ihr an mir nicht gefällt. Sie hat generell ein klitzekleines Problemchen mit Frauen, vermutlich, weil sie selbst keinen Mann abgekriegt hat.

»Du schaust saftig aus, an dir is was dran«, legt der Haslinger seinen Arm um mich und lacht.

»Alfi, reiß dich doch zusammen. Wir sind da auf einer Beerdigung«, nestelt die Marie wie wild an ihrer Handtasche herum, sucht sich ein Taschentuch und entfernt sich peinlich berührt von der Gruppe.

Aber der Haslinger lacht bloß. »Mei, wenn's stimmt«, zuckt er mit den Schultern und gibt mich wieder frei.

Die Rosl bekommt Stielaugen, und der Heinzi schaut grantig drein. Und so winde ich mich durch die in Schwarz gehüllte Menschenmenge und begebe mich zur Damentoilette.

Dort habe ich ein Déjà-vu.

Da ist es nämlich wieder, dieses seltsam flaue Gefühl in der Magengrube, das sich urplötzlich in meinem ganzen Körper ausbreitet und mich schlagartig zusammenfahren lässt. Weil ich nämlich innerhalb einer Millisekunde beim Händewaschen im Spiegel wieder das Gesicht dieser Frau entdecke. Das Antlitz der weißen Frau, die immer wieder wie aus heiterem Himmel auftaucht und im Nullkommanix verschwindet.

Ich spinne. Hab Wahnvorstellungen. Seh schon Gespenster. Sollte dringend mal zum Seelendoktor gehen.

Vor Fassungslosigkeit bücke ich mich zum Wasserhahn hinunter. Schau wieder auf.

Die weiße Frau ist immer noch da. Nur, heute ist sie in Schwarz. Ohne Gesichtsmaske und grüßt mich kopfnickend.

Schockstarre ... Kloß im Hals ... Hennapfrupfa.

Die gibt's also wirklich. Sie ist kein Hirngespinst, keine Wahnvorstellung und schon gar kein Gespenst. Geht nämlich aufs Klo wie jede andere Frau auch. Verschwindet einfach so mir nix, dir nix hinter der Klotür. Ich bück mich mal und schau unter der Tür durch.

Füße hat sie. Und sie bieselt.

Ewig viel sogar. Es plätschert und plätschert ... Und wie die Menschenmenge später vor dem Wirtshaus ihren Astralkörper erneut verschluckt, bin ich keinen Deut schlauer, wer sie ist. Und das, obwohl ich sie nach dem Bieseln beim Händewaschen angesprochen habe.

»Gell, wenn man nicht hinhocken kann, dann dauert's immer«, hab ich gestammelt, und in dem Moment, wo die Worte aus meinem Mund herausgepurzelt sind, war mir klar, ich rede einen absoluten Schmarren. Mei, was will man machen, wenn man gerade aus der Schockstarre erwacht ist?

Sie hat sich daraufhin umgedreht, hat meine kalte Hand in die ihre genommen und mir dabei ein Lächeln geschenkt. Ein unheimlich warmer Händedruck war's. Ihre grünen Augen haben mich dabei regelrecht hypnotisiert, sodass ich einfach nur wortlos dagestanden bin, wie sie mir mit einer ganz milden und freundlichen Stimme ein »Alles gut, Elli« hergehaucht hat. Sollte mich vermutlich beruhigen. Hat es aber nicht.

Danach ist sie gegangen, ich ihr hinterher. Und wie gesagt: Menschenmenge, schwuppdiwupp war sie weg. Herrgottsa, woher kenne ich nur diese Frau?

Sie wirkt auf mich unglaublich furchteinflößend und doch irgendwie vertraut. Kennt mich offenbar. Sonst hätte sie mich doch nicht mit meinem Namen angesprochen.

Mit Grübeln is allerdings jetzt nix mehr, weil draußen vor dem Wirtshaus die Herren vom Beerdigungsinstitut verkünden, wer alles zum Leichenschmaus geladen ist. »Sie natürlich auch, Herr Kommissar!«, spricht die Hafermeirin den Heinzi persönlich an. Die Leni und die Babsi stehen da und schauen blöd aus der Trauerwäsche. Und so verzieht sich die Trauergemeinde in die Wirtsstube, der Rest der Gesellschaft setzt sich derweil ins Nebenzimmer.

Kaum sitzen alle, lass ich auch schon meinen Blick durch die Menge wandern. Kann diese mysteriöse Frau nirgendwo entdecken.

»Sag amal, bist du o ned eingeladen?«, steht die Rosl jetzt hinter uns und richtet entgeistert das Wort an die Gitti, die neben mir am Tisch sitzt. »Immerhin warst ja du in der Gemeindeverwaltung jahrelang dem Moser seine rechte Hand«, schimpft sie und watschelt demonstrativ aus dem Nebenzimmer hinaus in die Wirtsstube hinein.

»Ach, Gemeindeverwaltung hin oder her, meinen Kaffee und den Kuchen, den kann ich schon noch selber zahlen«, winkt die Gitti ab und bestellt sich ein Kännchen Kaffee und eine Käsesahne.

Was ich gleich zum Anlass nehme und sie frage, ob sie mir einen Gefallen tun kann, weil sie doch jahrelang in der Gemeindeverwaltung dem Moser seine Vorzimmerdame war. »Und zwar hätte ich gerne, dass du mal nachschaust, ob der Moser jedes Jahr um den zehnten Mai herum in Engelsried anwesend war oder nicht. Weil, am 10. Mai, da hat nämlich der Hartl Geburtstag, und wenn der Moser hier in der Gemeindeverwaltung war, dann kann er ja schlecht die Postkarten von Hamburg aus an den Hartl geschickt haben.« Aber kaum hab ich die Bitte ausgesprochen, schaut mich die Gitti grantig durch die Brillengläser an, presst die Lippen aufeinander und dreht den Kopf weg. War ja klar, dass die blöde Kuh nix rausrückt. Sie schaut mich auch erst wieder an, wie die Bedienung ihren Kuchen bringt und sie mit der Gabel in die Käsesahne einsticht.

»Dieser Polizist hat mich das im Übrigen auch schon gefragt. Und genau darum hab ich für ihn auch nachgeschaut«, sagt sie recht überheblich. Macht eine Kunstpause, isst ein Stück Kuchen und redet erst dann weiter. »Der Moser war nicht in Hamburg. Kein einziges Mal. Die Postkarten sind auch gar nicht seine Handschrift. Wenn der Hartl also zum Geburtstag eine Karte aus Hamburg gekriegt hat, dann hat sie auf keinen Fall der Moser geschrieben.«

»Oder aber die Karten hat irgendwie jemand für den Moser geschrieben und in Hamburg für ihn abgeschickt«, sagt die Babsi.

»Na, tut ihr wieder mal kriminalisieren?«, sagt hinter mir jemand in einem freundlichen Ton. Ich kenn diese Stimme. Hab sie eben schon gehört. Auf der Toilette. »Na, Elli, hast dich wieder beruhigt?«, klopft sie mir sanft die Hand auf die Schulter, was in mir sofort wieder diese Beklemmung auslöst. Sitze wie festgefroren da, mit offenem Mund und tausend offenen Fragen. Gebe dabei offenbar eine derart bescheuerte Erscheinung ab, dass mich die anderen daraufhin erstaunt anglotzen und die Gitti herablassend den Kopf schüttelt.

»Is was? Was schaust denn so doof?«, sagt sie zu mir, und ich bin nicht fähig, auch nur irgendwas zu sagen.

»Die Elli hat ein bisserl Angst vor mir. Aber das gibt sich schon wieder«, klopft mir die Frau noch mal wohlwollend auf die Schulter und geht weiter.

Und da ist er nun, der ersehnte Gedankenblitz. Die Erleuchtung quasi. »Die Brunner Emerenz ist diese Frau in Weiß. Warum bin ich denn da nicht gleich draufgekommen?«, sag ich nun so vor mich her.

»Schneeflocke«, kichert die Babsi.

»Schneeflocke?«

»Ja, das weiße Kostüm. Sie ist als Schneeflocke in den Fasching gegangen.«

Die Brunner Emerenz ... Mein Gott, bin ich blöd. Okay, ich hab sie schon seit Jahrzehnten nicht mehr gesehen. In der Zwischenzeit ist sie ja förmlich in ihre Kleidung hineingeschrumpft. Die Haut ist gealtert wie ein tausendjähriger Lederapfel, und ihr wallendes weißes Haar war halt mal rot. Und früher hatte sie doch nicht diese seltsame Wirkung auf mich, oder? Als Kind war ich oft bei ihr, da sie Babsis Tante ist. Hat mit uns gebastelt und uns dabei schöne Geschichten erzählt, und es gab immer Himbeermarmeladenbrot. Nein, nein, die Emerenz war eine ganz, ganz Liebe. Und das ist sie sicherlich auch heute noch. Keine Ahnung, warum mein Körper so auf sie reagiert.

»Stellts euch vor, da Hartl is scho beim Moser ins Haus eingezogen«, steht die Rosl unvermittelt ganz aufgeregt vor uns. Kommt wohl grad vom Spionieren. Muss uns unbedingt von ihren neuesten News berichten. Hockt sich in ihrem Informationsrausch auch gleich zu uns her. »Scheinbar hot er es ned erwarten können, bis er alles erbt, der Hallodri, der elendige. Mei, das wird ned lang dauern, dann hot der das komplette Vermögen vom Wigg durchgebracht. Da geb ich euch Brief und Siegel drauf. Brief und Siegel! Ach, ich sag euch, das war damals vom Wiggerl ein Riesenfehler, dass er nach dem Verschwinden von da Sophie den Buben der Hafermeirin mit nach Schongau gegeben hot. Ein Riesenfehler. Ich geb doch nicht den Buben da Cousine von da Frau. Die Hafermeirin hot den Bua komplett versaut.«

»Warum hat er ihr denn irgendwie den Hartl gegeben?«, fragt die Babsi.

»Ja, weil die Sophie einen Abschiedsbrief hinterlassen hot, wo sie verfügt hot, dass ihre Cousine sich um den Buben kümmern soll, wenn sie nimma is. Ganz gierig war s' auf den Buben, die Hafermeirin.«

»Die Sophie hat einen Abschiedsbrief geschrieben? Seit wann schreibt ein Mordopfer einen Abschiedsbrief? Das macht doch gar keinen Sinn«, kontert die Gitti und schiebt sich ihre Brille auf die Nase. Da schau her, so viel Spürsinn hätte ich ihr gar nicht zugetraut.

»Mei, vielleicht war der Wigg froh, dass a den Buben loskriegt hot. Immerhin war's ja gar ned sein Sohn, geh?«, nickt mir die Rosl zu. Aber die Gitti widerspricht ihr da gleich vehement und erzählt uns, dass der Moser den Hartl jahrelang finanziell unterstützt hat. Ja, ihm sogar vor zehn Jahren den Hof überschrieben hat. Aber der Hartl hat halt immer alles in der Spielbank verspielt.

Tja, und wenn sie über den Moser schon voll Bescheid weiß, die Gitti, dann frag ich sie auch gleich, seit wann dem Moser ein Zeh gefehlt hat. Und damit hab ich sie jetzt eiskalt erwischt, weil von einem fehlenden Zeh, da weiß Madame Gscheidmeier halt dann doch nix, gell? Schiebt sich pikiert ihr Nasenfahrrad auf ihren Zinken und widmet sich lieber wieder ihrem Kuchen.

Aber die Rosl, die weiß es freilich schon. »Mei, das mit dem Zeh, das hot er ja immer ganz raffiniert vertuscht, der Wiggerl. Is nie zum Baden gegangen. Is o nie barfuß rumgelaufen. Ja, do war a eitel, da Wiggerl«

»So, woher weißt das dann du?«, lacht die Babsi. Aber die Rosl gibt da gar keine Antwort drauf. Wenn sie nix sagen will, dann sagt sie nix. Sie wäre auch gar nicht zum Reden gekommen, weil nämlich jetzt in dem Moment die Sarah Jessika am Tisch ganz laut zu lachen anfängt, sich alle zu ihr hindrehen und sie anschauen. Alle, außer die Leni. Die nämlich hält ihre Hände vor ihren Bauernschädel und redet hinter den vorgehaltenen Händen zu dem Kind: »Ja, tut sich die Leni verstecken, ha? Ja, wo is denn die Leni?«, zieht sie dann die Hände nach unten und ruft: »Kuckuck!«, was das Kind eben zum Lachen bringt. Aber weil sie halt gar nimma aufhört, die Leni, wird es dem Kind alsbald zu dumm, und es fängt zu plärren an. Was auch echt verständlich ist, wenn man der Leni ihr Gesicht immer und immer wieder aufs Neue präsentiert bekommt.

Die Gitti ist darüber ziemlich ungehalten, schimpft mit dem Mädel, und so pack ich kurzerhand die Sarah Jessika und geh mit ihr an die frische Luft. Gut, frische Luft stimmt nicht ganz, weil vor dem Wirtshaus halt die ganzen Raucher an der Tür herumstehen und dampfen.

Auf dem Parkplatz machen wir zwei dann eine prima Schneeballschlacht. Ich gewinne. Das Kind heult. Kann vermutlich nicht verlieren. Dann stößt der Heinzi zu uns, kommt ihr zu Hilfe und reibt mich mit Schnee ein. Immer auf die Schwächsten. Das ist gemein.

Kurz nachdem ich mir den Schnee abgeklopft habe, bin ich aber mit der Sarah Jessika schon wieder im Clinch. Ringe mit ihr um einen dreckigen Schneeball, mit dem sie partout ein parkendes Auto einsauen will.

»Ja, gehst du nicht gleich von meinem Auto weg, du verkommenes Gör, ich hau dir gleich eine runter!«, schreit die Hafermeirin zu uns rüber. Sie steht an der Eingangstür vom Wirt und ist auf hundertachtzig. Platzt fast vor Wut. Was ich beim Anblick ihres umfangreichen Leibes nicht hoffe. Ja, was meinen S', was das für eine Mordssauerei geben würde, bei all dem Kuchen, den die sicherlich vorhin in sich reingeschaufelt hat.

Diesmal meint die aber gar nicht mich, sondern das Kind, was ich ziemlich schnell merke, weil sich die Sarah Jessika vorsichtshalber hinter einem Auto versteckt und die Hafermeirin ihr die wüstesten Worte hinterherruft.

»Die mag keine Kinder«, erzählt mir nun der Heinzi. Und dass er sich heute den ganzen Nachmittag mit dem Hartl unterhalten hat, das erzählt er mir auch. Richtig gemein und sadistisch muss die Hafermeirin früher zum Hartl gewesen sein, wie er bei ihr gewohnt hat. Hat ihm das Leben zur Hölle gemacht. Sagt der Heinzi.

»Ja, aber warum wollte sie ihn denn dann unbedingt nach dem Verschwinden von der Sophie bei sich haben?«, überlege ich laut, und die Rosl steht auf einmal neben uns, streckt ihren Zinken ganz nah zu uns herüber und gibt mir dazu die Antwort.

»Aufn Wiggerl hot sie es abgesehen gehabt, die Hafermeirin. Aufn Wiggerl. Sie wollt ja auch, gleich nachdem die Sophie verschwunden war, auf dem Moserhof einziehen. Einziehen wollt s'. Aber der Wiggerl wollte sie nicht auf dem Hof ham, und als Ersatzfrau wollt der doch die fette Schoaßtrommel schon gleich gar nicht. Und wenn ihr mich fragts, dann hot die Hafermeirin ihm das sein Lebtag lang ned verziehen«, flüstert sie uns her.

Und all das, was ich grad erfahren habe, zusätzlich zu dem, was ich von der Hafermeirin bereits gewusst habe, ergibt jetzt für mich ein ziemlich klares Bild. Und das sieht so aus:

Erstens: Die übrig gebliebene Hafermeirin war auf die Sophie neidisch. Weil die Sophie einen Mann, ein Kind und einen Liebhaber hatte. Und dass die Sophie dann auch noch zum zweiten Mal schwanger wurde, das hat die Hafermeirin psychisch nicht gepackt. Zweitens: Die Hafermeirin war im Haus, als die Sophie angeblich für immer verschwand. Drittens: Die Hafermeier Liesbeth hat ein unglaubliches Wutpotenzial, und darum, viertens, komm ich zu der Erkenntnis: Die Hafermeirin war's.

Tötung aus Eifersucht, würd ich sagen. Klassisches Mordmotiv.

19

Heute ist Samstag, und ich lege beim Haslinger eine Sonderschicht ein. Muss buchhaltungstechnisch das alte Jahr abschließen, und das macht halt Arbeit. Kurz vor zwölf taucht der Haslinger mit einer Schachtel Pralinen auf, die er mir feierlich überreicht. »›Edle Tropfen in Nuss‹. Da schau her, Fuchsin, was ich für dich dabeihab«, überreicht er mir die Schachtel. Ich mag die zwar nicht, bin aber trotzdem gerührt. »Geh, die magst scho«, drückt er mir ein Bussi auf die Backe.

Er stinkt wie ein Klostein. Hat sich der etwa ein Deo unter die Fellachseln gesprüht?

»Heut Abend is Bockbieranstich in Bibelhofen drüben. Hab schon Karten für uns bestellt. Hupfst in dein Dirndl nei, und dann machen mir uns einen netten Abend.«

»Ich hab kein Dirndl«, sag ich gleich, weil's stimmt.

»Was? A waschechte Münchnerin hat kein Dirndl? Ja, sag amal, wie gehst dann du aufs Oktoberfest?«

Das ist eine berechtigte Frage. Der Ritschi mag die Sauferei nicht, und darum sind wir schon seit Jahren nicht mehr hin.

»Ja, keine Ahnung. Gar nicht.«

Jetzt is er baff, der Haslinger. »Willst du jetzt behaupten, dass die halbe Welt nach München neifahrt und die Münchner sitzen daheim in der Bude und schauen sich das ganze Spektakel im Fernseher o? Also, dein Alter is doch a Langweiler, oder?«

Und ja, irgendwie hat er recht. Ausgelassen feiern, das liegt dem Ritschi eher nicht.

Ohne mit der Wimper zu zucken, zieht der Haslinger jetzt seinen Geldbeutel aus der Hosentasche, holt ein paar Scheine raus und legt sie mir auf den Schreibtisch.

Fünfhundert Euro. »Da, kauf dir a schöns Dirndl, dass du heut Abend was hermachst.«

»Das … Das kann ich nicht annehmen«, schluck ich und starr auf das Geld. Der kann mir doch nicht einfach … Nein, das kann ich nicht nehmen. »Nein, das nehm ich nicht«, schiebe ich ihm die Scheine hin. »Ich lass mich von dir doch nicht aushalten.«

»Dann siehst das halt als Sonderbonus für deine verdammt gute Arbeit, die du do herinnen machst«, schiebt er mir das Geld wieder rüber.

Gut, dann nehm ich's halt. Will mich mit dem Haslinger ja hier nicht streiten.

Die Ladenglocke geht.

Sicher wieder der Wimmer.

Aber nein, weit gefehlt, es ist der Heinzi, der schnurstracks zu uns ins Büro reinrumpelt. Ist ganz aufgewühlt, weil die Rosl ihn darüber informiert hat, dass der Moser sein Haus seinem Freund, dem Rampftl, vermacht hat und der Hartl somit leer ausgeht. Außer einem Arsch voll Schulden hat er dem Hartl praktisch nix hinterlassen. Und jetzt wollte der Heinzi eben den Hartl besuchen und fragen, wie es ihm damit geht, aber der Hartl macht nicht auf. Und weil er sich halt Sorgen macht, dass sich der Hartl was angetan hat, hofft er jetzt auf die Unterstützung vom Haslinger. Zuerst mag er nicht recht, der Chef. Dann aber fackelt er nicht lang herum, und nachdem die Kirchturmuhr drei viertel irgendwas geschlagen hat, sitzen wir auch schon alle drei im Firmenwagen drin und rollen aus dem Hof hinaus.

»Zielobjekt erreicht«, sagt der Haslinger, wie er den Motor vor dem Bungalow abstellt.

»Vielleicht ist er nicht daheim?«, sag ich, nachdem wir am Eingangstor sturmgeläutet haben. Aber die Worte hätte ich mir sparen können. Weil er nämlich schon daheim ist, der Hartl. Zuerst ist es im Haus mucksmäuserlstill, dann dröhnt uns auf einmal AC/DC entgegen, und das mit einer unglaublichen Lautstärke. Rockfabrik Augsburg? Dreck dagegen.

»Also, leben tut er noch«, sag ich.

»Da hilft alles nix, mir müssen da rein«, versucht sich der Haslinger an der Mauer hochzuziehen, was ihm freilich nicht gelingt. »Fuchsin, da her!«, ruft er durch die mit der Marlboro besetzte Gosche und macht mir mit seinen Riesenpratzen eine Räuberleiter.

Kaum steh ich auf seinen Händen, hebt er mich auch schon kraftvoll hoch und schiebt noch von unten nach, sodass ich relativ schnell auf der Mauer lande.

»Und jetzt? Soll ich da allein rein, oder wie? Wie wollt ihr zwei denn jetzt da raufkommen?«, ruf ich zu meinen zwei Einbrecherkumpanen hinunter. Aber der Haslinger lacht bloß schallend.

»Du, ich bin a Handwerker und hab für solche Fälle immer a Leiter im Auto dabei.«

Ja, toll, das hätt er doch auch gleich sagen können.

Die Leiter ist gleich geholt und aufgestellt, und kaum stehen wir alle auf der Mauer, legen wir drei auch schon einen sagenhaften Sprung in den Garten hin.

Also fast alle.

»Wie vom Dreier beim Freischwimmer«, hat der Heinzi nämlich gerufen, sich mit den Fingern seinen Zinken zugezwickt und ist gesprungen. Der Haslinger und ich haben uns auf die Mauer gesetzt und uns langsam nach unten plumpsen lassen.

An der Haustür dann Klopfkonzert unsererseits, aber der Hartl macht nicht auf.

Weil die Musik verstummt, gehen wir einmal ums Haus und klopfen an der Terrassentür.

»Hey, Hartl, mach auf!«, schreit der Haslinger hinein.

»Hauts ab!«, kommt es retour.

»Geh, Hartl, mach halt auf. Mir wollen nur mal mit dir reden.«

»Ich will aber nicht mit euch reden. Hauts ab, zefix, sonst hetz ich den Hund auf euch!«

»Geh, Hartl, spinn dich aus«, klopft der Haslinger gegen die Scheibe.

»Brutus, fass! Fass, Brutus!«, tönt es mit einem Mal vor dem Haus, und schon schießt der Hund ums Hauseck, prescht mit einer Geschwindigkeit auf uns zu, das wollen Sie gar nicht wissen. Jedenfalls ist der so schnell, dass wir drei im Nullkommanix einen Sprint vom Feinsten hinlegen. Flitzen praktisch um unser Leben. Weil, eins steht fest, wenn uns der Hund erwischt, macht der aus uns Fleischsalat.

Flink wie ein Wiesel hechte ich zurück auf die Mauer.

Der Heinzi versucht ebenso, sich auf die Mauer zu hangeln, was ihm aber nur deswegen halbwegs gelingt, weil der Monsterhund sich zwischenzeitlich in den Hosenbeinen vom Haslinger festgebissen hat. So macht der Heinzi kurzerhand kehrt, fasst nach einem Stein und zielt damit auf das Hundevieh. Treffen erweist sich allerdings als sehr schwierig, weil sich der Hund und der Haslinger grad in einem regelrechten Ringkampf befinden.

Der Stein verfehlt dann zwar den Hund, aber nicht die Wirkung. Der Köter lässt den Haslinger tatsächlich aus. Dafür lässt er ihn aber keinen Augenblick aus den Augen. Bei jedem Schritt, den der Chef zu machen versucht, droht der Köter ihn in tausend Stücke zu zerreißen. Die Hosen kaputt bis oben hinauf, steht der Haslinger nun da und rührt sich keinen Millimeter mehr.

»Hey, Hartl, ruf den Hund zurück!«, schreit der Heinzi zur Haustür, aber der Hartl denkt gar nicht dran. Steht dort, hat ein Jagdgewehr in der Hand und zielt damit in meine Richtung. Ich hoff bloß, dass der Stutzen nicht geladen ist.

»Ja, sag mal, Hartl, hat's dich, oder was? Wir wollten doch bloß wissen, wie's dir geht«, versucht es der Heinzi im Guten. »Mensch, mir ham uns halt Sorgen gemacht um dich.«

»Um mich braucht sich keiner Sorgen zu machen. Ich komm ganz gut selber zurecht«, schreitet der Hartl in unsere Richtung, ohne dass er das Gewehr aus der Hand legt. »Wenn ihr jetzt nicht augenblicklich mein Grundstück verlasst, dann schieß ich auf die Puppe da oben. Fuck!«

»Geh, Hartl, jetzt lass den Schmarrn«, versucht es nun auch der Haslinger schnaufenderweise. »Wir wollten dich doch bloß besuchen. Wir tun dir doch nix.«

Aber der Hartl macht in keiner Weise den Eindruck, dass

ihn das auch nur im Ansatz interessiert. Drückt mit einer Hand auf eine Art Fernbedienung und mit der andren hält er den Auslöser des Gewehrs. Wie sich das Eingangstor öffnet, ruft er den Hund zurück.

»Ihr verlassts jetzt sofort mein Grundstück, sonst baller ich euch die Eier raus«, richtet er nun das Gewehr auf den Heinzi. Der schützt sein kostbares Gut mit seinen Händen und rennt durchs Tor.

»Hartl, du spinnst doch!«, schreit ihm der Haslinger noch zu und humpelt zum Tor hinaus. »Der hot doch an Orsch offen!«, schimpft er vor sich hin, und kaum sind die zwei heil aus dem Tor, schließt sich das auch schon wie von selbst.

»Dir ham s' doch ins Hirn neigschissen!«, dreht sich der Haslinger noch mal um, aber der Hartl verschwindet schon samt Gewehr im Haus.

»Mei, du blutest ja«, schau ich beim Haslinger unter die Hosenfetzen, kaum dass ich von der Mauer herunten bin. »Wir müssen ins Krankenhaus.«

»Schmarrn, das geht scho wieder. Ein Indianer kennt keinen Schmerz«, grinst er mich an. Die Widerrede lass ich freilich nicht gelten. Setz mich ans Steuer, der Heinzi packt die Leiter ins Auto, und schon düsen wir Richtung Dorf, wo ich den Heinzi daheim noch kurz absetze. In der Schongauer Notaufnahme übergebe ich den Haslinger dann Schwester Berta.

Eine flotte Endvierzigerin, noch ziemlich gut in Schuss, kümmert sich echt professionell um dem Haslinger seinen Fuß. Die Verletzung hält sich in Grenzen. Der Fuß ist noch dran.

Und auch sonst scheint am Haslinger noch alles dran zu sein, weil er nämlich der flotten Berta beim Verbinden dauernd in den Ausschnitt gafft und die unmöglichsten Komplimente macht. Ihr gegenüber ist er auch recht tapfer. Tut die Verletzung mehr oder weniger als kleinen Kratzer ab. Doch kaum sind wir aus dem Krankenhaus heraußen, spielt er den wehleidigen Invaliden. Muss ihn auf dem ganzen Weg vom Krankenhaus zum Auto stützen und ihm anschließend auch ins Auto reinhelfen.

Die Marie ist völlig aus dem Häuschen, wie ich ihr ihren

Sohn vorbeibring. »Jessas, naaa, da Bua, ja, was habt ihr denn scho wieder angestellt, ihr zwei?«, schlägt sie die Hände über dem Kopf zusammen, wie sie uns sieht. Und weil der Haslinger angeblich mit dem Fuß nicht mehr auftappen kann und die Marie ein recht schmächtiges Weiblein ist, helfe ich ihm auch noch ins Haus und setze ihn im Wohnzimmer auf dem Sofa ab.

Ich war noch nie beim Haslinger daheim. Schönes Haus. Gemütlich eingerichtet und außerordentlich sauber alles. Passt gar nicht zum Chef. Die Marie wird vermutlich den ganzen Tag nix anderes machen als putzen.

»Wohnt ihr hier zusammen?«, frag ich, weil mich die Neugierde packt.

»Naaa, der Alfi wohnt da. Ich wohne im oberen Stockwerk. Schön hat er es hier, gell? Und Platz hat der für Frau und Kinder«, säuselt sie mir her.

»Mei, Elli, tu mir doch bitt schön mal schnell den Fuß da rauf auf die Couch«, flötet nun wieder der Haslinger.

Mach ich's halt, bin ja kein Unmensch.

»Du, Elli, wenn du schon mal dabei bist, dann könntest du mir vielleicht noch das Kissen unter den Fuß legen«, säuselt er, und kaum hab ich ihm das Kissen dort platziert, fällt ihm schon wieder was Neues ein. »Vielleicht noch ein Kissen hinten ins Kreuz rein.«

»Freilich, sonst noch was? Brauchst noch eine Wolldecke, eine Wärmflasche, oder soll ich dir noch einen Tee kochen?«, stemm ich die Hände in die Hüften.

»Da schau her, die Elli sagt dir schon, wo es langgeht«, lacht die Marie und verschwindet auf leisen Sohlen.

»Also, ein Tee wäre echt nicht schlecht«, winselt der Haslinger mich an. Ich sag ja, Invalide. Vermutlich Pflegestufe drei.

»Oder dass wir zusammen noch a kleines Schnäpsle trinken, auf den ganzen Schreck?«, fragt er mich dann, weil er merkt, dass er bei mir nicht weiterkommt. »Geh, da drüben hat's zwei Gläser, und da auf dem Schränkle steht die Flaschen.«

Und jetzt kann ich halt auch schlecht Nein sagen, gell?

»Ein gutes Tröpfchen«, sag ich, nachdem ich mir den Kräuterschnaps auf ex die Kehle hinuntergegossen habe, und schau mir dabei das Etikett auf der Flasche an. »Den hat die Babsi im Fasching auch dabeigehabt.«

»Ja, den hot ja o ihr Tante gmacht.«

»Die Brunner Emerenz brennt Schnaps?«

»Mei, scho immer.«

Okay, die Brunner Emerenz hatte ja schon früher einen Hang zur Natur. Ich kann mich erinnern, sie hatte einen wunderschönen, verwunschenen Garten, in dem man prima Verstecken spielen konnte, und in ihrem Haus hat es immer herrlich nach Heu gerochen. Sie hatte früher auch immer so bodenlange orange und ockerfarbene Kleider an. Vermutlich habe ich sie deshalb nicht gleich erkannt. »Der Moser hatte den gleichen Kräuterschnaps daheim«, fällt mir jetzt noch ein.

»Mei, den, moan i, wird in Engelsried a jeder bei sich daheim ham. Oh, oh … Jetzt krieg ich auch noch so ein furchtbares Magengrummeln. Oh …«, jammert er und hält sich die Wampen. Ich hau ihm ein Kissen ins Gesicht. Er lacht.

»Ich geh jetzt«, sag ich und geh Richtung Tür.

»Elli«, ruft es aus dem Kanapee.

»Ja«, dreh ich mich noch mal nach ihm um. Das Kissen kommt mit voller Wucht zurück.

»Bis heut Abend um sieben. Da hol ich dich ab.«

»Ich denk, du bist verletzt?«

»Mhm, bis heut Abend geht's schon wieder«, grinst er spitzbübisch aus den Kissen, und schon zieh ich die Haustür hinter mir zu.

20

Nachdem ich mir heute Nachmittag ein neues Dirndl inklusive BH und Schuhe zugelegt hab, klingelt es bei mir daheim an der Wohnungstür. Die Babsi staunt nicht schlecht, wie sie mich in dem Dirndl sieht. »Boah, du schaust irgendwie hammermäßig aus. Das steht dir echt saugut. Und das hast du heute gekauft? Schaut irgendwie teuer aus, voll edel.«

Ich trau mich nicht, ihr zu sagen, dass der Haslinger das Dirndl bezahlt hat. Überhaupt trau ich mich nicht, mit der Babsi über den Haslinger zu reden, weil ich nicht weiß, wie sie zu ihm steht. Ich mein, so ganz ohne Gefühle schnackselt die doch nicht mit ihm rum, oder? Ich will sie nicht verletzen, und darum sag ich erst mal nix.

Wie sie mir im Bad drin dann die Haare zu einem Kranz flechtet, fängt sie aber selber davon an.

»Der Haslinger hat im Übrigen mit mir Schluss gemacht. Dabei sind wir ja nie richtig miteinander gegangen. Und das ist jetzt schon irgendwie seltsam. Das hat er nämlich noch nie gemacht.«

»Und was hat er zu dir gesagt?«, frag ich vorsichtig.

»Ja, dass er halt jetzt eine echt heiße Flamme am Start hat und deswegen ganz offiziell Schluss macht.«

Ich werde rot und hoffe, dass die Babsi das nicht merkt.

»Wer die heiße Flamme ist, das hat er nicht gesagt?«

»Nö, aber so wie es ausschaut, scheint es echt irgendwie was Ernstes zu sein.«

»Und was ... Was sagst du dazu?«

»Ja, keine Ahnung. Soll er halt. Ich gönn es ihm von Herzen. – So, fertig«, pfeift sie anerkennend durch die Zähne.

Ich schau echt klasse aus, wie ich finde. Auch der Haslinger ist begeistert, wie er mich wenig später im Flur begutachtet.

»Sappradi, Elli, du schaust ja affengeil aus! Und die Gretelfrisur ... Respekt!« Er selbst trägt eine kurze Lederhose mit

Patina, und darin schaut er freilich auch endlich mal ansprechend aus.

»Die Babsi kommt auch mit«, informier ich ihn jetzt.

Er rebelliert ein bisserl. Sagt was von Platzkarten und ausverkauftem Saal und so, aber das lass ich gar nicht gelten. Und freilich macht er es dann beim Wirt möglich, dass die Babsi in den Saal reinkommt und schlussendlich auch bei uns am Tisch sitzt. Mit Vitamin B geht eben alles.

Und so legt die Babsi ihren Mordsbusen bei uns auf dem Tisch ab, und ich leg meinen Graus gegenüber dem Haslinger ab. Muss zugeben, der Mann wird mir immer sympathischer. Eigentlich ist er gar nicht so ohne, wenn er sich benimmt. Auf eine gewisse Weise kann er sogar recht amüsant sein. Eins ist er sicher nicht: langweilig. Nein, nein, im Gegenteil, mit dem Haslinger, da kann man was erleben.

Die Musik fängt zu spielen an. Es gibt Bockbier in Steinkrügen, dazu gesurten Braten und Knödel mit Sauerkraut.

»Greif ma o«, klatscht der Haslinger vor Entzücken in die Pratzen, wie das Essen vor ihm auf dem Tisch steht, und fängt an, das Kraut in sich reinzuschaufeln. Stopft sich die Backen mit dem Knödel voll. Schaut schlimm aus. Ist es auch. Gut, dass die Blasmusik spielt und man das Geschmatze von ihm nicht hört.

Wie er merkt, dass ich ihn dabei entsetzt anschau, grinst er, nimmt mit vollem Mund einen Schluck Bier und isst etwas gemächlicher weiter. Die Babsi beobachtet alles mit einem spöttischen Schmunzeln. »Sogar den Bart hat er sich gestutzt«, kichert sie. Und weil der Haslinger dann dauernd zu mir rüberprostet und mich dabei auch noch anhimmelt wie ein verliebter Schulbub, hat sie freilich bald raus, dass ich die Frau seiner Begierden bin.

»Kannst dich glücklich schätzen, der Haslinger ist ein großzügiger, gutmütiger und echt lockerer Typ, und schnackseln kann er im Übrigen auch gut«, klopft sie mir auf die Schulter, wie wir gemeinsam vom Klo rauskommen, und geht vor mir her.

»Du schaust super aus im Dirndl«, kommt es von rechts. Der Schmied Lenz lehnt lässig mit Steinkrug in der Hand am Türrahmen. Wow, in Lederhosen ist er außerordentlich fesch. Was ist eigentlich los mit mir? Seit wann find ich den Haslinger nicht mehr so widerlich, und seit wann genau nehme ich wahr, wie der Schmied Lenz ausschaut? Das muss an diesem verdammten Bockbier liegen.

»Danke«, sag ich und strahle wie ein Atomkraftwerk. Ich muss den Schmied Lenz dazu bringen, dass er mit mir über den Mord redet. Muss rauskriegen, ob er die Hafermeirin ebenso in Verdacht hat und wie überhaupt der ganze Ermittlungsstand ist. Also lad ich ihn zu uns an den Tisch ein, und weil jetzt eh das lokalpolitische Derblecken anfängt, setzt er sich auch glatt zu uns dazu.

Zum Reden kommen wir leider trotzdem nicht, weil das Derblecken halt unheimlich lang dauert.

Dem Haslinger scheint es dabei ziemlich langweilig zu sein. Fängt zum Fuaßeln an.

Ich zieh mal den Fuß weg.

Gut, jetzt fuaßelt er mit der Babsi. Merkt es aber erst in der Pause, wie die Babsi aufsteht und mit dem Schmied Lenz auf die Tanzfläche geht.

Freilich würd ich auch gern tanzen, aber der Haslinger fordert mich ja nicht auf. Sitzt vor seinem Steinkrug, zuzelt an seinem Noagal herum und rückt mit seinem Arsch auf dem Stuhl hin und her. »Herrschaft, das gschissane Sauerkraut fangt zum Gären o, bei mir im Bauch baut sich eine dermaßene Druckwelle auf …«, lässt er mich wissen, und ja, so direkt würd ich es jetzt freilich nicht ausdrücken, aber er hat recht, auch in meinem Darm rumort es. »Also, ich brauch jetzt dringend a Verdauungsschnapserl«, bestellt er bei der Monique eine Runde Enzian Edelbrand, den wir dann, wie die Tänzer zurück sind, auch gleich alle vier exen. Dann fragt der Noagalzuzler doch glatt den Schmied, ob der nicht Lust hätte, auch mit mir das Tanzbein zu schwingen. »Weil, ich bin ja heut fußkrank«, lässt er ihn wissen.

Direkt erfreut scheint er nicht zu sein, der Schmied, lässt sich aber nicht lumpen und fordert mich auf.

»Seit wann ist der Haslinger fußkrank?«, will er dann wissen, wie wir zwei grad einen bombastischen Walzer hinlegen.

»Ach, der ist heute von dem Moser Hartl seinem Hund angefressen worden.«

»Wieso?«

»Der Haslinger und der Heinzi wollten den Hartl heute besuchen, und der hat den Hund auf sie gehetzt und mich mit einem Gewehr bedroht.«

»Du warst also auch dabei«, bleibt er jetzt mitten auf der Tanzfläche stehen und schaut mir ernst in die Augen. »Ich hab dir das letzte Mal schon gesagt, dass der Hartl gefährlich ist. Mit dem ist nicht zu spaßen, Elli«, wird er sichtlich sauer, und freilich würd ich nun gern wissen, was der Schmied Lenz jetzt ganz genau damit meint, doch die Tanzfläche ist nicht der richtige Ort, um darüber zu reden, wie ich finde. Darum genieße ich lieber den Tanz und frag nicht weiter.

Aus dem einen Tanz werden zwei, dann drei. Und weil die Musik nun auch Rock and Roll aus den Trompeten pustet, da legen wir noch einen drauf. So ein Polizist ist ja fit wie ein Turnschuh. Nach einer weiteren halben Stunde sportlicher Betätigung macht die Musik Pause, und der flotte Tänzer führt mich zum Tisch zurück, bedankt sich für den Tanz, packt seinen Steinkrug und setzt sich ein paar Tische weiter.

Der Haslinger hat schon ordentlich einen sitzen, und wer jetzt denkt, dass bei uns in Bayern die Sauferei mit dem Aschermittwoch ein Ende hat, der kennt die Starkbierzeit nicht. So ein Doppelbock hat achtzehn Komma fünf Prozent Stammwürze, der haut voll rein.

»So ein Fasselbier, ja, wo gibt's denn so was heut noch!«, lallt der Haslinger zum Landrat rüber, der jetzt neben ihm am Tisch sitzt. »Wenn so ein Doppelbock gscheid neihaut, geh. Du … Wenn du den am Samstag saufst, dann kannst du den Doppelbock drei Tag nimma sehn. Garantiert … is dir am Mittwoch … am Mittwoch noch schlecht vom Samstag …«

»Ja, ja, da magst du schon recht haben, Haslinger«, kommt es aus dem forstgrün gefilzten Trachtenanzug zurück. »Also, dann prost«, stoßen sie an.

»Weißt was, Elli ... Das Sauerkraut und die Knödel ... die drucken wie die Sau«, flüstert mir der Haslinger ins Ohr, wie es grad ziemlich leise im Saal ist. »Mi verreißt's gleich«, informiert er mich noch.

Man riecht's.

Und leider hört man es auch. Und das ist halt jetzt blöd. Immerhin ist der Landrat ein wichtiger Honoratior bei uns im Landkreis, und er schanzt uns dann doch schon mal ein paar Aufträge her. Und da ist so ein Ausrutscher von einem angesehenen Geschäftsmann, wie es der Haslinger eben einer ist, mehr als peinlich. Aber wie immer hat der die Lösung gleich parat.

»Hoi, Monique, host du bei uns am Tisch einen fahren lassen?«, schaut er die Bedienung an, die dem Landrat grad ein frisch gezapftes Bier hinstellt. Und weil der Landrat die Monique jetzt missbilligend anschaut und die Monique ein junges Mädel ist, das sich zu ihrem Studium halt ein bisserl was dazuverdienen will, hat sie als Bedienung freilich keine Erfahrung mit so einem ungehobelten Rüpel, wie der Haslinger eben einer ist. Sie schnappt nach Luft wie eine Kaulquappe und will vermutlich jetzt nix als abtauchen. Flüchtet sich zur Getränkeausgabe und taucht fortan auch nicht mehr auf.

Der Landrat verabschiedet sich dann auch ziemlich schnell. Packt seinen frisch gezapften Doppelbock und schreitet von dannen.

»Kruzitürken, der Schoaß, der hot scho eine halbe Stunde vor sich hindruckt. Mir hat's gleich direkt d'Hosen glupft«, haut der Haslinger mit der Faust auf den Tisch.

Der hat vielleicht eine derbe Art, sich auszudrücken.

»Direkt leise war er nicht«, sag ich und muss trotzdem lachen.

»Leise nicht. Aber gewaltig ...«, lacht jetzt auch der Haslinger, dass die Wampe wackelt. Und auch die Babsi kichert, schaut mich an und versteht die Welt nicht mehr. Kann vermutlich nicht begreifen, warum ich über so was lach. Und wenn ich darüber jetzt nachdenk, dann kapier ich es ja selber nicht. Derlei Witze sind normalerweise gar nicht mein Niveau. Wie gesagt, es muss am Bockbier liegen.

Nachher sitzt der Haslinger mit dem Bürgermeister und dem Pfarrer am Nebentisch, macht nicht den Eindruck, dass er heimwill, und die Babsi schnapselt mit dem Landrat an der Bar. Und ich sitz ein bisserl verloren auf meinem Platz und blicke versonnen in den inzwischen fast leeren Saal.

Das Bockbier haut rein. Gott sei Dank bin ich vom Fasching die Sauferei noch gewohnt.

»Wenn du willst, dann fahr ich dich heim«, kommt nun der Schmied Lenz auf mich zu. Und ich bin ihm echt dankbar dafür. Hol meinen Mantel und geb der Babsi noch Bescheid, dass ich mit dem Schmied Lenz fahr. Die freut sich und wünscht uns viel Spaß, und wie ich dann mit ihm draußen vor dem Wirtshaus steh, kapier ich erst, was sie damit andeuten will.

»Die Babsi meint, ich geh jetzt mit dir heim«, sag ich lallend zum Schmied.

»Das stimmt ja auch«, hakt er sich bei mir unter. »Wir müssen nämlich zuerst zu mir heim und mein Auto holen«, lenkt er mich auf die Straße.

»Nein, du verstehst nicht, was sie meint, sie denkt, dass ich heute bei dir daheim schlaf«, erklär ich ihm die Sachlage.

»Na, ich glaub, ich bin jetzt nicht gerade der Mann, den du suchst.«

»Woher willst denn du wissen, was ich für einen Mann such?«, bleib ich abrupt stehen und schau ihn grantig an.

»Dein PC. Der beim Haslinger im Büro steht«, grinst er mir her. Und endlich, da ist es wieder, dieses blöde Grinsen. Hab's gleich direkt vermisst. »Smarter Geschäftsmann, Schlipsträger mit jeder Menge Knete und langweilig. Ich fürchte, damit kann ich nicht dienen.«

Smarter Geschäftsmann, Schlipsträger? Stimmt, das klingt echt langweilig.

»Und außerdem hast du ja jetzt den Haslinger«, packt er mich wieder am Arm und zieht mich mit sich mit.

»Puh, ist es noch weit?«, frag ich, weil ich weder Winterschuhe noch Handschuhe und auch keine Mütze anhab, und außerdem drücken die neuen Schuhe.

»Nicht, wenn wir die Abkürzung nehmen«, zeigt er zum Sportplatz rüber.

»Du, ich kann da aber nicht drübergehen, mit den Schuhen«, protestier ich gleich.

»Nicht?«, schaut er mir lachend auf die Füße.

»Nein.«

»Gut, dann trag ich dich halt«, nimmt er mich huckepack.

»Spinnst du, lass mich runter! Ich bin zu schwer«, schrei ich.

»Quatsch, bist ein Fliegengewicht.«

»Jetzt lass mich sofort runter, zefix!«

»Okay.«

»Doch nicht hier«, schimpf ich, kaum dass er mich mitten auf der batzigen Wiese abgestellt hat, und wimmer: »Meine Schuhe sind jetzt wahrscheinlich vollkommen ruiniert.«

»Euch Weibern kann man auch gar nix recht machen«, hebt er mich wieder hoch. Ich häng mich mit dem Arm an seinem Nacken ein und lass mich quer über das Feld tragen.

Er riecht gut und ist stark wie Popeye. Das ist toll.

Hätt ich mir auch nicht träumen lassen, dass mich ein Mann noch mal auf Händen trägt.

»Bin ich echt nicht zu schwer?«

»Nein, hab heute extra noch daheim eine Portion Spinat verdruckt.« Trotzdem hat er Mühe, mich zu tragen, was wohl daran liegt, dass er in seinem Zustand zickzack geht und der Weg deshalb doppelt so lang ist.

»Gut, einen Knödel hättest vielleicht schon weniger essen können«, schnauft er, wie er mich wieder auf dem Asphalt abstellt. »So, wir haben jetzt mindestens einen Kilometer abgekürzt. Da geht's lang«, lenkt er mich in die nächste Straße rein.

»Warum meinst du eigentlich, dass der Hartl zu den Hauptverdächtigen gehört? Der Hartl ist doch ein ganz ein armer Tropf. Zuerst ermorden s' seine Mutter, und dann stirbt auch noch der Vater«, frag ich gehenderweise, aber der Bulle sagt gar nix, geht voran und schweigt sich aus. So schnell geb ich allerdings nicht auf. »Wenn du mich fragst, dann war's die Hafermeirin. Mord aus Eifersucht. Klassisches Mordmotiv.«

»Ich frag dich aber nicht.«

»Sie hat bestimmt den Brief von der Sophie gefälscht, damit sie den Hartl bekommt, besser gesagt, damit sie sich auf dem Moserhof einnisten hätte können. Aber leider ging der Plan nicht auf. Und weil sie der Moser nicht wollte, hatte sie eine Stinkwut auf ihn und versuchte, ihm den Mord an seiner Frau in die Schuhe zu schieben. Außerdem mag sie gar keine Kinder. Hat den Hartl misshandelt. Ihm das Leben zur Hölle gemacht. Richtig gewalttätig muss die zum Hartl gewesen sein. Sie selbst hatte angeblich auch keine schöne Kindheit. Täter-Opfer-Rolle, würd ich sagen. Alles Indizien für einen Mord.«

Jetzt bleibt er stehen und denkt nach.

»Wer sagt, dass die Hafermeirin den Hartl misshandelt hat?«, fragt er dann.

»Der Hartl hat es erzählt.«

»Der Hartl lügt, wie er den Mund aufmacht, Elli. Was denkst du, was der uns alles aufgetischt hat? Im Übrigen sind wir jetzt da. Oh, hab gar keinen Schlüssel«, klopft er seine Joppe suchend nach dem Schlüsselbund ab. »Mist, da muss ich die Moni rausklingeln«, drückt er auf den Klingelknopf.

Lang dauert's nicht, bis ihm seine Frau verschlafen die Haustür öffnet. »Sorry, Moni, ich hab die Schlüssel vergessen«, entschuldigt er sich gleich, gibt ihr ein Bussi auf die Backe und geht an ihr vorbei in den Flur.

»Oh, hallo«, grüßt mich die Moni verschlafen, aber noch freundlich.

»Ich fahr die Elli nur schnell heim«, kommt der Schmied mit einem Bund Schlüssel aus der Tür.

»Ja, ja …«, kommt es sarkastisch, dann haut sie die Tür zu.

Dann schau ich erst mal zu, wie der Schmied Lenz sein Auto aus der Remise kutschiert. Was in seinem Zustand ein bisserl dauert. Eigentlich dürft der ja gar nicht mehr fahren, so viel Bockbier, wie der intus hat. Aber Angst vor der Polizei braucht der Schmied Lenz ja nicht zu haben, die ist er ja quasi selber, die Polizei, gell? Ha, ha.

»Wir nehmen einen Schleichweg«, sagt er und kutschiert sein Auto über Forst- und Waldwege Richtung Engelsried rüber.

Er muss es ja wissen.

»Im Übrigen hab ich nix mit dem Haslinger«, sag ich, wie wir durch den Wald fahren.

»Sicher?«

»Na, hör mal, wenn es so wär, dann wüsst ich doch was davon. Und ich sag dir jetzt ganz im Vertrauen, an den Gerüchten is nix, aber auch gar nix, dran. Auch wenn das halbe Dorf was anderes behauptet und die Marie beim Pfarrer schon das Aufgebot bestellt hat«, lach ich.

»Schade, und ich hab gedacht, dass du eine Vorliebe für Wirtshausgärten hast«, grinst er mir her, und ich box ihn in die Seite, worauf er das Lenkrad herumreißt und wir halb im Graben landen.

»Weißt du eigentlich, dass ich dich nicht ausstehen kann?«, frag ich ihn, wie wir dorfeinwärts zuckeln.

»Ich hab's gemerkt.«

»Weil du einfach immer so blöd grinst.«

»Grins ich halt nimma«, sagt er, lenkt das Auto in unseren Hof rein, steigt aus, geht um das Auto herum, öffnet die Tür und reicht mir die Hand. Ein Kavalier allererster Sahne. Ich steig aus.

»Krieg ich noch einen Kaffee?«, verschränkt er die Arme vor dem Trachtenjanker.

»Krieg ich noch eine Antwort auf eine Frage?«

»Frag halt.«

»Der Moser, wurde er ermordet, oder hat er sich umgebracht?«

»Das sind zwei Fragen.«

»Ich will ja nur wissen, ob er die Herztabletten selber genommen hat oder ob sie ihm jemand untergejubelt hat.«

Jetzt schaut er mich lange bierernst an, der Schmied Lenz.

»An seinem Bett wurden Pralinen gefunden. ›Edle Tropfen in Nuss‹«, sagt er ganz leise.

»›Edle Tropfen in Nuss‹. Die Lieblingsmarke von der Hafermeier Liesbeth?«, sprudel ich die Worte heraus.

»Elli, Elli … Woher weißt du nur all die Sachen?«, schüttelt er den Kopf und kommt ganz nah an mich her, packt mich am Kinn und drückt ganz sachte seine Lippen auf die meinen. Bringt mich damit sakrisch in Verlegenheit.

»Sorry, das ist das Bockbier. Hatte Bock, dich zu küssen«, knabbert er an meinen Lippen, und ich steh einfach nur so da und lass es geschehen. Wobei mir zugegeben das Bockbier auch ganz schön zu Kopf steigt, so schwindlig, wie mir grad ist.

»Der Moser ist übrigens nicht ermordet worden«, flüstert er dann, und zwar relativ dicht an meinem Ohr.

»Nein? Und woher weißt du das?«, weich ich zurück.

»Das ist die dritte Frage, Elli«, kommt er wieder an mich ran. Seine Lippen berühren mein Gesicht bei jedem einzelnen Wort. »Bevor er die Tabletten geschluckt hat, hat er sich noch die Brille abgenommen und auf das Nachtkästchen gelegt. Vielleicht hat er es auch kurz danach gemacht, egal. Täter nehmen dem Opfer die Brille nicht ab, ehe sie morden, Elli«, haucht er mir ins Ohr.

Das Ganze hat so eine dermaßene Spannung, ich mach mir gleich in die Hosen.

»Und …?«, wage ich zu sagen. Er hält mir den Zeigefinger vor die Lippen.

»Pst. Mehr Infos gibt's nicht, Elli«, sagt er mit rauer Stimme, und ich mach mal die Augen zu.

Wie ich sie wieder aufmach, sitzt der Lenz im Auto.

»Gute Nacht, Elli«, sagt er noch, schmeißt den Motor an und braust davon.

21

Kennen Sie so Tage, wo Sie sich denken, diesen Tag hätte man auch gut und gerne komplett aus dem Kalender streichen können?

Bei mir ist jedenfalls heute so ein Tag. In der Früh wach ich schon dermaßen gerädert auf. Hab nix geschlafen. Die ganze Nacht nur Kopfkino. Wenn ich jetzt nach dem Aufwachen damit so weitermach, würde es mich nicht wundern, wenn bei mir die GEZ vor der Tür steht und für meinen Schädel Rundfunkgebühr verlangt. Was war das denn gestern mit dem Schmied Lenz? Ich wollt ihm ein paar Informationen entlocken, und er hat versucht, mich zu küssen. Er hat verführerisch an meinen Lippen geknabbert, und ich bin dagestanden und hab mich nicht gewehrt. Himmel, der Mann ist verheiratet! Ich hätte ihn sofort in die Schranken weisen müssen. Dieses Scheiß-Bockbier! Vernichter aller Sinne. Nicht auszudenken, wenn ich dem tatsächlich noch einen Kaffee vorgesetzt hätte und so. Obwohl ich ihn schon gern eingeladen hätte. Ja, was meinen S', was ich den alles hätte fragen können? In dem Zustand hätte der mir vermutlich die ganze Polizeiarbeit bezüglich des Mordes auf einem Silbertablett präsentiert. Wie kann ein Polizist nur Doppelbock trinken? Fährt mich dann noch heim. Riskiert für mich Job und Leben. Mein Gott, hoffentlich ist der gut heimgekommen.

Gegen Mittag steh ich auf.

Ich hab grausames Schädelweh. Noch so ein Grund, warum man diesen Tag komplett in die Tonne treten kann. Was hat der Haslinger gestern gesagt? Vom Bockbier muss es dir am Mittwoch noch schlecht sein? Wie blöd, dass heute erst Sonntag ist. Warum muss dieser Mann so verdammt recht haben? Wenn ich nur an Bier denke, kommt es mir schon hoch. Und das samt dem Knödel und dem Kraut. Wie kommen diese Mönche eigentlich drauf, dass sie sich dieses greisliche Gesöff für die Fastenzeit brauen? Und den Bayern fällt dann nix anderes ein, als diese dunkle Bierbrühe mit Sauerkraut und Knödel zu kombinieren. Pfui Teufel, kann ich da nur sagen. Aber ich hätt es wissen müssen. Mein Darm hat es mir ja gestern schon gesagt. Elli, hat er gesagt, Elli, das bekommt dir nicht. Ich hätt auf ihn hören sollen.

Am Nachmittag geh ich zur Verwandtschaft runter. »Du schaust vielleicht fertig aus. Gekämmt bist heute aber noch ned, oder? Schaust aus wie ein vom Auto überfahrener Angorafeldhas«, sagt die Leni, während sie mir einen Kaffee eingießt.

»Du, ein Kamillentee wär mir lieber«, zieh ich mir einen Stuhl hervor und setz mich nieder. Schieb dann die dunkle Brühe weit von mir weg. Schaut aus wie dunkles Bier. Puh! Dann bring ich den Heinzi mal auf den neuesten Ermittlungsstand, und er macht sich derweil ein Bier auf. Ich könnt kotzen.

»Herrschaftszeiten, warum hast denn den Schmied Lenz nicht weiter ausgefragt? Wir können uns doch die Beweise auch nicht aus den Fingernägeln saugen. Wenn wir weiterkommen wollen, dann brauchen wir Informationen. Aber du treibst dich ja lieber mit dem Haslinger rum. Ja, der hilft uns da keinen Deut nicht weiter«, wirft der Heinzi mir vor.

»Willst du jetzt von der Elli verlangen, dass die sich an einen Polizisten hinschmeißt, bloß dass du kriminalisieren konnst? Also jetzt werd's doch hinten höher wie vorn«, schimpft die Leni.

Mir reicht's, hab keine Lust auf dem Heinzi seinen Schmarrn. Und als wär der Kerl heut nicht schon für mich Anstrengung genug, steht jetzt auch noch die Rosl in der Küchentür. Kommt einfach ungefragt ins Haus, setzt sich auf einen Stuhl und redet blöd daher. »Und, o scho auf?«, richtet sie das Wort an mich. »Bist heute aber ned grad salonfähig. Du stinkst ja wie a Iltis. Warst mit dem Haslinger fort, geh? Du, der hot, scheint's, an Narren an dir gefressen. Ganz verliebt is a. Sagt die Marie. Sogar die Zähne putzt a sich jetzt regelmäßig.«

Die Leni wird ganz Ohr. Und ich bin drauf und dran, dass

ich mich wieder verzupf. Für Weibergetratsche fehlt mir heute die Kraft, und sind wir uns doch mal ehrlich, die Rosl ist ein echter Energiestaubsauger.

»Da Hartl is fei nimma im Moser seinem Haus«, wechselt sie aber dann das Thema.

»Ja, wo wohnt er dann jetzt? Seine Wohnung in Weilheim hot a doch aufgeben?«, will die Leni gleich wissen.

»Ja mei, das weiß ich doch ned. Vielleicht is a hinter den Gardinen.«

»Hinter welchen Gardinen?«, schaut die Leni blöd.

»Ja, hinter den schwedischen Gardinen halt. Da war er doch scho öfter. Da kriegen s' doch alle Kost und Logis umsonst, de Grattler.«

»Der Hartl war im Gefängnis?«, schau ich die Rosl an.

»Ja, freilich. I sag doch immer schon, dass der Bua nixnutzig is. Drogendelikte, Raubüberfälle, und alles wegen seiner Spielsucht. Den Moserhof hot er doch o an den Grattler vom Osten verspielt. Die zwei ham fei miteinander einiges auf dem Kerbholz.«

»Den Slawinski meinst?«

»Ja, die waren doch mal längere Zeit Nachbarn.«

»Nachbarn?«

»Ja, freilich, in da Justizanstalt. Da Schlawinski hot rechts eine Zelle gehabt und da Hartl links von ihm. Das hot mir da Schmiedi mal erzählt.«

»Und das erzählst du uns erst jetzt?«

»Ja mei, mich hot ja keiner danach gefragt, geh?«

Der Heinzi und ich schauen uns bloß an.

»Ui! Ich sehe was, was du nicht siehst«, sagt die Leni und schaut aus dem Fenster, worauf die Rosl gleich vom Stuhl aufspringt, sich auf ihre Zehenspitzen stellt und durch die Gardinen linst.

»Elli, schau, wer do is«, stupst mich die Leni an und deutet aus dem Fenster. Der Ritschi ist in den Hof reingefahren. Bringt wohl die Kinder. Hab mit ihnen zwar erst heute Abend gerechnet, freu mich aber trotzdem riesig. Im Hof draußen dann Mordsbegrüßung meinerseits. »Ja, was machts ihr denn jetzt schon da?«, sag ich knutschenderweise.

»Wä, Mutter, du stinkst voll«, begrüßt mich meine Tochter.

»Wir haben mit der Nadine einen Ausflug zu den Ruinen in Eisenberg gemacht und sind jetzt auf dem Rückweg«, hör ich den Ritschi auf einmal neben mir sagen, und wie ich aufschau, seh ich sie auch schon, die Nadine. Steht da in engen Jeans und einem Anorak, passenderweise in Gickerlgelb, hat eine klasse Figur. So also sieht das Küken aus, das sich meinen Mann geschnappt hat.

»Komm, Nadine, ich zeig dir mein Zimmer«, zerrt der Rupi an ihrer Hand. Offensichtlich hat sie sich nicht nur meinen Mann, mein altes Leben und meine Wohnung gekrallt, sondern auch noch meine Kinder.

»Hallo«, werf ich einen kurzen, aber barschen Blick in ihre Richtung. Die Hand reich ich ihr nicht. Wäre eh nicht gegangen, weil ihre Patschhändchen stecken nämlich in den Anoraktaschen. Kommt mir sowieso recht verfroren vor, das Mädl. Trägt ein weißes Mützchen, Fellstiefel und hat eine ganz rote Nase. Entweder war's im Auto saukalt, oder aber sie säuft. Und weil ich halt unser Auto kenn und weiß, dass die Heizung ganz einwandfrei funktioniert, muss es wohl Letzteres sein. Und wenn wir hier schon mal beim Ablästern sind: Sie hat nicht nur einen roten Zinken, sondern auch ziemlich rote Backen. Hat wohl von Mutti zu viel Rotbäckchensaft bekommen.

Oder aber sie hat Fieber. Liebesfieber – dank meines Mannes.

»Hallo«, sagt sie mit piepsiger Stimme zurück und bückt sich zum Waldi hinunter. Findet ihn süß. Aber der Hund lässt sie links liegen. Ein gscheider Hund, das sag ich ja schon immer.

»Das ist der Waldi. Und jetzt komm«, drängt sie der Rupi, mit ihm aufs Zimmer zu gehen. Sicher kann die Nadine recht prima mit ihm Lego spielen. Ist ja auch noch nicht so lang her, wie sie selbst noch damit gespielt hat, gell?

Hinter mir taucht jetzt meine ganze Familie inklusive der Rosl auf und begutachtet voller Neugierde die Rotnase.

Die nimmt jetzt ein Taschentuch hervor und niest kräftig hinein. Keiner hier wünscht ihr ein »Gesundheit« oder ein »Vergelt's Gott«. Keiner, und ich schon gar nicht. Ich wünsch ihr höchstens die Pest an den Hals, der blöden Kuh. Zerstört meine Ehe, und dann würd sie auch noch um Gesundheit betteln. Nein, nein, das kommt ja gar nicht in Frage.

»Hoi, Josi, host du heute mal a Freundin dabei«, sagt die Rosl spitz. Worauf der Nadine ihr Gesicht nun flächendeckend feuerrot wird. Der Ritschi ignoriert die Bemerkung einfach.

»So, Kinder, holts mal eure Sachen aus dem Auto«, klatscht er in die Hände, und unser Nachwuchs zerrt Taschen und Spielsachen aus dem Auto und trägt sie nach oben. Tja, wenn der liebe Papi was sagt, dann wird's auch prompt gemacht. Ohne Widerrede und Gemaule.

»Ich müsst ganz dringend mal aufs Klo«, piepst die Nadine zum Ritschi hin, und das ist jetzt freilich blöd, dass sie aufs Klo muss, weil auf mein Klo kommt die mir nämlich nicht. Reicht schon, wenn sie in meinem Bett liegt. Hab keine Lust, dass ich mit der auch noch die Kloschüssel teil. Nein, da hört die Gastfreundschaft jetzt wirklich auf.

Die Leni versteht sofort.

»Bei der Haustür nei, zweite Tür rechts«, sagt sie gleich, und kaum ist die Nadine im Haus verschwunden, richtet die Leni das Wort auch sofort an den Ritschi. »Das is jetzt aber ned das ordinäre Weib, die bei dir in da Arbeit am Empfang sitzt, oder?«, fragt sie ihn, und der schaut recht dusselig. Legt das Ganze bestimmt mal wieder in der Schublade »dumme Engelsrieder Verwandtschaft« ab. Nach dem Motto, die sind eh alle blöd.

Der Heinzi grinst vor sich hin, weil er freilich über das Gespräch mit der Leni über die ominöse Telefonnummer Bescheid weiß, und die Rosl kraust die Stirn, weil sie nix kapiert. Nachdem die Nadine aus der Wohnung von der Leni unbeschadet rausgefunden hat, ist noch kurze Verabschiedung, dann fährt die Nadine mit meinem Mann und meinem Auto heim in mein München.

»Krass, der Ritschi, echt«, bewertet der Gustl die Situation auf seine Weise und verzieht sich gleich wieder nach oben in seine Müllhalde.

»Elli ... Do brauchst du doch ned neidig sein. Die wird o amal alt«, tätschelt mir die Rosl die Hand. Sehr erbaulich, echt. Was denkt sich der Ritschi eigentlich dabei? Präsentiert hier einfach so seine neue Flamme. Und das ganz ohne Vorankündigung. Zum Kotzen ist das. Im wahrsten Sinne des Wortes, darum renn ich gleich rauf in meine Wohnung und häng mich über meine Kloschüssel. Kamillentee und Biersuppe, wäh, igitt.

Kaum hat sich mein Magen wieder beruhigt, kommt die nächste Hiobsbotschaft.

»In den Osterferien fliegen wir mit dem Papi und der Nadine eine Woche nach Mauritius«, informiert mich die Josi.

»Was macht ihr?«, frag ich noch mal nach. Sicher hab ich mich verhört. Hat die gerade »Mauritius« gesagt?

»Nach Mauritius fliegen wir.«

Also doch Mauritius.

Pff, Mauritius.

Mauritius, spinnt der Ritschi? Zahlt dem Küken auch noch einen Urlaub? Mit mir ist er höchstens nach Italien oder nach Griechenland geflogen. Mit den Kindern muss man doch nicht so teure Urlaube machen, hat er immer gesagt. Die können doch auch auf Sardinien im Sand buddeln. Aber für die Rotnase ist ihm ja nix zu teuer, der finanziert man einen Urlaub auf Mauritius zu Ostern. Zu Pfingsten dann vermutlich Dom Rep, und im Winter fährt der Herr Doktor dann mit ihr bestimmt noch zum Skifahren nach Kitzbühel. Ist doch logisch, dass das Küken den alten Dackel nimmt. Immerhin ist der Herr Doktor zwanzig Jahre älter als sie und kommt in zwanzig Jahren schon in Rente.

Ich sag Ihnen, den ganzen Abend bin ich geladen wie ein Sprengkörper. Ein Funke und ich explodiere. Wie gesagt, der ganze Tag ein Drama.

Am Montagmorgen bin ich immer noch grantig. Der Haslinger ist klug genug und lässt mich in Ruhe. Klagt irgendwann über Schmerzen in seinem Schienbein, hat das selbige auch hochgelagert.

Der Wimmer biegt ums Eck.

»Oh mei, jetzt kommt der Wimmer. Geh du, ich bin nicht da«, motz ich, und der Chef steht sogar brav auf und humpelt zum Laden rüber, wo ihn der Wimmer dann auch gleich blöd anredet, weil er nämlich auf seine Garantie pocht und erst wieder gehen will, wenn er einen adäquaten Ersatz für seinen Allibert hat.

Aber da hat er freilich die Rechnung ohne den Haslinger gemacht. Der macht ihm nämlich klar, dass er sich seine Garantie sonst wo hinstecken kann, weil er sich nämlich nicht erinnern kann, dass der geizige Ruach bei ihm überhaupt jemals was gekauft hat, und staubt ihn zum Tempel hinaus. Der Wimmer verlässt daraufhin ziemlich schnell und recht kleinlaut den Laden.

Gegen drei viertel elf, also, um Viertel vor elf quasi, geht erneut die Ladenglocke.

Oh mei, was will der Wimmer denn jetzt schon wieder?

Ich bleib sitzen.

Der Chef fackelt nicht lang herum, schwingt seinen Fuß von der Schreibtischplatte und übernimmt. Die Babsi hat recht. Der Haslinger ist gar nicht ohne. Man muss ihn sich nur ziehen. Bratpfanne und Nudelholz, und der Mann ist in ein paar Wochen der reinste Traummann.

»Servus, Schmiedi, hast du heute o so an Belli auf?«, hör ich ihn sagen, aber der Schmied Lenz hat heute gar kein Ohr für so lächerliche Befindlichkeiten. Ist rein dienstlich hier, hat mit uns zweien was zu bereden und eine echt miese Laune. Einen Ton hat der heut drauf! Kommt mit finsterem Gesicht zur Tür reingeschneit und schiebt eine Riesenwelle.

»Der Hartl ist verschwunden«, eröffnet er uns barsch.

»Echt? Und was willst jetzt von uns?«, lässt sich der Haslinger in seinen Bürostuhl reinplumpsen, legt die Füße auf der

Schreibtischplatte ab und zündet sich gelassen eine Marlboro an.

»Ich hoff nicht, dass ihr ihn deckts«, wedelt der Lenz den Rauch weg.

»Ja, meinst du, dass ich den bei mir versteck, oder was? Der Kerl hat mein Tanzbein auf dem Gewissen. Hat uns mit dem Gewehr bedroht. Ich verschaff dem doch kein Unterschlupf, ich bin doch ned da Rucksacksepp«, bläst ihn der Haslinger an, worauf der Schmied mich mit einem bitterernsten Blick fragend anschaut. Ich komm gar nicht zum Antworten, weil, wie nämlich der Lenz jetzt die Pralinenschachtel auf meinem Schreibtisch sieht, da geht der doch glatt auf einmal ab wie Louis de Funès höchstpersönlich. Dreht völlig durch.

»Gib mir sofort die Pralinen her!«, befiehlt er mir, zieht sich Gummihandschuhe aus der Jackentasche und stülpt sich diese über. »Gib sie mir her. Aber sofort!«, streckt er mir die Hand her. Ich kapier gar nix. Was will er denn jetzt auf einmal mit den Pralinen?

»Ja, wird's bald!«

Ja gut, dann … dann mach ich's halt.

Kaum streck ich ihm die Schachtel entgegen, reißt er die mir auch schon aus der Hand und öffnet den Deckel.

»›Edle Tropfen in Nuss‹. Da fehlen ja vier.«

»Ja, also, ich hab nicht …«, schüttel ich bloß den Kopf.

»Aber nur die mit Zwetschgenwasser«, gesteht der Haslinger und grinst mich durch den Nebel verlegen an.

»Die sind erst mal beschlagnahmt«, klappt der Bulle die Schachtel zu und wendet sich zum Gehen.

»Ja, hä, hä! De hot sie von mir gekriegt!«, protestiert der Haslinger und nimmt gleich zum Protest seine Füße vom Schreibtisch.

»Falls der Hartl bei euch auftaucht oder sich bei euch meldet, rufts mich sofort an«, dreht sich der Schmied noch mal zu uns um und wirft mir seine Karte auf den Schreibtisch. »Pfiat euch«, sagt er noch und geht.

»Ja … ja, servus«, sag ich völlig perplex.

»Was war jetzt das?«, schaut nun auch der Haslinger eine Weile deppert aus dem Stuhl. »I glaub, der hat am Samstag zu viel von der Biersuppen erwischt. Elli, mach dir nix draus, ich kauf dir neue Pralinen«, winkt der Haslinger ab, aber ich hör ihm gar nicht zu. Dreh dem Schmied seine Visitenkarte zwischen den Fingern hin und her und überleg. Ja, weil ich halt nix kapier. Meint der Lenz jetzt, dass ich mit dem Hartl unter einer Decke steck oder was? Womöglich bin ich jetzt noch eine Tatverdächtige, nur weil ich eine Schachtel Pralinen auf dem Schreibtisch hab. Würd ihn am liebsten gleich anrufen und fragen, was das Ganze jetzt eigentlich soll. Mach es aber dann doch nicht, weil ich mir denk, dass ich ihm bestimmt eh bald wieder über den Weg laufe, und dann klärt sich das schon irgendwie auf, gell?

Aber die Tage vergehen, ich treff den Schmied nicht. Ich treff ihn weder beim Semmelmeier noch sonst wo.

Zwei Wochen später, ich hab grad die Kinder beim Ritschi abgeladen, da flitzt er aber dann mit seinem Dienstwagen an mir vorbei, wie ich grad aus dem Auto steig. Legt kurz drauf eine Vollbremsung hin, fährt rasant zurück und hält vor mir. Will mich vermutlich verhaften. »Hallo, Elli, willst du mit mir heute Abend essen gehen?«, kommt es fröhlich durch die heruntergelassene Scheibe. Jetzt bin ich erst mal baff. Steh da und kann nix sagen. »Okay, ich hol dich um halb acht ab«, fährt er die Scheibe hoch und braust davon.

Also, irgendwie hat der doch einen Schlag, oder?

Außerdem will ich nicht mit ihm essen gehen. Nein, echt nicht.

Gut, ich will doch.

Will wissen, warum er mich verdächtigt, und ich brauch Informationen bezüglich des Mordes von ihm, weil in den letzten zwei Wochen ist partout nix vorwärtsgegangen, aber essen gehen will ich mit ihm definitiv nicht. Und das sag ich auch der Babsi am Abend, als sie bei mir mit einem Stoffbeutel in der Hand vor der Tür steht.

»Jetzt spinn doch nicht rum. Da lädt dich der heißeste Typ der ganzen Gegend zum Essen ein, und du willst absagen. Du spinnst doch irgendwie.«

»Babsi, der hat mich auf den Mund geküsst, und ich bin dagestanden und hab mich nicht gewehrt. Der Mann ist verheiratet!«

»Mein Gott, was macht man nicht alles, wenn man besoffen ist«, rollt sie die Augen. »Du willst von ihm was rauskriegen, also geh mit ihm aus.«

»Ja, aber da ist Gefahr im Verzug, verstehst? Der is ... der is ... Mann, der kann ... der kann so unglaublich gut ... und dann ...« Wie soll ich der Babsi das nur erklären, dass ich den Schmied einfach nicht leiden kann?

»Du hast dich verliebt«, schmunzelt die Babsi.

»Spinnst du? Der Mann ist vergeben, und außerdem hass ich ihn!«

»Oh-ohh«, grinst die Babsi. »Das ist ja noch schlimmer, wie ich gedacht hab.«

»Jetzt grins doch nicht so blöd, das kann ich nicht leiden, das weißt du genau.«

»Du ziehst dir jetzt was Hübsches an und gehst mit ihm aus. Es würde dich doch eh wurmen wie die Sau, wenn du es nicht tun würdest, weil du dann mit deiner Kriminalisiererei nicht weiterkommen würdest. Also, hol dir ein schönes Kleid aus dem Schrank, die Klamotte will auch mal wieder an die frische Luft.«

Und ja, sie hat ja recht. Hab heute eh schon den ganzen Nachmittag Körperpflege betrieben. Duschen, cremen, zupfen. Unglaublich, wo am Körper überall Haare wachsen. Ein Körper ab vierzig bietet jede Menge Betätigungsfelder. Die arme Babsi. Möchte nicht wissen, was die alles zu zupfen hat. Wenn die tipptopp aussehen will, ist die doch kaum untenherum fertig, kann sie oben schon wieder von Neuem anfangen. Und dann auch noch der Damenbart. Nein, da hab ich echt Glück, war gleich fertig mit dem Zupfen. Dafür hab ich mir die Fußnägel noch geschnitten. Das Rundumpaket halt. Okay, das wird er alles eh nicht sehen, der Schmied Lenz, aber ich hab halt ein besseres Gefühl, wenn ich rundum gepflegt bin. Sicher sagen Sie nun: Was macht die Elli denn da jetzt für ein Gschiss um ihr Ausschauen? Tja, solch dumme Fragen können nur Männer stellen. Frauen wissen, warum. Und für die Männer erklär ich's kurz.

Die Einladung vom Schmied ist meine erste Einladung von einem fremden Mann. Und das seit … ja, seit wann eigentlich? Keine Ahnung, seit mich der Ritschi damals halt das erste Mal eingeladen hat. Das ist ewig her. Und darum halt jetzt die Aufregung.

Das Kleid, das ich aus dem Schrank zauber, sieht klasse aus. Schick, elegant, trendy, nicht zu sexy, aber auch nicht muttimäßig.

»Wahrscheinlich lädt er mich nur zum Wirt ein, dann bin ich total overdressed.«

»Kann sein, ist dann halt so. Dann haben die Engelsrieder am Stammtisch wieder was zum Reden«, kichert die Babsi.

»Das tun sie ja eh schon, dank dir.«

»Ja, siehst du, dann sind sie beschäftigt«, lacht sie. »Was hast du für Unterhosen?«

»Wie meinst jetzt das?«

»Ja, zeig mir mal deine Unterhosen«, reißt sie die Kommode in meinem Schlafgemach auf und wühlt drin herum. Schwarze Unterhosen mit Spitzen, verwaschene Unterhosen für die Menorrhö.

»Nein, die kannst nicht anziehen.«

»Will ich auch gar nicht. Ich dachte eher mehr an eine Shapeware-Bauchweghose. Weißt, die stülpt man sich wie einen Gummistrumpf von unten rauf so drüber, stopft hier die übrigen Körperstellen rein, und gut ist. Man fühlt sich zwar wie in einer Zwangsjacke, aber das macht eine verdammt gute Figur.«

Aber die Babsi lässt das nicht gelten. Zieht eine rote Unterhose aus ihrem Stoffbeutel raus. »Hab ich mir mal gekauft, passt mir nicht.«

»Rot schreit.«

»Warum schreit Rot? Is doch Quatsch. Also, ich hör nix.«
»Doch, Rot schreit ›Nimm mich‹, und das will ich nicht.
Der Mann ist schon vergeben. Also, lieber was Lappriges, rein
prophylaktisch versteht sich. Am besten den Liebestöter von
der Oma«, kicher ich, und weil wir halt zwei Kichermäuse
sind, wir zwei, albern wir ein bisserl herum und haben jede
Menge Spaß. Die Zeit vergeht dabei wie im Flug, und im Nu
ist es sieben.

22

Wie es sich hinterher herausstellt, ist es schon ziemlich gut, dass ich mich für den Schmied so aufgebrezelt hab. Weil der nämlich Punkt sieben recht adrett bei mir auf der Matte steht. Die Babsi hat recht, das ist der bestaussehende Typ in dieser verdammten Gegend. Und heute ist er sogar gut gelaunt. Ich hol meinen Mantel, schließ die Wohnungstür hinter mir zu, weil ich nicht will, dass der Heinzi sich bei mir heroben mit seinen geilen Hausfrauen breitmacht, und schon schreiten wir gemeinsam die Treppe hinunter. Unten stehen die Babsi, die Leni und der Heinz wie so eine Art Abschiedskomitee im Flur, und alle drei wünschen uns gleichzeitig viel Spaß. Der Heinzi freut sich sichtlich, dass ich mich opfere, damit er hinterher endlich wieder was über den Mord erfährt. Und ich bin aufgeregt wie eine Kuh, die man zum Schlachter führt.

Wir gehen in ein schickes Lokal.

Der Schmied bestellt Rotwein, das ist schon mal gut.

Bestellt auch sofort das Essen. Irgendein Menü.

Das ist weniger gut, weil was weiß ich, was bei diesem Menü alles dabei ist? Womöglich schlüpfrige Schnecken oder Zeugs, was ich nicht mag. Kaum ist der Ober mit der Bestellung ums Eck, komm ich auch gleich auf den Punkt. Immerhin bin ich deswegen da.

»Hast dich jetzt wieder beruhigt?«, frag ich den Schmied, und er lacht mich an und zupft ein bisserl verlegen an der Blume, die vor uns samt Vase auf dem Tisch steht.

»Du hast mir nach dem Starkbierfest so viele Details über die tote Moserin erzählt, die du meiner Meinung nach gar nicht wissen konntest. Dann bist auf dem Moserhof rumgeschlichen und hast dauernd versucht, mich über den Mord auszufragen. Da bin ich halt stutzig geworden. Und wie du dann behauptet hast, dass der Hafermeier Liesbeth ihre Lieblingspralinen ›Edle Tropfen in Nuss‹ sind, da hab ich gedacht, dass du irgendwas im Schilde führst. Oder gar an der ganzen Sache beteiligt bist.«

»Aber der Hafermeier Liesbeth ihre Lieblingspralinen sind wirklich ›Edle Tropfen in Nuss‹.«

»Woher willst denn das wissen?«

»Ich weiß es halt«, zuck ich mit schmollendem Mund mit den Schultern.

»Siehst du, das ist genau der Punkt. Ich hab gedacht, dass du mich mit deinen Aussagen auf eine falsche Fährte bringen willst. Oder irgendwas zu vertuschen versuchst.«

»Und jetzt willst mich als Täterin überführen, oder was? Da hast du aber schlechte Karten. Die Moserin kann ich nicht umgebracht haben, da war ich noch ein Kind, und der Moser, hast du gesagt, hat sich selbst umgebracht«, verschränke ich schnippisch die Arme vor meinem Busen.

Jetzt lacht er, und zwar herzhaft. Keine Ahnung, warum.

»Du gefällst mir, Elli. Schon wie ich dich das erste Mal beim Lidl auf dem Parkplatz getroffen hab. Mit deinem staubigen Haar und der Marmelade am Mantel.«

»Da warst auch nur du dran schuld. Du und dein dämliches Gegrinse«, zieh ich wieder einen Schmollmund hin und spiel mit der Blume, worauf er meine Hand nimmt und mich an-lächelt.

Er hat schöne Hände. Breit, aber nicht gedrungen. Zarte Haut, keine angeknabberten Fingernägel. Saubere, gepflegte Hände.

»Und dann beim Haslinger im Büro. Die Aktion mit dem Telefon. Herrlich.«

Warum starr ich dauernd auf seine Hand? Is ja peinlich. Diese Hände können sicherlich ganz wunderbar streicheln. Wie damals im Taxi nach dem Rosenmontagsball, schluck ich. Die waren so ... so unheimlich zärtlich.

Irgendwie läuft das hier nicht so wie geplant.

»Und dann dein Faible für Mordfälle. Du hast wohl zu viel Miss Marple geschaut«, lacht er.

Betört mich mit seiner depperten Hand und verspottet mich

dabei. Das ist ... Das ist widerlich, ist das. Und dann vergleicht der mich auch noch mit Margaret Rutherford. Ich mein, die hat so viel Sex-Appeal wie ein Bürostuhl. Also, das ist ja wohl ... Ich kann gleich gar nicht sagen, was das ist.

»Und die Polizei hat sich halb totgelacht über die stümperhafte Elli, die doch tatsächlich glaubt, dass sie einen Mord aufklären kann«, sag ich giftig und zieh meine Hand weg.

Arrogantes Arschloch.

Die Vorspeise kommt.

Es riecht lecker. Wenn ich mich nicht so ärgern würde, würde es auch schmecken. Würd ihm am liebsten sofort den Wein ins Gesicht kippen. Aber wenn er schon so schlau ist, der Herr Kriminalhauptkommissar, dann kann er mir jetzt auch gut und gerne erzählen, wer seiner Meinung nach die Moserin auf dem Gewissen hat.

Und das tut er dann auch.

»Der Hartl war wohl schon als Kind ziemlich hinterkünftig, wurde in der Schule von den anderen Kindern nie akzeptiert und dauernd gehänselt. Dann hat er in der Jugend den Milan Slawinski kennengelernt, die zwei haben miteinander ein paar kleine krumme Dinger gedreht. Seitdem hatte sich der Hartl ständig mit seiner Mutter in den Haaren. Meistens ging es um Geld. Am Abend vor der Tat gab's wieder mächtig Streit. Laut Zeugenaussage vom Nachbar, vom Hurler Hans, haben sich an dem Abend aber nicht nur der Hartl und die Sophie heftig gestritten, sondern auch die Sophie und der Moser Ludwig. Sie wollte ihn verlassen. Der Wigg ist am Vormittag des 13. Februars unterwegs gewesen, und wie er gegen Mittag wiedergekommen ist, war die Sophie verschwunden.«

»Und jetzt meinst, dass der Hartl seine Mutter umgebracht hat, oder wie?«, pamp ich den oberschlauen Herrn Hauptkommissar über den Tisch hinweg an.

»Wir hatten von vornherein den Slawinski in Verdacht. Er ist im Haus damals ein und aus gegangen. Hat den Sockel gemauert und dem Haslinger beim Badeinbau geholfen, weil er bei dem Moser Schulden abarbeiten hat müssen.«

»Okay, das ist ein Indiz, aber kein Beweis«, sag ich spitz und schau beleidigt auf den Teller.

»Nein, Beweis ist das keiner. Aber alle anderen Spuren führen vollkommen ins Leere.«

»Die Beweislage is fei schon sehr dünn, gell.«

»Wenn wir den Slawinski gefasst haben, wissen wir mehr. Daher müssten wir dringend wissen, wo der Hartl ist.«

»Also ganz ehrlich, der Hartl ist ein bisserl crazy, aber im Grunde ist er ein ganz armer Teufel. Und ich hab auch nicht den Eindruck gehabt, dass er, wie du gesagt hast, groß lügt. Wer sagt eigentlich, dass der Hartl ein schwieriges, hinterkünftiges Kind war? Der Moser? Vielleicht hat der ja gelogen. Weil er nämlich generell gut war im Lügen. Im Grunde hat der doch sein ganzes Leben auf Lügen aufgebaut, damit nicht rauskommt, dass er homosexuell war. Glaubst du im Ernst, dass der von der ganzen Einbetoniererei in seinem Haus nix mitbekommen hat? Wenn der gegen Mittag heimgekommen ist, da war ja noch nicht mal der Beton trocken.«

»Elli, der Moser war's nicht. Er hat ein Eins-a-Alibi, und die Hafermeier Liesbeth war es im Übrigen auch nicht, obwohl sie den Brief von der Sophie tatsächlich gefälscht hat. Damit sie den Hartl bei sich aufnehmen hat können.«

Ah, da schau einer an. Hab ich doch recht gehabt, ha!

»Und jetzt hast dich heute mit mir getroffen, weil du denkst, ich hab damit was zu tun und weiß, wo der Hartl ist?«

»Nein, wie gesagt, da bin ich stutzig geworden. Aber dann hab ich dich überprüft …«

»Wie, ›überprüft‹?«

»Ja, durchleuchtet halt.«

Aha, durchleuchtet.

Der Schmied Lenz durchleuchtet einfach mal so mein Leben. Ohne mich zu fragen. Weiß jetzt alles über mich. Kennt meine Lebensverhältnisse, den Kontostand, meine Vorliebe für Schlipsträger kennt er auch. Vielleicht noch Schuhgröße und Blutgruppe gefällig, hä? Klasse, Herr Hauptkommissar!

Aber eins weiß er nicht. Nämlich das, was ich grad denk.

Meine Gedanken sind bekanntlich immer noch frei. Und basta. Gehören mir allein.

Aber am liebsten würd ich sie ihm jetzt mitteilen. Würd ihm sagen, dass er ein blasierter Kriminaler ist, ein blöder. Ein depperter Dauergrinser, ein … Ich komm aber nicht dazu, weil die Hauptspeise kommt.

Angus-Steak auf feinem Gemüse und Salat.

Ich liebe Angus. Hab ich schon immer gern mögen, und das hier ist unheimlich raffiniert zubereitet, schmeckt einfach vorzüglich. Ich genieß jeden Bissen.

»Ich mag dich, wenn du so … so grantig bist«, grinst mir der Schmied über den Teller rüber, nachdem wir eine Weile schweigend genossen haben, und wenn ich nicht dieses Gourmetessen vor mir hätte, das bei jedem Bissen meine Geschmacksnerven himmlisch beflügelt, dann würd ich sofort aufstehen und gehen.

Schweigend essen und ärgern, das ist grad mein Status.

»Der Schnipfler Richard ist also dein Mann«, unterbricht der Lenz die Stille.

»Was dagegen?«, nehm ich einen großen Schluck Rotwein.

»Wie ich noch in München war, hatten wir oft miteinander zu tun. Ich hab seine Kompetenz immer sehr geschätzt. Ein Vollblutgerichtsmediziner. Macht seine Arbeit mit Leidenschaft. Ist regelrecht detailverliebt. Ich hätt nicht gedacht, dass der überhaupt Frau und Kinder zu Hause hat.«

»Jetzt nicht mehr. Jetzt hat er eine heiße Fünfundzwanzigjährige zu Hause, mit der er zu Ostern nach Mauritius fliegt«, nehm ich noch mal einen Schluck.

»Aber im Grunde ist er ein ganz ein Netter. Ein bisserl pingelig vielleicht. Und bescheuert, wenn er dich gegen so ein junges Ding eingetauscht hat. Vermutlich Midlife-Crisis.«

Ich muss lachen.

Und weil ich lachen muss und die Nachspeise kommt, da entspannt sich hier allmählich die Lage. Bei so einer süßen Nachspeise kann man gar nicht mehr sauer sein.

Okay, süß ist die Nachspeise eher weniger, sie ist einfach

nur der Hammer. Delikat, kann ich da nur sagen. Meine Zunge und mein Gaumen schmelzen dahin. Da kann der Giovanni mit seinem Tiramisu direkt einpacken. Der Schmied Lenz scheint nicht nur meinen Kontostand und meine Lebensumstände, sondern auch noch meinen Geschmack zu kennen. Meine Vorliebe für süße Kreationen inklusive. Wer weiß, was so ein Polizeicomputer alles für Daten ausspuckt.

»Und warum bist du damals aus München weg? War doch sicher ein toller Job, dort im Morddezernat«, fang ich jetzt doch eine Konversation mit ihm an.

»Ich seh schon, du weißt über mich voll Bescheid«, schmunzelt er. »Ich hatte Eheprobleme. Dann ist meine Mutter gestorben. Mein Vater hatte einen Herzinfarkt. Die Moni war mit dem Ganzen einfach überfordert, und so bin ich halt zurück in den Pfaffenwinkel. Für den Max ist es doch auch viel schöner, wenn er auf dem Land aufwächst.«

»Max, ist das dein Sohn?«

»Ja. In der Stadt ist eh alles so hektisch. Auf dem Land haben Kinder doch viel mehr Freiheiten. Ich find, hier ist eine phantastische Umgebung für Kinder.«

»Jaaa, für Kinder … Ich jedenfalls will so schnell wie möglich von hier weg. Ist mir zu eng hier. Sobald ich … Also, sobald sich die Gelegenheit ergibt, bin ich weg.«

»Du bist doch auch hier aufgewachsen. Hat es dir denn hier nie gefallen?«

»Doch, mir hat es hier sogar sehr gut gefallen. Ich war damals unheimlich traurig, als meine Eltern mich zu sich nach München geholt haben. Jede Ferien und am liebsten auch an den Wochenenden wollte ich nach Engelsried zur Oma. Bis ich dann halt erwachsen wurde. Also, in München hat man doch auch viel mehr Möglichkeiten«, sag ich, und das ist nicht das Einzige, was ich jetzt noch sag. Genau genommen sag ich noch recht viel, weil wir zwei nämlich jetzt den ganzen Abend eine Unterhaltung allererster Sahne hinlegen. Und zwar ohne dass ich grantig werd. Wir plaudern über München, über die Kinder und über Engelsried, und so vergeht der Abend wie im Flug, und als der Schmied Lenz mich dann daheim abliefert, da ist jeder Ärger längst verflogen.

»Bekomm ich heute einen Kaffee?«, fragt er mich vor der Haustür, und ich komm doch glatt in Versuchung, dass ich auch noch Ja sag.

»Nein, besser nicht«, murmel ich mehr so vor mich her.

»Schade«, streichelt er mir die Wange, und ich schließ die Augen. Ich sag doch, diese Hände können streicheln ... Und seine Lippen erst, seine Lippen können ... ja. Sie können ... Oh Gott, ich mag gar nicht dran denken, was die alles können.

Mit den Zähnen jedenfalls kann er unheimlich verführerisch an meinem Ohr herumknabbern. Er ist frisch rasiert, und er riecht immens gut nach diesem betörenden Parfüm.

»Es muss gar nicht unbedingt ein Kaffee sein. Ich nehm auch was anderes«, tuschelt er mir ins Ohr.

»Du bist ... Du bist tatsächlich auf der falschen Fährte, Herr Kriminalhauptkommissar«, flüster ich.

»Tatsächlich?«

»Der Slawinski hat die Moserin nicht umgebracht. Glaub mir.« Ich dreh meinen Kopf kurz zur Seite, schau ihm aber dann direkt in die rehbraunen Augen.

»Wer war's dann?«, fragt er amüsiert und knabbert wieder an meinem Ohrwaschel. Ich krieg ganz weiche Knie.

»Keine Ahnung. Jemand vom Dorf? Der Rampftl? Jemand vom Schützenverein oder vielleicht der Vater des ungeborenen Kindes von der Sophie, ich ...«

»Elli, ich hab die überprüft«, haucht er mir her und versucht, mich zu küssen.

»Dann hast halt jemanden vergessen zu überprüfen. Frag doch mal den Pfarrer. Vielleicht weiß der was. Keine Ahnung. Jedenfalls bist du auf der falschen Spur, Schmied Lorenz. Auch was mich betrifft. Und jetzt gute Nacht.« Ich dreh mich um, sperr die Haustür auf und lass ihn einfach stehen. »Danke fürs Essen«, muss ich noch sagen, dann schließ ich die Tür von innen und lehne mich gegen das Holz.

Der Schmied Lenz ist ein ... ein, warum macht er das?

Warum verdreht der mir so dermaßen den Kopf? Knabbert an meinem Ohr herum wie ein Ohrwutzler. Will der mich ärgern?

Nein, diese verführerischen Blicke, die ... Der will mich nicht ärgern, nein, ganz bestimmt nicht. Der will mich in sein Bett locken, so schaut's aus. Er ist ein Stenz. Ein Monaco Franze. Hat daheim Frau und Kind und baggert andere Frauen an, verstehst?

Aber nicht mit mir. Nicht mit der Fuchs Elli.

»Und wie war's?«, reißt der Heinzi jetzt die blöde Wohnungstür auf.

»Scheiße war's«, sag ich. »Und deine Scheißermittlerei kannst du in Zukunft hübsch selber machen«, das sag ich ihm auch, und dann renn ich in meine Wohnung rauf und schließ die Tür hinter mir.

23

Am Montag im Büro, da kommt der Haslinger doch tatsächlich mit einer neuen Schachtel »Edle Tropfen in Nuss« an. »Heut ist Valentinstag«, informiert er mich und drückt mir ein Bussi her. Sein Bart kitzelt.

Ich leg die Schachtel auf dem Schreibtisch ab, und wie der Haslinger im Laden drin mit einer Kundin ein Beratungsgespräch führt, da hab ich bei Parship doch tatsächlich einen passenden Mann für mich gefunden. Ein echt heißer Typ aus Regensburg. Kinderlieb. Banker, gut aussehend. Na, wer sagt's denn? Man muss nur lange genug suchen, dann findet sich schon was. Jeder Topf findet seinen Deckel. Hat Lilo Pulver schon immer gesungen. Regensburg ist zwar nicht München, aber immerhin eine Stadt. Hoffentlich sind wir uns sympathisch. Ich schreib ihn mal an.

Die Ladentür macht palimpalam, und ich geh rüber in den Laden, weil der Haslinger kann ja nicht auf zwei Hochzeiten gleichzeitig tanzen.

Ein junger Herr steht im Laden. Klein, dünn, wendig. Hält einen rissigen Strauß Blumen in den Händen.

»Fleurop-Dienst«, streckt er mir das Bukett entgegen und ist auch schon wieder aus der Tür. Der Haslinger steht da mit offenem Mund und schaut recht deppert.

Wer schenkt mir denn so einen bezaubernden Blumenstrauß? Herrliche Frühlingsfarben. Mein Gott, wie der Strauß riecht.

Vielleicht der Ritschi? Möcht sich entschuldigen und anfragen, ob ich wieder zu ihm zurückkomme? Zwischen den Blumen steckt eine Karte in Form eines Herzchens. »Danke für den schönen Abend. Ich trink auch Tee«, steht da.

Mir steigt das Blut in den Kopf.

Macht der Schmied das immer so? Schenkt einer Frau Blumen und meint, dass er sie so ins Bett kriegt? Spinnt der? Oder kauft der Blumen am Valentinstag im Doppelpack? Einen kleinen Strauß für seine Frau und einen großen für seine Angebetete?

Ich reiß die Karte aus den Blumen und versenk sie kurzerhand im Papierkorb. Schau mich suchend nach was Passendem für die Blumen um und pfeffer beziehungsweise versenk den Strauß dann in der Kloschüssel, die bei uns zu Ausstellungszwecken im Laden herinnen steht. Tiefspüler, Marke Renova, WC-Deckel mit Absenkautomatik. Schade, dass die Klospülung nicht funktioniert. Die Kundin und der Haslinger schauen mich entgeistert an.

»Wow, voll die schönen Blumen, hey! Hast du einen Verehrer?«, ist die Josi ganz begeistert, wie ich daheim mit dem Strauß ankomme. Hab's nicht übers Herz gebracht, ihn wegzuschmeißen.

»Was würdet ihr eigentlich sagen, wenn wir von hier wegziehen? Nach München zurück oder vielleicht nach Regensburg?«, frag ich nun einfach so in den Raum hinein.

»Spinnst du? Zuerst schleppst uns da her, und dann … Oder ist der Strauß etwa vom Papi?«

Ich schüttel den Kopf.

»Pff, also das kannst du total vergessen. Mich bringen hier keine zehn Pferde weg«, verschränkt die Josi bockig die Arme vor der Brust.

»Ich find's hier auch cool. Viel schöner als in München. Man kann viel mehr machen. Hab übrigens einen neuen Freund. Kann der mal zu mir kommen?«, hüpft der Rupi auf meinen Schoß und gibt mir ein Bussi. Und freilich kann der Freund kommen.

Somit ist die Sache mit dem Wegziehen erst mal vom Tisch.

Am Nachmittag des nächsten Tages kommt er dann, der neue Freund. Wird wohl von seinem Vater gebracht. Und dreimal dürfen Sie jetzt raten, wer der Vater des Freundes vom Rupi ist.

Der Schmied Lenz höchstpersönlich. Was für ein Zufall.

Und natürlich fragt er wieder mal, ob er einen Kaffee bei mir kriegt, was ich entschieden ablehne. Mach ihm noch mal klar, dass ich kein Freiwild bin und dass er gefälligst nicht dauernd so blöd grinsen soll, weil ich das auf den Tod nicht ausstehen kann.

Anderntags sitz ich dann freilich wieder im Büro beim Haslinger drin, mach Buchhaltung und lass mich einnebeln.

Und täglich grüßt das Murmeltier.

Dann aber wird vorn im Laden mit Schwung die Tür aufgerissen, und die Semmelmeirin stiefelt direkt zu uns ins Büro rein. »*Buon giorno*«, bleibt sie lachend vor meinem Schreibtisch stehen. »Soll Ihnen das schnell übergeben«, legt sie mir ein kleines, eingetütetes Päckchen auf den Schreibtisch. »Semmelmeier«, steht auf dem Papier. »Muss auch schon wieder weiter. Also, *ciao*«, ist sie auch schon wieder draußen.

Was war das denn jetzt?

Seit wann haben die beim Semmelmeier einen Lieferservice?

Der Haslinger kriegt Stielaugen. Hat der uns was Nettes kommen lassen? Das ist ja eine geniale Idee.

Ich lös mal das Papier.

Ein Puddingkrapfen mit einem Smiley lacht mich aus der Verpackung heraus an. Das ist ... Das ist ... Ich brauch gar nicht erst überlegen, von wem der Krapfen ist. Hat den der Schmied Lenz extra für mich backen lassen? Beim Semmelmeier gibt's in der Fastenzeit nämlich keine Krapfen. Das ist ja echt süß. Irgendwie total rührend. Weil, noch nie, ich wiederhole: noch nie, hat mir jemand so ein Geschenk ... Also, der Ritschi jedenfalls wär nie auf so eine Idee gekommen. Nie!

»Mei, a Fastnachtskrapfen«, sagt der Haslinger, wie ich den Krapfen in die Hand nehme. »Host du an Verehrer?«

»Mhm«, sag ich und beiß rein. Kann mich nicht zurückhalten. Allein schon, wie der Krapfen mich anlächelt, mit diesem Nimm-mich-Blick. Ich beiß rein und genieß jeden Bissen. Oh, schmeckt der lecker!

Der Haslinger schaut mir kurz zu, greift dann nach der Pralinenschachtel auf meinem Schreibtisch und fischt sich eine Praline raus. »Entschuldigung, ich krieg da jetzt o so an Gluscht«, sagt er, beißt ein Stück von der Praline ab und schlürft dann den Schnaps aus dem Rest. Der Haslinger, ein Schwerenöter, wie er im Buche steht. Schenkt mir Pralinen und frisst sie dann selber.

Grad will ich erneut in den Krapfen beißen, da klopft es an die Bürotür.

»Ja, da Ringl Schorsch, ja, da legst di nieder. Ja, gibt's di o noch?«, begrüßt der Haslinger gleich einen etwas älteren Herrn und hält ihm zum Gruß die Hand entgegen.

»Griaß di, Alfons, ich war gerade in da Gegend, und dann hab ich mir gedacht, schaust zum Haslinger rein.«

»Ja, da Ringl Schorsch, ha. Magst was Süßes?«, greift der Haslinger nach meiner Pralinenschachtel, öffnet den Deckel und reicht sie dem Ringl Schorsch über den Schreibtisch.

»Ich bin so frei«, sucht der mit der Hand über der Schachtel nach einer bestimmten Praline. »Die mit Zwetschgenwasser sind die besten.«

»Du, die mit Himbeergeist, die sind fei o ned schlecht. Es muss ja ned immer das Beste sein«, dreht der Haslinger die Schachtel. »Weil, die mit Zwetschge, die fressen mir scho sauber selber. Geh, Fuchsin?«, klopft er mir auf die Schulter, und ich schieb mir noch den letzten Bissen vom Puddingkrapfen rein. »Weißt, da Ringl Schorsch ist ein alter Vertreter von uns. Ist schon bei meinem Vater immer zu uns gekommen. Duschvorhänge aller Art hast du verkauft, geh? Wie war gleich wieder der Werbespruch von euch? Wart, nix sagen, ich bring's noch zam: ›Eine Sauerei im Bad, das muss nicht sein, kauft euch ein Duschvorhang vom Ringl rein.‹ Geh, so war's. Mei, das ist ja pfundig, dass du mal bei uns vorbeischaust. Komm, nimm dir doch gleich no a Praline«, hält er ihm wieder die Schachtel hin.

Ja, geht's noch?

»Ja mei, da Alfi. Ich kenn dich ja schon, da hast ja noch in die Windeln geschissen. Bist ja immer do herinnen rumgesprungen, geh? Und das ist deine Frau?«, deutet er auf mich.

»Noch nicht, nein. Aber was nicht ist, das kann ja noch

werden, geh, Fuchsin?«, klopft mir der Haslinger wieder auf die Schulter. Und dann ruft er gleich nach der Frau Mama, die auch schon kurze Zeit später mit einem mordsmäßigen Brotzeitbrettl und einer leckeren Hopfenkaltschale hier herinnen erscheint. Und so sitzen die drei auf dem Schreibtisch und schwelgen in der Vergangenheit. Wie dann der Ringl Schorsch auf den Mord bei uns in Engelsried zu sprechen kommt, weil er davon aus der Zeitung erfahren hat, da erzählt ihm der Haslinger freilich noch alles von dem Leichenfund auf dem Moserhof.

»Du, ich glaub, ich war da mal bei denen auf dem Hof«, fällt dabei dem Schorsch ein. »Da war das Bad gerade fertiggestellt. War das ein Bad mit so rosa Kacheln? Ich glaub, dass die Marie mich dort hingeschickt hat, um die Duschstange auszumessen, die da über die Badewanne gekommen ist. Du, und wie ich da in das Bad komm, da hab ich mich noch über den großen Sockel gewundert. Ja, jetzt, wo ich überleg, war damals eine recht traurige Stimmung in dem Haus. So ein Jugendlicher hat geplärrt wie ein Hund, und so eine kleine, verrückte Rothaarige hat überall so Kräuterbüschl aufgehängt. Hat die Bude ausgeräuchert und irgendwelche Gebete vor sich her gemurmelt. Der Hausherr selber war auch da. Der war auch so komisch. Ich war gleich direkt froh, wie ich wieder rausgegangen bin.«

Ich brauch den Ringl Schorsch gar nicht erst fragen, wer die kleine rothaarige Frau war, die damals beim Moser im Haus die Bude ausgeräuchert hat. Ich weiß es auch so. »Oh mei, schon so spät«, schiebe ich jetzt den Ärmel meiner Bluse zur Seite und schau auf die Uhr. Die drei schauen mich verblüfft an, weil ich freilich gar keine Armbanduhr nicht anhab, aber wurscht.

»Ich muss jetzt dringend weg«, sag ich zum Haslinger, trink noch mein Bier aus und hupf vom Schreibtisch.

»Danke, Sie sind ein Schatz«, geb ich noch schnell dem Ringl Schorsch ein Bussi auf die Backe.

»Ja, hä!«, ruft der Haslinger.

»A ganz a Nette, dein Fräulein Braut«, hör ich den Ringl

Schorsch noch sagen, und keine fünf Minuten später steh ich auch schon mit der Daisy vor der Brunner Emerenz ihrem Gartenzaun. Doch kaum bin ich ausgestiegen, werde ich von Schneebällen bombardiert.

»Hex, mex, Kräuterhex, kommst nicht raus, weil d' eh nix checkst!« Auf der gegenüberliegenden Straßenseite verbarrikadieren sich drei Mädchen hinter einem Schneehaufen.

»Hä, was soll denn das?«, schrei ich die Gören an.

»Ja, dann geh halt aus der Schusslinie!«, kommt es zurück.

»Hex, mex, Kräuterhex, kommst nicht raus, weil d' eh nix checkst!«, rufen sie schon wieder in die Richtung, wo der Emerenz ihr kleines, windschiefes Häuschen steht. Das Haus schaut auch echt ein bisserl aus wie ein Hexenhaus. Und weil es noch dazu direkt an dem Bach steht, der sich durch Engelsried hindurchschlängelt, wurde die Emerenz schon zu meiner Kindheit von einigen alten Engelsriedern abwertend als Bachhex beschimpft.

»Dreimal hat's geschlagen, und die Hex ist noch nicht da ...«

Jetzt reicht's. »Verschwindets, sonst scheppert's!«, droh ich den verzogenen Rotznasen. Die verziehen sich widerwillig, und so öffne ich das hölzerne Gartentürchen und winde mich zwischen Geäst und Büschen hindurch zum Haus. Aber je näher ich dem komme, umso mehr geht mir die Düse, und allmählich wird mir klar, dass ich auf das Haus einer Frau zugehe, die vielleicht die Moserin auf dem Gewissen hat. Und zwar genau die Frau, die ich seit Wochen gesucht und weswegen ich dieses unwohle Gefühl in der Magengrube habe.

Meine Schritte verlangsamen sich zunehmend. Soll ich da wirklich alleine reingehen?

Ich biege zum Garten hin ab.

Die Rückseite des Hauses ist komplett überwuchert. Ein Wildwuchs, bei dem nur die Fenster ausgespart sind, durch die ich gern einen Blick ins Innere des Hauses erhaschen möchte.

Mir zittern irgendwie die Knie.

Knusper, knusper, knäuschen, wer steht vor meinem Häuschen?

Mensch, das ist aber auch kalt hier. Von hinten weht mir in diesem Augenblick nicht nur dieser verdammte Ostwind, sondern auch ein Kichern her.

Der Wind, der Wind, das himmlische Kind, geht es mir durch den Kopf. Dann klopft mir jemand auf die Schulter.

»Wo lungerst denn du am Vormittag scho wieder rum? Hot ma beim Haslinger keine Arbeit?« Die Rosl, wie sie leibt und lebt.

Mensch, hat die mir einen Schrecken eingejagt. Und obwohl ich jetzt zusammenzucke wie ein reumütiger Hund, bin ich direkt dankbar, dass es nur die Rosl ist.

»Brauchst was von da Emerenz?«

»Ich, äh ... Ja, was soll ich denn von ihr brauchen?«

»Ja mei, Medizin, an Rat, was weiß ich? Ich sag immer, wenn dir da Doktor ned hilft, die Brunnerin richtet dich wieder zam. Bloß, ich bin halt do noch nie dahinterkommen, was die da alles genau macht. Jedenfalls hilft's. Und zwar immer. Das halbe Dorf springt hin zu ihr.«

»Ach, das hab ich gar nicht gewusst.«

»Ja mei, do redet man ja o ned drüber. Oder brauchst a Mamalad oder an Schnaps? Du, die Brunnerin, die versteht sich mit dem Einmachen. Ich sag dir, die macht Sachen ein ... Froschschenkel, Eidechsen, Fingernägel, keine Ahnung, was die alles einlegt ... Im Einlegen und im Haltbarmachen is de jedenfalls a Spezialistin.«

»Du, Rosl«, schluck ich. »Meinst du ... Meinst du, dass die Brunnerin sich auch mit dem Einlegen von ... von Menschen ... Ich mein, dass die vielleicht auch ... Menschen ... haltbar macht?«

Die Rosl erstarrt zur Salzsäule. »Du meinst doch ned, dass die Brunner Emerenz ...«, sagt sie, während sie mir mit einem starren Blick in die Augäpfel glotzt.

»Zumindest war sie im Haus. Nachdem die Sophie verschwunden war«, platzt es aus mir heraus.

»Sooooo. Ja mei, die Sophie war oft bei ihr. Und da Wiggerl hot o immer viel von ihren Diensten gehalten.«

»Warum hast mir denn das nie gesagt?«, schau ich sie vorwurfsvoll an.

»Ja mei, mich fragt ja keiner.«

»Rosl«, pack ich sie am Arm und schau ihr tief in die Augen.

»Sag, würdest du der Brunner Emerenz einen Mord zutrauen?«

»Ja, meinst du, die hot de Moserin vergiftet?«, macht sie Augen wie ein Mondkalb.

»Vergiftet? Du, Rosl, ich muss jetzt ganz schnell jemanden anrufen«, sag ich. »Aber, Rosl, bitte sag gar niemandem, was wir grad miteinander geredet haben. Niemandem!«

»Ja, ja, freilich. Wenn du mir sagst, wo ihr den Hartl hinhabts?«

»Den Hartl? Ja, den haben wir doch nicht versteckt.«

»Dann fragst mal deinen Haslinger. Die Marie, die kauft nämlich neuerdings für fünf beim Semmelmeier ein. Oder hockst du mitsamt deiner Brut vielleicht scho jeden Tag beim Haslinger zur Brotzeit?«

»Ach, das is doch jetzt wurscht«, wink ich ab und mach mich auf den Weg nach Hause. Von unterwegs ruf ich noch schnell den Ritschi an. Erfreut ist er nicht, dass ich ihn bei der Arbeit stör. Macht mal wieder ein Riesenfass auf. Weil ich aber nicht lang um den heißen Brei herumrede und gleich zur Sache komm, gibt er mir dann doch die gewünschte Auskunft. Und das, was er mir sagt, das setzt das Puzzle in meinem Hirn langsam, aber sicher zusammen.

Wie ich daheim in unseren Hof reinkomm, da zerreißt der Heinzi grad einen riesigen Karton in tausend kleine Teile. »Ich hab mir grad einen neuen Fernseher gekauft. Neunundvierzig Zoll. Stell dir vor, um zweihundert Euro war der runtergesetzt«, sagt er stolz wie Oskar, und wie ich ihm von meinen neuen Ermittlungserkenntnissen erzähl, da hab ich den Eindruck, dass er mir gar nicht zuhört, der stolze neue Flachbildfernsehbesitzer. Gut, wenn er meint, dann lös ich den Fall eben allein.

24

Gegen vier setz ich mich in die Daisy und fahr noch mal zur Brunner Emerenz raus. Warum zu Fuß gehen, wenn ich vier gesunde Reifen hab. Das Gartentürl steht immer noch offen. Entschlossen und recht mutig, wie ich finde, schreite ich zur Haustür vor. Klopfe. Keine Antwort. Wie üblich ist die Tür nicht abgeschlossen, also drücke ich die Klinke hinunter und öffne sie einen Spalt. Sie knarzt wie in einem Horrorfilm. Ich schrumpfe innerlich wie ein Hosenanzug im Wäschetrockner, bin praktisch klein mit Hut. Jeden Augenblick kann der Geist von der Sophie ... oder die Mörderin ums Eck ... Ich rufe mal lieber nach der Emerenz, bevor ich mir vor Muffe in die Hosen mache.

Wie niemand antwortet, geh ich rein. Muss den Kopf einziehen, weil ich mir sonst nämlich den Schädel an einem Balken anhaue. War das Haus schon immer so winzig, oder ist es wie die Emerenz in den vergangenen Jahren eingegangen?

Es riecht nach Kräutern, Blumen und etwas Süßlichem. Vielleicht nach Menschenfleisch, kommt es mir in den Sinn.

Flur gibt es keinen, also steh ich praktisch schon direkt drin, in der dunklen, schaurigen Stube. Durch die kleinen Fenster fällt nur wenig Licht ins Zimmer. Kein Wunder, auf den Fensterbänken türmen sich jede Menge Kerzen, Tinkturen und Gläser mit irgendwelchen Kräutern drin. Von der niedrigen Decke, die von einigen Holzbalken durchzogen ist, hängen getrocknete Kräuterbüschl herunter.

Äußerst unbehagliches Empfinden meinerseits.

Knieschlottern inklusive.

Die Emerenz ist nirgends. Weder in der Stube noch in der kleinen angrenzenden Küche. Auf dem Herd steht ein Tiegel, dessen Inhalt zu brodeln scheint. Schwarze, undefinierbare Paste. Ekliger Geruch. Ich mach den Deckel lieber wieder zu.

Die Tür zum Keller steht offen. Dort war ich noch nie. Also

kratze ich meine ganze Courage zusammen und knarze mich Stufe für Stufe die Holztreppe hinab. Je weiter ich nach unten komm, umso unheimlicher wird es. Befinde mich nun in so einer Art Vorratskeller. Es ist kalt, feucht und furchteinflößend. Schnapsflaschen, Tinkturen aller Art und Einmachgläser in rauen Mengen türmen sich dort vom Boden bis zur Decke. Seltsam, was die Brunnerin alles einmacht. Undefinierbares Zeug in den scheußlichsten Farben. Möcht gar nicht wissen, was da alles drin ist. Manche Gläser sind so verstaubt, als würden sie schon Jahre hier im Keller vor sich hindümpeln.

Auch hier keine Emerenz. Also dreh ich mich um und steige wieder die Holztreppe nach oben. Halt aber auf der zweiten Stufe inne. Irgendwas hindert mich, diesen Raum zu verlassen. Eine innere Stimme vielleicht, die sagt: »Dreh dich um Elli und schau.« Die Babsi sagt immer, ich soll auf meine innere Stimme horchen. Und so mach ich's halt jetzt.

Steh einfach so auf der Treppenstufe, schnauf ganz tief ein und aus und schau auf all die Einweckgläser hinunter. Nur ein Glas kommt mir in den Sinn. Unaufhörlich starr ich dort drauf.

Ich muss wissen, was da drin ist, also geh ich hin und wisch den Staub vom Glas. In dem Glas schwimmt ein Zeh.

»So, bist jetzt da«, steht die Brunnerin auf einmal neben mir. Herrschaftszeiten, hat die mich jetzt erschreckt! Wo ist die denn so plötzlich hergekommen?

»Das ... Das ist ein Zeh«, sag ich und deute auf das Glas.

»Ja, da hast du völlig recht, mein Kind.«

»Und wem ... Also, ich mein, wem hat der gehört?«

»Na, wem hat er denn gefehlt?«

»Dem ... dem ... Mm... Moser?«

»Ich hab ihn für dich aufbewahrt«, nimmt sie mir das Glas aus den Händen. »Komm«, fordert sie mich auf, und wir steigen die Treppe hoch.

»Setz dich«, bietet sie mir den Platz an, auf dem ich als kleines Kind schon gesessen bin. Dort, wo ich mich immer unheimlich beschützt und geborgen gefühlt hab. Jetzt aber sitzt mir der Schreck in den Gliedern. Und ein Mordsmuffensausen.

Sie stellt mir das Glas direkt vor die Nase. Das ist eklig.

»Hab schon gehört, dass du mich verdächtigst, die Sophie vergiftet zu haben.«

»Ich, nein … ich … Ich hab doch nur … Ich mein …«

Jetzt lacht die Emerenz.

»Meine liebe Elli, ich bin es gewohnt, dass mir die Leute irgendwas andichten. Alles, was sie sich nicht rational erklären können, ist ihnen eben fremd. Sie tun das, was ich mach, gern als Hexenwerk oder Esoterikschmarrn ab. Dabei gibt es Dinge zwischen Himmel und Erde, die sind eben nicht immer erklärbar. Aber deswegen bist du ja heute nicht bei mir. Du möchtest also wissen, wie ich an den Zeh vom Moser gekommen bin.«

Ich nicke und schau gebannt auf den Zeh, der vor mir in einer Flüssigkeit im Glas herumschwimmt. Ein Sonnenstrahl scheint genau in das Glas und beleuchtet den Zeh auf eine schaurige, eigenartige Weise.

»An jenem Tag, wie die Sophie gestorben ist, da hat sich der Wiggerl, wie schon öfter, bei mir im Schuppen mit dem Rampftl Fritz zu einem Stelldichein getroffen. Die zwei haben ein paar von meinen Schnäpsen getrunken und halt ein bisserl herumgeblödelt. Und keine Ahnung, wie genau das vor sich gegangen ist, jedenfalls hat der Wigg seinen Fuß unter meine alte kaputte Handhebelschere gestellt, mit der ich immer meine Kräuterbüschl geschnitten hab, und der Fritz ist irgendwie an den Hebel drangekommen und hat ihm dabei den Zeh abgetrennt. Das ist alles.«

»Das … Das ist alles?«

»Ja, und deswegen hat der Wiggerl auch nix mitgekriegt, was sich daheim in seinem Haus abgespielt hat. Wir sind dann ins Krankenhaus, und bis er daheim war, da war die Sophie weg.«

»Ja, aber … Sie hatte Reste von Ergotamin im Körper. Hat der Ritschi gesagt.«

»So, hat das dein Ritschi gesagt, aha. Ja, wenn der das sagt, dann muss es wohl stimmen.«

Hat die Babsi der Emerenz erzählt, dass der Ritschi in der Gerichtsmedizin arbeitet, oder woher weiß die das?

Sie wirkt nachdenklich. Schaut mich an mit ihren tiefgrünen Augen, und ich habe weder ein Busenjucken noch irgendein komisches Gefühl ihr gegenüber. Angstzustand aufgelöst. Stattdessen empfinde ich eine innere Ruhe, einen wohltuenden Frieden, so eine Verbundenheit mit allem oder so ... Und obwohl sie mir nach wie vor nicht ganz geheuer ist, die Emerenz, glaube ich ihr jedes Wort.

»Ich hab ihr da was gegeben, das löst Krämpfe aus. Die Sophie hatte mich am Vortag aufgesucht und mich darum gebeten.«

»Sie wollte das Kind, das sie erwartet hat, abtreiben?«

»Ich konnte es ihr wohl nicht ausreden. Ach, es war alles so schwierig damals. Die Menschen waren noch so in alten Dogmen verstrickt und in ihren gesellschaftlichen Vorstellungen. Das ist ja sogar heute noch oft so. Aber früher war es freilich noch viel schlimmer. Die Schöpfung hat jeden einzigartig gemacht, und doch sind wir alle gleich. Aber das kapieren eben nicht alle. Ein furchtbares Drama war das damals. Der Wiggerl hat ein Doppelleben geführt. War hin- und hergerissen zwischen seiner großen Liebe, die nicht sein durfte, und seinem Ansehen. Er hätte die Sophie nie heiraten dürfen. Und die Sophie, ja, die wollte zuallererst einfach nur einen Mann und dann eine Familie. Und weil sie nicht schwanger wurde, hat sie sich einen Vater für ihr Kind erkauft. Der ihr hinterher nur Ärger gemacht hat. Irgendwann, Jahre später, hat er sie nimmer in Ruhe gelassen. Hat ihr dauernd aufgelauert. Gewaltsam hat er sie genommen, immer und immer wieder, und unter diesen Umständen wollt sie das nächste Kind nicht kriegen. Weg wollt sie mit dem Hartl. Weg aus Engelsried.«

»Und ... Und wer ist dieser Mann?«

»Das musst du schon selber rausfinden.«

»Und der Zeh ...«, sag ich und starr wieder auf das Glas.

»Wir haben ihn lange gesucht, und wie ich ihn dann später gefunden hab, da war es zu spät, ihn wieder anzunähen.« Sie geht in die Küche.

»Ich ... Ich wollt dich nicht verdächtigen ... Ich hab, mein

Gott, ich hab die Rosl ausgefragt, und dann hat die das Gerücht in die Welt gesetzt.«

»Ich hab immer gefühlt, dass damals mit der Sophie was Schlimmes passiert sein muss. Das Haus hatte so eine schreckliche Energie. Darum habe ich auch den Zeh aufbewahrt. Ich hab gewusst, irgendwann kommt die Wahrheit ans Licht. Und wie ihr dann nach all den Jahren die Sophie da unten in dem Betonsockel gefunden habt, da war mir klar, jetzt dauert's nimma lang. Der Schmied Lenz ist gekommen, hat viele Fragen gestellt, aber weißt, Elli, der denkt zu rational. Sein Kopf ist nicht frei«, stellt sie mir ein Glas mit einer durchsichtigen Flüssigkeit hin.

»Was ist das?«

»Klarheit.«

Es schmeckt wie Wasser.

Jetzt lacht sie wieder.

»Das ist Wasser. Im Wasser steckt Klarheit. Trink davon und du wirst klar sehen, Elli. Ich wünsch dir morgen ganz viel Erfolg. Du wirst den Täter finden. Du musst nur auf dich selber hören, Elli. Lass dich drauf ein.«

Irgendwie hab ich jetzt den Drang, dass ich nun gehen muss, und so steh ich vom Stuhl auf und lauf zur Tür.

»Tante Emerenz …?«

»Ja, Elli?«

»Der Schmied Lenz. Hat er davon gewusst, dass du den Zeh vom Moser …?«

»Nein, Elli, der Lenz hat den Zeh nicht gefunden.«

»Pfiat di, Tante Emerenz.«

»Gott mit dir, liebe Elli.«

Daheim lieg ich die ganze Nacht wach. Die Brunner Emerenz hat die Wahrheit gesprochen. Ich weiß das. Diese Frau kann nie und nimmer nicht jemanden vergiften. Die Emerenz nicht. Wenn man die Scheu vor ihr ablegt und mit ihr spricht, dann hat sie so was unheimlich Beruhigendes und Warmes an sich, ich kann's gleich gar nicht sagen, was das ist. So als wüsste sie

Antworten auf alles, was um einen herum passiert. Obwohl das mit dem Zeh dann schon doch ein bisserl verrückt ist, gell?

Du wirst den Täter finden, du musst nur auf dich selber hören, hat sie gesagt. Ja, wie soll ich nur auf den Mörder kommen? Wenn nicht mal der Schmiedi, mit all seinen Fakten und Zeugenaussagen, mit DNA-Analysen und allen Möglichkeiten, die die Polizeiarbeit heute hergibt, auf den Täter kommt. Der Vater vom Hartl muss jemand sein, den ich bis jetzt noch nicht auf dem Schirm hatte. In meinem Kopf geh ich wieder und wieder all meine Puzzleteile, Hinweise und jede einzelne Kleinigkeit noch mal durch, komm aber auf keinen grünen Zweig. Wie kommt die nur drauf, dass ich morgen den Täter finden werde?

Lang bin ich noch am Grübeln, und weil ich nicht schlafen kann und mich im Bett herumwälze, steh ich irgendwann auf und leg mich im Wohnzimmer aufs Kanapee. Es ist schon halb zwei, und ich hör, dass unten noch dem Heinzi sein neuer Fernseher läuft. Hör auch, was er anschaut. Und es dauert auch nicht lang, da vernehme ich, wie die Leni mit einem Ruck die Wohnzimmertür aufreißt.

»Was tust du denn da?«, schreit sie ganz laut. Möcht nicht wissen, wie es den Heinzi auf seinem Sofa jetzt gerissen hat. Thriller? Dreck dagegen. Und wie ich am nächsten Tag in der Früh die Treppen runterkomm, da ist die Leni heute schon am Putzen. Und da frag ich sie freilich gleich, was gestern Nacht bei ihnen im Wohnzimmer los war.

»Also mit dem Heinzi, das wird ja immer schlimmer. Ich weiß gar ned, was mit dem eigentlich los is. Stell dir vor, ich komm heut Nacht ins Wohnzimmer rein, hockt doch da glatt ein rothaariges Weib mit so Putzutensilien im Fernseher drin. Du, die hot ausgschaut; eine Korsage hot die angehabt, in so einem Material wie bei mir in der Küche drin die Wachstischdecke, Strümpf bis zu den Schenkeln, dazu eine Orangenhaut, dass du meinst, die schlaft nachts in der Obstkisten. Dann wedelt die doch glatt mit einem Staubwedel herum und sagt, sie sei eine Hausfrau aus unserer Nähe und mir sollen sie anrufen. Du wirst es ned glauben, aber der Heinzi war drauf und dran, dass er do anruft. Mir ham dann direkt zum Streiten angefangen. Weil ich gsagt hob, Heinzi, hob ich gsagt, mir rufen die jetzt nicht an, da putz ich lieber selber.«

Ich lach mich tot.

Krieg mich gar nimma ein. Und die Leni steht da und versteht die Welt nicht mehr.

Ich lach auf dem Weg zur Arbeit, und wie ich beim Chef im Hof steh und aus dem Haslinger seinem Haus AC/DC schreit, lach ich, und wie ich ins Büro reinkomm, da lach ich ebenso.

Der Haslinger allerdings sitzt in seinem Sessel und zieht eine furchtbare Schnute hin. Krümmt sich dauernd und hält sich die Wampe. »Ich wüsst nicht, was da so lustig ist«, grantelt er zu mir rüber. »Ich hab furchtbares Ranzenpfeifen. War gestern auf da Frühjahrsversammlung von de Trachtler. Vielleicht war das saure Lüngal schlecht, das ich da verdruckt hab, keine Ahnung, ich hab jedenfalls einen Mordsdünnpfiff. Weißt was, Fuchsin, ich geh lieber nüber und hau mich aufs Kanapee«, sagt er noch und verschwindet durch die Tür. Und das find ich jetzt ehrlich gesagt gar nicht mal so schlecht vom Haslinger, dass er mich hier allein lässt. Kann ich mich wenigstens auf den Mordfall konzentrieren.

Dazu haut es mir aber jetzt eine Frage raus. Wie bitte soll man sich auf einen Mordfall konzentrieren, wenn man gar nicht weiß, auf was man genau schauen soll? Weit und breit kein Verdächtiger vorhanden, der auch nur im Entferntesten der Mörder sein könnte. Ich schalt meinen PC ein, schau aber nicht rein. Nein, ich glotz nämlich den ganzen depperten Vormittag lang auf die Tür und hoffe, dass der Mörder hier auftaucht. Aber nix, kein Mörder in Sicht. Gut, natürlich geht die Tür auf. Zweimal sogar. Einmal ist es die Marie, die mir eine frische Brezen und ein paar Krakauer Würste bringt, und einmal ist es dieses lästige Wimmerl.

Der ist heute wieder unfreundlich bis dorthinaus. Möchte einen neuen Klodeckel, weil der alte jetzt nämlich gebrochen ist und er sich deswegen den Arsch aufgeschnitten hat. Kauft doch tatsächlich den weißen Deckel. Legt mir haarklein das Geld auf den Ladenbudel, packt den Deckel und verlässt das Geschäft. Draußen im Auto sitzt, in Mantel und Hut gehüllt, seine Frau auf dem Beifahrersitz und starrt durch die Windschutzscheibe. Kann man nur hoffen, dass ihr der Deckel gefällt. Sonst kommt der womöglich wieder.

Der Vormittag vergeht, kein Mörder in Sicht.

Das Telefon klingelt, vielleicht ruft der Mörder ja an.

Aber nein, die Leni ist dran. »Stell dir vor, die Telefonnummer, du weißt scho. Die 089 4354 und dreimal die Acht. Das ist gar nicht die Nummer von da Gerichtsmedizin. Nein, des is die Nummer von dieser Jackeline.«

»Was für eine Jackeline?«

»Ja, die Hausfrau in unserer Nähe. Du weißt scho, die mit der Orangenhaut. Ich hob die nämlich vorhin angerufen und wollt wissen, weswegen da Heinzi dauernd bei ihr angerufen hot.«

Oh, oh ...

»Und ... Was hat sie ... Was hat sie gesagt?«

»Du, der wollt die gar nicht zum Putzen nehmen. Der hot einfach mal jemanden zum Reden gebraucht. Weißt, die hot ja mehr so ein Seelentelefon, die Jackeline. Sie sagt, ich soll mir keine Sorgen machen, da Heinzi is a ganz a durchschnittlicher, netter Mann. Da gibt's ganz andere, sagt sie. Weil, stell dir vor, mit der gleichen Vorwahl, da belästigt sie nämlich immer so ein Perverser. Beschimpft sie immer, nachdem sie mit ihm geredet hot, und des wär überhaupt ein ganz ein penetranter, unleidiger Kunde von ihr.«

Tja, unleidige und penetrante Kunden gibt es halt in allen Branchen, muss ich herzhaft lachen. Warum soll's jetzt dieser Jackeline anders gehen wie mir, gell?

Aber das, was die Leni jetzt noch erzählt, das ist dann echt der Hammer. Ja, fast schon ein Riesenzufall. Weil nämlich dieser perverse Wüstling Hans heißt und nicht nur die gleiche Vorwahl wie der Heinzi hat, sondern auch noch aus dem gleichen

Ort kommt. Und weil die Leni jetzt freilich vor Neugierde fast geplatzt ist und ums Verrecken nicht lockergelassen hat, da hat ihr zum Schluss die Jackeline doch glatt die Telefonnummer von diesem notgeilen Hans verraten. Und freilich hab ich jetzt flugs am PC die Rufnummerrückwärtssuche gemacht. Dreimal dürfen Sie jetzt raten, wer dieser Hans ist.

Der Wimmer.

Zufälle gibt's.

Wenig später klingelt wieder das Telefon. Mörder ist wieder keiner dran. Es ist die Pichelmeier. Ihr Hahn tropft. Ist wohl nicht mehr ganz dicht. Also, der Hahn.

Gut, wenn man es genau nimmt, ist auch die Pichelmeier auf irgendeine Weise ... gell? Ich versprech ihr, dass der Otto jetzt gleich sofort bei ihr vorbeischaut, und hoff, dass sie mir dann nicht wieder die Geschichte von Horst, dem Hamster, erzählt. Und ja, ich hab Glück, weil Horst is offenbar vergessen. Sie hat jetzt nämlich einen neuen Hamster. Der heißt Günter. Hoffentlich saugt sie den nicht wieder ein. Aber das mit dem Nachbarn scheint doch tatsächlich noch schlimmer geworden zu sein. Der kauft jetzt nicht nur beim Semmelmeier zwei Semmeln, obwohl er definitiv allein wohnt, sondern frühstückt jetzt auch schon mit einer Frau. Und so was ist dann freilich allerhand.

Oh Herr, lass Hirn vom Himmel regnen!

Nachdem sie endlich aufgelegt hat, schick ich gleich den Otto und den Kevin zu ihr hin. Damit sie auch ja nicht wieder anruft.

Nervige Kunden kann ich heute gar nicht brauchen. Aber wenig später steht auch schon wieder der Wimmer im Laden.

Diesmal muss ich schmunzeln. Allerdings gefriert mir das Lächeln augenblicklich, weil er bringt den Deckel zurück. Hat den nämlich daheim auf sein Klo draufgelegt, und seiner Frau gefällt er überhaupt nicht. Die will einen schwarzen Deckel, und fertig. Kein Wunder, wenn der Wimmer nach anderen Frauen giert. Aber freilich schwärmt er mir jetzt wieder von seinem alten schwarzen Deckel vor und jammert. Dramatik pur, ich kann und will es nicht mehr hören. Und weil ich keine Lust hab, mich mit dem Wimmer herumzuärgern, geb ich ihm das Geld zurück und lass mir von ihm auf einem Stück Papier bestätigen, dass er den Deckel unbeschädigt zurückgegeben hat. Nur, um auf der sicheren Seite zu sein. Soll sich doch der Haslinger mit dem alten Depp herumschlagen.

»Deckel ungebraucht und unbeschädigt«, schreibt er mir auf den Zettel und unterschreibt. Zwei Wimpernschläge später ist er auch schon wieder draußen. Setzt sich in sein Auto, wo seine Frau wieder mit Mantel und Hut auf dem Beifahrersitz sitzt und starr durch die Windschutzscheibe glotzt. Also entweder spinnt die Frau, oder die haben beide einen an der Waffel. Eins weiß ich sicher: Der Wimmer hat jetzt Hausverbot. Ich will ihn hier nicht mehr sehen. Bin doch nicht der Himbeertoni.

Ich leg den Deckel zurück ins Regal, setz mich im Büro auf meinen Stuhl und überleg. Wie soll ich nur auf den Mörder kommen? Mir will und will nix einfallen.

Also geb ich auf. Geh auf Männersuche.

Der Regensburger hat zurückgeschrieben. Will sich am Samstag mit mir treffen. Und nicht nur der Regensburger, nein, auch ein Wiener hat geschrieben. Hat einen ziemlich schwulstigen Schreibstil, schmiert einem förmlich Honig um den Mund. Auch hat er einen Sohn, der recht herzig ausschaut. Und er hat ein eigenes Autohaus und sieht gar nicht mal so übel aus. Einwandfreies Fahrgestell. Modell heißer Schlitten. Gut, obenherum ein bisserl der Lack ab, schon mehr ein Oldtimer, aber sonst tipptopp beieinander. Hat mich zur Probefahrt übers Wochenende nach Wien eingeladen. Oder soll ich lieber den Regensburger abschleppen? Mhm. Wer die Wahl hat, hat die Qual. Ich kann mich nicht entscheiden.

Brauch Klarheit, welchen von den beiden ich jetzt treffen soll.

Beiß in die Krakauer. Sie ist fettig, ich leg sie weg und hol mir ein Wasser. Wie ich dann so dasitz und Wasser trink, den Blick auf die zwei Männer gerichtet, da wird mir klar, dass ich weder die fettige Krakauer noch den Regensburger mag und schmierige Wiener schon gar nicht. Ich will keinen langweiligen Schlipsträger, und ich brauch auch keinen Superdaddy, der mich und die Kinder aushält. Mir wird klar, dass ich überhaupt keinen Mann will. Wollte einfach nur weg von hier. Weg aus diesem verrauchten Büro, weg aus diesem depperten Kaff und von dieser engstirnigen, langweiligen Gesellschaft hier, so schaut's aus!

Das Telefon klingelt schon wieder. Hat man denn hier gar keine Ruhe? Die Pichelmeier ist dran. Bedankt sich bei mir für die schnelle Erledigung. Der Hahn ist wieder tipptopp, sagt sie, weil der Otto nämlich ganz ein Flotter ist. Und dann lobt sie ihn in den Himmel hoch, den flotten Otto, der im Übrigen grad mit dem Kevin ins Büro reingeschneit kommt und sich in aller Seelenruhe eine Zigarette dreht. Und weil die Pichelmeier jetzt wieder mit ihrem depperten neuen Hamster daherkommt, bin ich ziemlich genervt, wie ich endlich den Hörer auf die Gabel leg.

»Die Pichelmeier?«, grinst mir der Otto durch den Rauch her.

»Ich kann dir gar nicht sagen, wie mich die nervt. Entweder erzählt sie mir von ihrem Hamster oder von ihrem Nachbarn. Das interessiert mich einfach nicht«, sag ich zum Otto.

»Also, ich find die Sachen, was die erzählt, unheimlich interessant. Der ihr Nachbar ist aber auch echt ein gspinnater Uhu, und seitdem seine Tante im Pflegeheim ist, dreht der komplett durch. Das hat sich ja dermaßen verschlimmert mit dem …«, bläst mir der Otto den Rauch her.

»Jetzt fangst du auch noch mit dem Nachbarn an«, unterbreche ich ihn hustenderweise. »Das is mir doch wurscht, ob sich das verschlimmert hat, ich will nix hören!«

»Aber komisch ist das, dass der jetzt schon mit seiner imaginären Frau frühstückt, obwohl er Junggeselle ist.«

»Ja, voll der Psycho. Und recht machen kann man dem auch nix. Beschwert sich laufend über laute Geräusche oder wenn wir das Auto falsch auf der Straße parken, wenn wir bei der

Pichelmeier sind«, schmeißt der Kevin seinen Scheitel nach hinten.

»Ach, das ist der Dossenbach?«, lach ich.

»Nein, nein, das ist so ein Älterer ... der Dings ... da Ding ... Herrschaft, sag's halt. Stämmig is er, den kennst scho«, überlegt der Otto. »Mensch, mir liegt es auf der Zunge ...«

»Voll der Arsch, halt.«

»Ich weiß nicht, wen ihr meint, und ehrlich gesagt ist mir das auch wurscht«, nehm ich das Wasserglas vom Wimmer seinem Zettel und trink.

»Buschige Augenbrauen hat er ...«

»Der Wimmer?«, fällt es mir dann wie Schuppen von den Augen.

»Genau, der!«, haut sich der Otto auf die Schenkel. »Du, Elli, wo is denn der Chef?«

Der Wimmer! Stell ich das Glas wieder auf den Zettel zurück.

Mitten auf dem Wimmer sein Gekritzel. Schau auf die Schrift.

Könnte der Wimmer der Vater vom Hartl ...? Den Wimmer hab ich ja noch gar nicht in Betracht gezogen. Der war ja auch gar nicht auf der Liste vom Schützenverein. Der Otto hat gesagt, der Wimmer ist ein Psychopath. Der Mörder von der Sophie war definitiv auch ein Psychopath. Versteckt Kleider und Schmuck im Sarg von der Barmeirin ... Schreibt im Namen von der Toten Postkarten zum Geburtstag ... und dann dieser Lavendelbüschl ... Ich schau versonnen ins Glas. Dreh es nach allen Richtungen und beobachte das Wasser darin. Im Wasser steckt Klarheit, hat die Emerenz recht mystisch gesagt. »Trink davon und du wirst klar sehen. Du wirst den Täter finden. Du musst nur auf dich selber hören, Elli. Lass dich drauf ein«, hör ich sie sagen, schließe die Augen und spüre in mich rein. Sehe den Wimmer vor mir, dieses knorrige, finstere Gesicht. Die kräftige Statur. Die penetrante Art.

Er ist es, sagt mir eine innere Stimme. Er muss es einfach sein.

Er hat mir ja auch das mit dem Moser und dem Rampftl erzählt. Wollte er mich so auf eine falsche Fährte locken? Andererseits wusste er aber doch gar nicht, dass ich in dem Fall ermittle ... Aber mein Gefühl sagt mir, er war's. Ganz klar. Mhm, wie komme ich aber an Beweise ... ha? Man müsste ... ja ... man müsste ...

»Hallo, ist da wer daheim?«, klopft der flotte Otto mir an den Schädel. »Wo der Chef ist!«

»Der Haslinger hat einen flotten Otto, und ich muss jetzt ganz schnell telefonieren.« Und kaum sind der Otto und der Kevin aus der Tür, ruf ich die 089 4354 und dreimal die Acht. Die Telefonnummer habe ich im Kopf, hab sie jetzt oft genug gehört.

Die Leni hat recht, diese Jackeline ist nett. Orangenhaut hin oder her. Von dem Mord hat sie bereits in der Zeitung gelesen. Und freilich ist sie sofort bereit, mir zu helfen beziehungsweise mir eine Auskunft über den Wimmer zu geben. Schon deswegen, weil ich mich bei ihr mit Kriminalhauptkommissarin Schmid vorgestellt habe.

Die Jackeline sagt, sie sei, was Männer betreffe, ganz und gar nicht zimperlich und auch einiges gewohnt. Aber der Wimmer sei so richtig obszön und ausfallend zu ihr gewesen, dass sie seine Telefonnummer habe sperren lassen. Der Mann müsse Frauen abgrundtief hassen, sagt sie noch, und darum werde ich jetzt handeln, denn wenn der Wimmer die Sophie ermordet hat, dann muss ich ihn jetzt als Täter überführen.

25

Mit dem Zettel vom Wimmer in der Tasche klingle ich an der Haustür vom Haslinger. Die Marie macht auf. Ich merk gleich, dass ich ihr höchst ungelegen komm.

»Willst zum Alfi? Du, dem geht's gar nicht gut. Ist besser, wenn du morgen ...«

»Ach, hörst du heute AC/DC?«, unterbrech ich sie gleich.

»Was hör ich?«

»AC/DC. Ich hör das neuerdings öfter zu mir ins Büro rüber.«

»Äsi ... dingsdi ... ach so, ja, ja freilich ...«

»Mariiie, wo is der Hartl?«, bäum ich mich vor ihr auf. Ich brauch sie bloß anschauen, dann wird die schon hochrot. Die Marie kann einfach nicht gut lügen.

»Der Hartl? Wieso, wie kommst denn jetzt auf den?«, versucht sie es noch, aber wie sie meinen Blick sieht, da rückt sie auch gleich mit der Wahrheit heraus. »Ich hab so Mitleid gehabt mit dem Buben. Schau, der hat doch aus dem Haus vom Moscr ausziehen müssen. Seine Mutter hat er verloren und jetzt auch noch seinen Vater. Seine Wohnung in Weilheim hat er gekündigt, ja, wo hätt er denn hinsollen, der Bub?«

»Weiß es der Chef?«, schau ich sie fragend an.

»Der hat da gar nix zum Mitschnabeln. Der is von mir jahrelang von vorne bis hinten bemuttert worden. Der soll sich jetzt mal auf eigene Füße stellen, außerdem hat er ja jetzt dich. Und solang der Schmied Lenz den Slawinski nicht gefasst hat und somit den Hartl immer noch verdächtigt, da bleibt der Bub da, und basta!«, verschränkt die Marie die Arme vor der Brust und stellt sich demonstrativ vor mich hin.

»Alles gut, Marie. Bei mir ist dein Geheimnis sicher. Ich muss jetzt aber dringend mal mit dem Hartl reden«, sag ich noch, und sie lässt mich dann auch prompt zu ihrem Pflegekind durch.

Wie ich dann dem Hartl gegenübersitz und ihn nach den Glückwunschkarten frag, die er damals angeblich von seiner Mama aus Hamburg bekommen hat, da schaut der mich erst mal recht traurig an. Teilt mir mit, dass er die allesamt verbrannt hat. Glaub ich ihm aber nicht. Und erst wie ich ihm sag, dass ich anhand der Karten vielleicht den Mörder von seiner Mama finden kann, da rückt er sie mir schlussendlich doch noch raus. Freilich kann ich die Schrift auf den Karten nicht professionell mit dem Wimmer seiner Sauklaue vergleichen. Außerdem verändert der Mensch ja auch im Laufe des Lebens seine Handschrift, aber ähnlich find ich sie schon. Die verschnörkelten Buchstaben sind genau gleich. Werd sie wohl dem Ritschi geben, und er kann mir dann ein Schriftsachverständigengutachten machen lassen. Da wird er dann schauen, der Herr Kriminalhauptkommissar!

»Vielleicht hab ich den Mörder. Leihst du mir eine Karte?«, sag ich.

Der Hartl heult los wie ein Schlosshund und nickt. Und weil es mir jetzt echt pressiert, pack ich die Karte und den Zettel und renn zum Haslinger runter. Der flackt am Kanapee, hat eine Wärmflasche auf seiner Wampen und ist ein bisserl konfus, wie er mich hier sieht. Ich teil ihm dann gleich mit, dass ich jetzt dringend heimmuss, weil mich nämlich ebenso wie ihn selbst nix mehr auf dem Stuhl im Büro hält. Wegen Ranzenpfeifen. »Vermutlich ein gemeiner Virus«, sag ich noch so.

»Ja, leck mich am Orsch, was hat uns denn da erwischt, ha? Mei, dann müssen mir halt den Laden die nächsten Tage zusperren. Zefix, mir geht's so scheiße, und niemand kümmert sich um mich. Sogar meinen Tee muss ich mir selber kochen. Und da Oa hot bei da Mama droben ein Leben wie Gott in Frankreich«, jammert er. Oh, der Haslinger ist echt eine arme Sau.

Im Hof treff ich dann auf den Kevin. Der lädt gerade ein altes Klo samt schwarzem Deckel aus dem Auto.

»Brauchst den noch?«, frag ich und deut auf den Deckel. Der Kevin wirft seinen Scheitel nach hinten und schaut blöd.

»Du, bau mir den doch bitte noch schnell von dem Klo ab und tu ihn in eine Plastiktüte rein.«

»Putzen mag ich den jetzt aber nicht«, winselt er mir her, und wie er mir die Tüte überreicht, pack ich das Prachtstück, sperr den Laden ab und fahr damit heim.

Stinken tut er schon, der Deckel, das muss man ganz klar sagen.

Der Heinzi wird Augen machen, wenn ich ihm jetzt alles erzähl. Wenn ich sag, dass ich glaub, dass ich den Mörder hab. Luftsprünge wie der Snorre bei Wickie wird der Heinzi machen. Ich bin entzückt, wird er rufen. Überhaupt hat der Heinzi mit dem Snorre eine gewisse Ähnlichkeit. Aber wurscht, das tut hier ja jetzt echt nichts zur Sache. Jedenfalls wird er sich darüber freuen und liebend gern mit mir zum Wimmer hinfahren. Vielleicht können wir ihn als Täter überführen. Gut, die Beweislage ist sehr dünn. Aber vielleicht kann man dem Wimmer ja die Wahrheit rauskitzeln, wenn man es nur klug genug anstellt.

Der Heinzi ist nicht da. Bringt wohl gerade seinen depperten Fernseher zurück. Oder tauscht ihn gegen einen anderen ein. Sagt der Gustl. Der gekaufte Fernseher war wohl ein Montagsgerät, hat heute Vormittag zu flackern angefangen. Vermutlich Überlastung, bei all den Weibern, die sich in dem Fernseher die ganze Nacht drin tummeln. Oder aber, der Heinzi hat mal wieder an der Technik herumgepfuscht, das kann auch sein.

Auf den Heinzi warten mag ich jetzt nicht. Dafür bin ich zu aufgeregt. Und so überleg ich gar nicht erst, ob ich einen Zettel hinterlassen soll, wo ich hinfahr. Nein, ich fisch mir dem Heinzi sein Diktiergerät aus seiner Detektivwerkzeugkiste raus, pack es zusammen mit dem schwarzen Klodeckel in die Daisy rein und starte den Motor. Leider mag die Daisy nicht zum Wimmer. Sie springt nicht an und orgelt herum. Ja, toll, wenn es heikel wird, macht die Zicken. Da bleibt mir nix anderes übrig, als wieder das Kinderrad vom Gustl zu nehmen oder meine zwei Füße. Ich entscheid mich für Letzteres. Hab keine Lust auf schweißtreibendes Pedaletappen.

Dem Wimmer sein Haus ist auch schon ein älteres Modell. Aus den Dreißigern des letzten Jahrhunderts, würd ich sagen. Ziemlich runtergekommen, die Bude.

Ich klingel, aber er macht nicht auf.

»Grüß Gott, Frau Fuchs, wollen S' zum Wimmer?«, reißt die Pichelmeier gegenüber ihr Fenster im ersten Stock auf. Es geht doch nix über aufmerksame Nachbarn. »Sind S' mir fei vorsichtig, gell, Frau Fuchs? Ich hab da drüben schon Frauen reingehen sehn, die sind nie wieder rausgekommen«, lacht sie. »Sie, wenn der nicht aufmacht, dann sitzt der bestimmt hinten in seinem Garten«, informiert sie mich noch, und ich schalte schnell das Diktiergerät ein und schreite durch das Gartentor. Kaum bin ich um das Haus herumgegangen, staun ich erst mal nicht schlecht. Der Wimmer hat ein riesiges, nicht einsehbares Grundstück, das direkt an den Wald grenzt. Entdecke ihn vor einem hölzernen Gartenhäusl. Sitzt in der Sonne beim Essen. Allerdings nicht allein. Eine Frau mit Hut und Mantel sitzt mit dem Rücken zu mir, also praktisch dem Wimmer genau gegenüber, und der Wimmer schimpft gerade auf sie ein. »Nein, also das geht so nicht, du musst jetzt was essen, immerhin kriegst du ein Kind. Da musst du doch auf dich schauen, Kruzitürken!«

»Grüß Gott, Herr Wimmer«, ruf ich fröhlich und sause zwischen Kräutern und Beeten entlang direkt auf ihn zu.

»Gehen S' weg! Gehen S' sofort weg!«, ruft er, fuchtelt mit seinen Händen und springt nervös vom Stuhl. Versucht, mich aufzuhalten, aber da steh ich schon auf der ersten Stufe des Holzhauses. »Was wollen Sie denn? Wir sind grad beim Essen. Und überhaupt, was fällt Ihnen ein, da so hereinzuspazieren? Ja, wo kommen wir denn da hin, wenn da jeder einfach beim anderen aufs Grundstück geht, ohne zu fragen! Schauen S' sofort, dass Sie rausgehen, sonst hol ich die Polizei«, schimpft er, aber ich lass mich nicht abwimmeln. Geh die restlichen Stufen zu ihm hinauf und setz meinen Verkäuferblick auf. Dann tu ich recht enthusiastisch und plappere ohne Punkt und Komma, wie ein Staubsaugervertreter, einfach drauflos. Widerrede zwecklos.

»Herr Wimmer, ich hab ganz was Feines für Sie, mei, da werden Sie sich freuen! Eine Riesenüberraschung ist das. Schaun S', was ich für Sie hab«, leg ich die Tüte auf den Tisch und zieh den schwarzen Deckel hervor. »Gell, da schaun S' jetzt? Ich hab gedacht, ich muss Ihnen den Deckel gleich höchstpersönlich vorbeibringen. Und ... Was sagen S'?« Dreh ich den stinkigen Deckel in seine Richtung. »Freuen Sie sich?«

»Ja, ja«, sucht der Wimmer nach Worten, die ihm nicht einfallen wollen, und wie ich so da steh und warte, dass er was sagt, da fällt mir auf, dass es sich bei der Person mit dem Hut und dem Mantel nicht um eine Frau, sondern um eine Schaufensterpuppe handelt. Der Wimmer scheint tatsächlich den Verstand verloren zu haben, was die Sache um einiges erleichtert.

Jetzt heißt es tricksen. Entweder der Wimmer steigt drauf ein, oder aber er hält mich für völlig bekloppt und wirft mich raus.

»Ja, grüß Gott! Genießen Sie heute auch die Sonne da heraußen?«, beug ich mich zu der Puppe hinunter und schüttel ihr die Hand. »Gell, Sie freuen sich auch über den schwarzen Deckel. Wie heißt sie denn, Ihre Frau?«, wende ich mich zum Wimmer um. Der steht da und glotzt mich an, wie ein Schwalberl, wenn's blitzt. Ist völlig irritiert.

»Sophie«, kommt es dann aber ganz leise wie von selbst aus seinem Mund.

»Sophie. Ach, ich hab gedacht, die Sophie ist tot.«

»Nein, nein, die Sophie ist nicht tot«, stammelt er und guckt beleidigt.

»Die Frau hier schaut aber gar nicht aus wie die Sophie. Die Sophie hat doch immer so ein gelbes Kleid angehabt, mit großem Blumenmuster drauf ... Ach nein, das hat ja jetzt die Barmeier Friedl an«, wink ich ab. Der Wimmer steht da wie angefroren und glotzt mich eisig an, ich kann's grad nicht beschreiben. Auf jeden Fall ist er völlig perplex. Wirkt auch total abwesend.

»Der Sophie ihr Lieblingskleid war's, hat sie immer angehabt. Ein Mal hab ich es noch an einer Frau sehen wollen, das

Kleid. Ein Mal!«, sagt er dann leise aus seiner Schockstarre heraus.

»Und darum hast das dann der Barmeier Friedl angezogen? Und warum dann der Lavendel?«

»Gestunken hat s', die Friedl, gestunken«, kommt es bös aus ihm raus. »Und meine Mama hat früher schon immer gesagt, wenn jemand stinkt, dann ist das ein schlechter Mensch. Und die Friedl, das war eine Matz. Alles hätt ich ihr gegeben, der Friedl, alles. Immer wieder hab ich sie besucht. Froh hätt sie sein müssen, dass ich sie wollen hab, froh!« Er setzt sich auf den Stuhl. »Abgewiesen hat s' mich, das dumme Luder. Angefleht hab ich sie, angefleht, da oben in der Tenne, gepackt hab ich s', und dann is sie die Futterluke runtergestürzt. Jetzt hat s' ihre gerechte Strafe«, schaut er hasserfüllt mit starrem Blick an mir vorbei. »Alle sind s' gleich, die Weiber!«, schnaubt er. »Keine hat mich wollen, keine! Bloß die Sophie, die hat mich gerngehabt.«

»Die Sophie, die wollt dich auch nicht. Angst hat sie gehabt vor dir, Angst.«

»Nein, nein!«, schwenkt der Wimmer ungläubig den Kopf hin und her. Hält sich die Hände vors Gesicht. »Das ist nicht wahr!«, schreit er unfassbar laut heraus. »Die Sophie, die hat mich geliebt. Hat mein Kind unter ihrem Herzen gehabt. Hat sich gefreut, wenn ich zu ihr kommen bin.«

»Gefürchtet hat sie sich vor dir. Mit Gewalt hast du sie genommen. Weg wollt sie von dir mitsamt dem Buben. Weg!«, schrei ich fast und schau ihn dabei mit einem finsteren Blick an.

Seine Augen funkeln. »Aber fürs Kindermachen, da war ich ihr schon recht!«, schreit er mich wütend an, steht auf und geht wie ferngesteuert an mir vorbei in den Garten hinab. Ich folg ihm auf Schritt und Tritt, kleb an seinen Fersen, wo immer er auch hingeht. Und während wir so durch den großen Garten wandeln, erzählt er, was sich an jenem Vormittag abgespielt hat.

»Wie sie dagelegen ist mit Schmerzen, meine Sophie, und mir

gsagt hat, dass sie unser Kind wegmachen will, da hab ich sie an der Gurgel gepackt, hab sie geschüttelt vor Wut, und dann hab ich zugedrückt. Bis sie sich nimma gerührt hat. Weil, wenn sie mich nicht will, dann soll sie keiner haben. Keiner! Und wie sie dann so vor mir gelegen ist, dann hat sie mir gehört. Mir ganz allein!«, dreht er sich zu mir herum und schreit mich an. »Immer is die Sophie bei mir! Nur bei mir, verstehst?«, packt er mich grob am Arm und zerrt mich mit sich.

»Aua, Wimmer, lass aus, das tut weh«, setz ich mich zur Wehr, aber er ist stärker. »Jetzt lass mich aus, zefix!«, schimpf ich, doch bis ich michs verseh, schleift er mich auch schon quer über das Grundstück zu einem verfallenen Plumpsklo. Dort lässt er endlich meinen Arm los. Sofort versuche ich, die Flucht zu ergreifen, aber er reagiert zu schnell, kriegt mich noch an der Jacke zu fassen, zerrt mich in das Plumpsklo hinein. Stellt sich dicht an mich ran. Fluchtversuch zwecklos. Ich muss verrückt gewesen sein, mich allein mit einem Mörder zu treffen, ohne vorher jemanden davon in Kenntnis zu setzen! Meine ehrgeizigen Pläne, den Fall allein lösen zu wollen, können mich das Leben kosten. Mir wird flau im Magen. Der Wimmer scheint Frauen echt abgrundtief zu hassen. Wenn der jetzt auf mich losgeht, dann … dann … Ich weiß nicht, ob ich gegen ihn ankomme, ob ich …

»Sie hat wunderbar drin Platz gehabt, in dem Sockel, die Sophie. Wunderbar. Wollte den Sockel auch unbedingt so groß haben. Da kann man einwandfrei den ganzen Bauschutt reinschütten, hat s' gesagt. Der Sockel war wie für sie gemacht. Ich hab nur den Holzdeckel draufgenagelt und zubetoniert. Dann hab ich einen alten Kameraden angerufen, der am nächsten Tag ein paar Kleider und Schmuck von ihr geholt hat.«

»Und damit dir niemand draufkommt, hast ein paar von den Sachen da Barmeier Friedl in den Sarg gelegt und dem Hartl jedes Jahr eine Karte aus Hamburg geschickt? Weißt was, Wimmer, du bist krank!«, fauch ich ihn an.

»Ich bin ned krank«, drängt er mich weiter in die Bretterbude hinein.

Der Boden unter mir gibt nach.

»Die Tante hat auch immer behauptet, ich sei krank. Aber ich bin ned krank.« Er klingt dabei wie ein trotziges Kleinkind. Schiebt mit dem Fuß ein Brett zur Seite und kommt mir dabei gefährlich nahe. »Wunderbar hat s' reingepasst, in den Sockel, wunderbar, und keiner hat's erfahren, wo meine Sophie ist, keiner«, kommt er immer näher an mich her, und so weich ich Stück für Stück immer weiter zurück ... bis ich falle.

26

Ich fall etwa drei, vier Meter in die Tiefe, so genau kann ich das nicht sagen. Schlag mir dabei den rechten Arm an und lande dann unsanft auf meinen Füßen. »Ihr Weiber seid doch alle gleich. Verrecken sollst!«, hör ich den Wimmer noch hämisch sagen, und bis ich kapier, was los ist, schiebt er oben das Brett zu, und um mich herum wird's dunkel. »Niemand hätte sie gefunden, die Sophie. Niemand! Und dich wird auch niemand finden, da kannst du Gift drauf nehmen«, klopft er auf das Holz, dann wird es leise.

Ja, toll. Das hat mir gerade noch gefehlt. Mein Bein schmerzt, ich taste mir den schmerzenden Arm ab. Hab mir die Jacke aufgerissen, vielleicht blute ich auch, keine Ahnung, ich kann ja hier in dem Loch nix sehen. Hier unten stinkt's, es ist feucht und mufflig. Mit der linken Hand fische ich mir mein Handy aus der Hosentasche, aber leider kein Akku. Kann man nur hoffen, dass die Pichelmeier bald merkt, dass ich noch nicht aus dem Wimmer seinem Haus rausgekommen bin, und dann die Polizei anruft.

Langsam gewöhn ich mich an die Dunkelheit. Durch die Bretterritzen scheint ein wenig Licht in die alte und vermutlich längst ausgediente Versitzgrube herein. Zuerst lehne ich mich an der steinigen Wand an, dann aber setz ich mich irgendwann auf meine Knie und lass mich schließlich auf meinen Hintern plumpsen. Unter mir ist Laub oder so, vielleicht auch altes Gras, keine Ahnung, jedenfalls ist es relativ weich. Etwas ist an meinen Füßen. Vielleicht ein Stück Holz. Ich greif danach, halte es gegen das Licht.

Es ist ein Knochen.

Angewidert werf ich ihn schlagartig von mir. Greif nach dem nächsten größeren Trum, was da so unter mir liegt, halt es wieder gegen das Licht. Es ist … Ich kann's nicht genau … Das ist … Das ist … ein Totenschädel.

Lass ihn abrupt fallen, spring auf und schrei.

Kreisch aus vollem Halse. Schrei wie am Spieß.

Schrei so lang, bis ich nicht mehr schreien kann.

Ich steh in einer Gruft, in einem Sarkophag, und nur der liebe Gott weiß, wie viele Frauen der von seinem Hass völlig zerfressene Wimmer hier schon entsorgt hat. Und wenn mich nicht bald jemand findet, dann werd ich hier unten ebenso verrotten.

Langsam, ganz vorsichtig, setz ich mich wieder hin. Die Kinder werden mich irgendwann vermissen, werden dem Heinzi Bescheid geben, und der wird mich irgendwann suchen. Arg lang kann es ja nicht dauern, bis mich hier jemand findet, oder?

Ich nehm meine Knie in meine Arme und halt sie ganz fest an mich. Der Arm pocht vor Schmerz. Ich schlottere vor Kälte.

Stunde um Stunde warte ich. Das Licht von oben wird weniger. Bis es schließlich ganz dunkel wird.

Leider schaut es nicht so aus, als würd mich irgendjemand vermissen. Warum hab ich bloß niemandem gesagt, wo ich hingehe? Wie blöd kann man sein?

Wenn ich Pech hab, seh ich das Tageslicht nie wieder. Jämmerlich verhungern und verdursten werd ich.

Müde werd ich, unsagbar müde.

Meine Kindheit hier in Engelsried geht mir durch den Kopf. Schön war's bei der Oma. Streng war sie, streng, aber liebevoll. Wie phantastisch war's damals, mit dem Heinzi und der Babsi durchs Dorf zu ziehen. Spiele im Heu fallen mir ein, Eiszapfenlutschen im Winter und wie wir uns im Sommer über die Buckelwiesen hinunterkullern haben lassen. Wie frei und unbeschwert hab ich mich dabei gefühlt! Der ganze Faschingsrambazamba fällt mir ein. Der Kehraus, das Weiberkränzle, lustig war's, das Weißwurstessen beim Wirt, eine Mordsgaudi.

Der Haslinger rennt durch meine Gedanken. Den Glimmstängel im Mund. Sitzt im fussligen Bärenkostüm in seinem Bürostuhl und lacht. Ach, was würd ich jetzt darum geben, wenn ich ihm gegenübersitzen dürfte und er mich einnebelt. Hätte nie gedacht, dass mir der Haslinger mal so fehlen würde.

Schön ist es in Engelsried. Kein bisserl langweilig. Und ich hab mir eingebildet, hier wären nur altbackene Landeier. Dabei sind es genau diese Menschen, die unheimlich herzlich, ehrlich und echt sind. Oh Mann, Heinzi, Leni, wo seid ihr? Vermisst mich denn keiner?

Der Schmied Lenz fällt mir ein. Die Blumen, der Krapfen. Was würde ich nur geben, wenn er mich jetzt angrinsen würd. Würd ihm ein Bussi auf die Backe geben. Ja, sogar küssen würde ich ihn, wenn er mich nur hier rausholt.

Ich leg den Kopf in meine Arme und schlaf ein. Träum vom Schmied Lenz, von seinen schönen Händen, ja, hör ihn sogar rufen. Elli, ruft er, irgendwo weit weg, das ist schön.

Ich höre den Waldi bellen, über mir auf dem Holz, und wach schlagartig auf.

»Elli?«, hör ich den Schmied Lenz, diesmal ganz nah.

»Ich bin hier!«, schrei ich, so laut ich noch kann. Das Holz wird weggeschoben. Dann wird's hell.

»Wie geht's dir, Elli?«, fragt mich der Schmied Lenz blendenderweise.

»Ich will hier raus! Lenz, bitte hol mich hier raus!«, schrei ich und fang zu heulen an.

»Bist du verletzt?«, kommt es von oben.

»Hol mich bloß raus hier, bitte«, schluchze ich. Kann mich gar nicht mehr beruhigen. Wie er mir dann nach einer Weile eine Leiter in die Grube runterschiebt, da bin ich heilfroh, der Hölle dort unten entkommen zu sein.

Mühevoll und kraftlos steig ich Sprosse für Sprosse nach oben in die Freiheit. Den letzten halben Meter hilft mir der Lenz noch, indem er meine Hand packt und mich hochzieht. Kaum oben, fall ich ihm auch schon um den Hals. Die ganze Angst der letzten Stunden, die Trostlosigkeit, der Ekel, alles fällt von mir ab, wie er mit tröstenden Worten auf mich einspricht. Es tut unheimlich gut, dass er mich in seinen Armen hält. Und so komm ich freilich nicht umhin, mein Versprechen einzulösen, was ich mir dort unten in der Grube gegeben hab.

»Danke«, sag ich, nehm sein Gesicht in meine dreckigen Hände und geb ihm einen Kuss.

Versprochen ist versprochen.

Er schmeckt verdammt gut, das muss der Schock sein.

»Elli. Es ist gut jetzt«, sagt er gleich, drückt mich von sich weg, geht mit mir aus dem Bretterverschlag raus. »Was hast du überhaupt hier gemacht? Und warum hast du niemandem gesagt, wo du hingehst, verdammt noch mal!«, hält er mich mit beiden Händen fest und schaut mir dabei besorgt in die verheulten Augen. Im Augenwinkel seh ich ein Licht. Es kommt auf uns zu.

»Der Wimmer! Lenz, der Wimmer ist der Mörder«, stammel ich ängstlich, will wegrennen, aber der Schmied hält mich fest.

»Deine Phantasie geht wieder mit dir durch, Elli«, hör ich ihn sagen. Es ist der Heinzi, der näher kommt. Der Heinzi, samt Waldi. Gott sei Dank!

»Mei, Elli, da bist ja! Ich hab schon gedacht, es ist Gott weiß was passiert«, leuchtet er uns mit seiner Taschenlampe an.

»Der Wimmer ist der Mörder!«, wiederhol ich noch mal ganz aufgeregt und schau dem Schmied dabei in die Rehbraunen rein. Ich versteh einfach nicht, warum er mir das immer noch nicht glaubt.

»Pfui Teufel, was ist denn das? Da unten liegt ein Skelett«, leuchtet der Heinzi in das Loch hinein. »Ein komplett verwester Mensch.«

»Wo ist der Wimmer?«, schrei ich den Schmied nun energisch an. Und erst jetzt scheint der dumme Bulle zu begreifen. Lässt mich abrupt los, geht zum Heinzi ins Plumpsklo und leuchtet mit der Taschenlampe in die Grube hinunter.

Ich zittere wie Espenlaub.

»Keine Angst, Elli, er kann nicht fliehen«, nimmt mich der Lenz wieder in den Arm und redet ruhig auf mich ein.

»Der Lenz hat ihn mit Handschellen an einer Säule festgesetzt, weil der ums Verrecken nicht zugeben wollte, dass du noch hier bist«, erklärt mir der Heinzi. Der Lenz zückt sein Handy und verständigt noch seine Kollegen, und wie wir dann später ins Haus vom Wimmer reingehen, da ist der Wimmer doch tatsächlich, zusätzlich zu den Handschellen, mit einem Strick rücklings stehend an dieser Säule festgebunden, ganz so, als würde er am Marterpfahl stehen. Der Schmied schaut erstaunt zum Heinzi rüber, verschränkt dann aber die Arme über der Brust und setzt ein verschmitztes Lächeln auf. »Heinzi?«, schaut er ihn warnend an.

»Der wollte fliehen«, zieht der Heinzi schuldbewusst die Schultern hoch und schmunzelt dabei den Herrn Kriminalhauptkommissar an, der jetzt freilich den Kopf schüttelt. Der Heinzi hat halt schon immer gern Indianer gespielt.

Und wie dann eine ganze Armee an Polizisten, samt Spusi, hier eintrifft, strotzt der Heinzi förmlich vor Stolz. Steht da wie Winnetou und brüstet sich als Held.

Die Polizisten kümmern sich um den Wimmer, der Heinzi kümmert sich um sein Ego, und der Schmied Lenz kümmert sich um mich.

Fährt mich ins Krankenhaus.

Dort wird mein Arm verarztet. Der muss jetzt in einer Schiene ruhiggestellt werden. Und meine Psyche, ja, die muss auch ruhiggestellt werden, zumindest meint das der Schmied, und der Doktor meint's auch. Und da sind die ganz ihrer Meinung. Und deswegen stimm ich halt jetzt zu, dass ich zur Beobachtung für eine Nacht im Krankenhaus bleib.

Kurze Zeit später steh ich auch schon mit dem Schmied auf dem Krankenhausflur vor meinem Nachtquartier und bedank mich noch mal artig bei ihm für die Rettung. Fisch dabei die Glückwunschkarte vom Hartl aus der Hosentasche plus den Zettel vom Wimmer. Dann schaff ich dem Schmied an, dass er doch bitte schön die Handschriften mal miteinander vergleichen lassen soll, und drücke anschließend dem Herrn Kriminalhauptkommissar noch das Diktiergerät in die Hand, damit er was zu hören bekommt. »Musst heute noch auswerten. Dann hast du was zu tun und läufst nicht immer anderen Frauen hinterher«, grins ich.

Er schaut ein bisserl überrascht auf das kleine graue Diktiergerät in seinen Händen, als hätt er noch nie ein solches gesehen.

»Der Wimmer hat nicht nur das Skelett auf dem Gewissen, das dort unten auf seinem Grundstück liegt, sondern auch die Sophie. Hat alles zugegeben«, informier ich ihn nun. Und jetzt schaut er fei deppert drein, der Herr Kriminalhauptkommissar.

Noch depperter, eigentlich fast schon saudeppert, schaut er drein, wie ich ihm sag, dass der Wimmer auch die Barmeier Friedl auf dem Gewissen hat. Und weil er halt jetzt gar so deppert herumsteht und nach Worten sucht, da drück ich ihm noch mal ein letztes Bussi auf die Backe. So quasi als allerletztes Dankeschön. Dreh mich dann um und drück die Türklinke meines Krankenzimmers hinunter.

»Und wenn dir das nächste Mal die dumme Elli sagt, dass du auf der falschen Fährte bist, dann solltest du es ihr glauben«, geh ich ins Zimmer und lass die Tür hinter mir zufallen.

27

Am Freitag sitzen dann alle Strickerdamen bei der Leni in der Küche. Der Heinzi sitzt mitten unter uns und erzählt immer und immer wieder von seinen Heldentaten. Ich kann's bald nimma hören. Er schmückt meine Rettung so dermaßen aus, dass man meinen könnte, er wäre der Held gewesen, der den Wimmer als Mörder entlarvt hat. Trau mir wetten, dass er sich in den Arsch beißt, weil er sich lieber um seinen depperten Fernseher gekümmert hat, statt mit mir den Fall zu lösen. Ärgert sich wahrscheinlich dumm und dümmlich. Tja, da kann man halt nix machen, gell?

»Der Wimmer, das war scho immer ein ganz ein Gestörter. Gefühlskalt bis dorthinaus. Da Vater gewalttätig, hat sich totgesoffen, die Mutter hot sich erhängt. Dann is er bei da Tante aufgewachsen. Und die muss immer furchtbar bös zu ihm gewesen sein«, schiebt sich die Rosl ein Stück Kuchen ganz tief nach hinten in ihren Hals.

Klassische Täter-Opfer-Rolle.

»Ja, warum hast denn dann da nie was zu uns gsagt?«

»Mei, mich fragt ja keiner.«

»Und von dem Techtelmechtel von der Moserin und dem Wimmer host du echt nix mitkriegt?«, frag ich sie dann.

»Ja nie«, grinst sie in sich hinein. Ich kann's genau sehen. So ganz nehm ich ihr die Sache nicht ab.

»Ich hätt ja immer denkt, dass es der ausländische Grattler war. Hob denkt, der Schmied Lenz werd den scho dingfest machen. Aber nie, nie hätt i denkt, dass einer von uns … das halt mir bei uns im Dorf einen Mörder ham.«

»Nicht nur einen Mörder. Einen Dreifachmörder«, betont der Heinzi und trommelt sich dabei auf die stolze Brust.

»Du bist jetzt irgendwie voll der Held in Engelsried«, sagt die Babsi.

»Aber gefährlich war das fei scho, Elli, was du do gemacht

host. Stell dir vor, die Pichelmeier hätt ned gesehen, wie du zum Wimmer hineingegangen bist. Mir hätten dich ja nie mehr gefundcn.«

»Mei, der Haslinger wird sich gefreut ham, ha? Wie er dich wiedergesehen hot. Und, wie schaut's jetzt aus? Machts ihr das jetzt bald amal offiziell? Du und der Haslinger?«

»Genau, wir wollen irgendwie mal wieder eine gscheide Hochzeit im Dorf«, grinst die Babsi zu mir rüber.

Ich buff ihr mit der Faust in die Oberarme.

»A geh, der Haslinger ist doch nix für die Elli, der ungehobelte Holzklotz. Der ist doch der absolute Ladenhüter, wenn der bei uns in der Gemeinde ein Aufgebot bestellt, dann beantragt der doch gleich noch Pflegestufe mit. Der würd bei seiner eigenen Hochzeit doch gedanklich schon ins betreute Wohnen ziehen«, sagt die Gitti.

»No, der sucht doch eh bloß a neue Mutti. Jetzt, wo die Marie den Hartl so herhätschelt«, stimmt ihr die Leni zu.

»Der Hartl is doch scho wieder weg. Nachdem er erfahren hot, dass der Schlawinski ned da Mörder ist, hot der sich aus dem Staub gemacht, und zum Dank, dass die Marie ihn bei sich aufgenommen hot, hot a dem Haslinger sein Schwarzgelddepot im Schlafzimmer leer geräumt und ist auf und davon«, informiert uns die Rosl noch. »Naaa, naaa, da Haslinger ist scho recht. Er ist zwar kein Doktor, aber mit dem host ausgesorgt, ich …«

»Lass gut sein, Rosl«, unterbrech ich sie hier mal. »Ich brauch weder einen Herrn Doktor noch den Haslinger, weil ich … Ich will nämlich überhaupt keinen Mann.«

»Ja, aber …«

»Pst! Ausgred is.«

Am Samstag, nachdem ich die Kinder mal wieder zum Ritschi gebracht hab, da räum ich erst mal meine Bude auf. Ich schrubb das Bad und überzieh die Betten. Was mit dem verletzten Arm gar nicht so leicht ist. Bin noch nicht wieder ganz einsatzbereit. Immerhin bin ich vor ein paar Tagen in ein Plumpsklo geplumpst. Hab mich für eine frühlingsfarbene Bettwäsche entschieden. Mein Bett schaut jetzt aus wie eine große Blumenwiese. Das ist schön.

Dann aber klingelt's an der Wohnungstür.

Sicher ist es der Gustl, muss mal wieder aufs Klo und ist zu faul, dass er bis zur Leni runtergeht. Also pack ich die schmutzige Bettwäsche, steig im Flur über Josis Schuhberge und öffne im Vorbeigehen die Tür. Grad bieg ich ab ins Bad, da seh ich im Augenwinkel den Schmied Lenz, er hält einen großen Pizzakarton in den Händen.

»Hallo, Elli …«, will er grad loslegen.

»Du, das ist jetzt grad ganz schlecht. Bin gerade am Putzen«, sag ich über den Wäschehaufen hinweg. Aber der Schmied trägt die Pizza einfach schnurstracks an mir vorbei Richtung Küchentür. »Äh … Nicht da rein.«

»Gut, dann nicht«, murmelt er, aber bis ich schau, marschiert er mit dem Karton einfach ins Wohnzimmer rein. Ich weiß grad gar nicht, wie mir geschieht. Der kommt hier einfach reingeschneit, ich mein, das geht doch so nicht, oder? Ich lass den Wäschehaufen fallen und marschier ihm hinterher. Bis ich aber überhaupt was sagen kann, fängt der auch schon zu reden an.

»Elli Fuchs, ich hab ganz was Feines für Sie, mei, da werden Sie sich freuen. Eine Riesenüberraschung ist das. Schaun S', was ich für Sie hab«, zieht er eine Flasche Rotwein aus der Jacke. »Ein feiner Landwein ist das. Na, ist das eine Überraschung? Gell, da schaun S' jetzt? Ich hab gedacht, ich muss es Ihnen gleich höchstpersönlich vorbeibringen. Und … Was sagen S'?«, klappt er den Pizzakarton auf. »Freuen Sie sich?«, steht er da und grinst.

Was in aller Welt …? Also der hat vielleicht Methoden.

Zieht jetzt das Diktiergerät aus der Tasche und legt es auf den Tisch. »Bring schnell zwei Teller und Weingläser, sonst wird die Pizza kalt.«

Mei, dann mach ich's halt. Hilft ja nix. Wenn der mich auch so überrumpelt. Kann man nix machen, gell? Pff, schlägt mich mit meinen eigenen Waffen.

»Und einen Korkenzieher, bitte!«, ruft er mir noch in die Küche, und kaum komm ich damit im Wohnzimmer an, zaubert er auch noch eine Flasche Schampus aus der Lederjacke und stellt sie auf den Tisch. »Wir haben schließlich was zu feiern.«

»Was haben wir denn zu feiern?«, frag ich verdattert.

»Na, hör mal, du hast ja wohl einen Dreifachmörder entlarvt. Ohne dich würd der Wimmer jetzt immer noch frei rumlaufen«, entkorkt er den Wein. »Also, wie du den Wimmer überrumpelt hast ... Respekt vor dem Dampfschiff. Ich gebe zu, derartige Raffinesse hätte ich dir nicht zugetraut«, prostet er mir zu.

»Tja, ich hätt ja auch nicht gedacht, dass der so krank im Kopf ist«, sag ich und reiß mir von der Pizza ein Stück ab. »Der Wimmer war so oft bei mir im Laden, hat furchtbar genervt, aber ich hätt nie gedacht, dass er der Täter ist.«

»Tja, ich auch nicht. Dem Wimmer sein Täterprofil hätte zwar genau gepasst, aber ich hab ihn halt auch nicht überprüft. War ja auch noch nie aktenkundig, der Mann. Bei der Barmeier Friedl ist man damals davon ausgegangen, dass sie die Futterluke hinuntergefallen ist, und die Frau in der Versitzgrube war eine Frau aus Norddeutschland, die zwar seit über zwanzig Jahren als vermisst gegolten hat, deren Spurensuche oben in Hamburg allerdings komplett ins Leere gelaufen ist. Sie hat wohl ein paar Wochen beim Wimmer den Haushalt gemacht. Hat ihn abgewiesen. Und das hat er halt nicht verpackt, der Wimmer. Also ist er ausgetickt und hat sie anschließend in dieser Versitzgrube entsorgt. Elli, das mit dir und den eigenmächtigen Ermittlungen, das hätte fei ganz schön nach hinten losgehen können, gell«, schaut er mich bitterernst an.

»Ach, ich wollt dir ja bloß helfen«, nehm ich mir noch eine Pizzaschnitte und lächelt ihn frech an.

Und fünf Pizzaschnitten und ein Landweinglas später, da sind der Schmied Lenz und ich quasi die ganze Mordgeschichte noch mal komplett durchgegangen. Ich hol die Sektgläser aus dem Schrank, und der Schmiedi lässt den Korken knallen.

»Auf die beste Ermittlerin vom ganzen Pfaffenwinkel«, heb ich das Glas. »Den Schampus hätte es jetzt auch nicht gebraucht. Ein einfacher Asti hätt's auch getan.«

»Ach, den kann ich von den Spesen absetzen«, setzt er sich zu mir auf das Kanapee rüber und stößt mit mir an. »Und jetzt die Nachspeise. Die ist ja überhaupt immer das Beste«, grinst er mir her.

Holt der jetzt etwa noch einen Puddingkrapfen aus der Jacke?

Was für eine Nachspeise gibt's, will ich grad noch fragen, da nimmt er mir auch schon das Sektglas aus der Hand, zieht meinen Kopf zu sich ran und küsst mich. Einfach so, ohne Vorwarnung.

Und ja, er kann's.

Gut sogar.

Saugut, um es genau zu sagen.

Sappralot, keine Zungenforschung, kein Sabbern und kein Mundgeruch. Nein, nein, im Gegenteil, er schmeckt nach … nach, ich weiß nicht, Pizza. Aber auch nach Puddingkrapfen, Himmelstorte und Weihnachtsplätzchen. Ich könnt ihn fressen.

Aber genau das ist das Problem mit Nachspeisen, sie sind so unheimlich verlockend und schmecken zum Niederknien, aber wenn man zu viel davon genießt, hat man hinterher Probleme.

Ein bisserl mag ich noch genießen. Nur ein ganz kleines bisschen, weil unsere Zungen mögen sich so gern.

»Du musst jetzt gehen«, sag ich wenig später, und es fällt mir echt schwer, diesen Wahnsinstypen mit diesen glühenden Blicken heimzuschicken. Das Problem ist nur, er geht nicht.

Er geht nicht, als ich ihn heimschick, und er geht auch nicht, wie ich in den Flur rausgeh und ihm wagenweit die Wohnungstür aufhalte.

Er kommt zwar aus dem Wohnzimmer raus Richtung Tür, stellt sich aber vor mich hin und streichelt mir mit dieser Wahnsinnshand über meine Lippen. »Verdammt, Elli, ich weiß, ich bin kein Schlipsträger, und ich bin ein Landei, aber ich bin ein

Mann mit kriminalistischem Hintergrund, und das ist doch auch was, oder?«, flüstert er mir ins Ohr und grinst.

Zefix, ich weiß das. Aber genau das ist ja das Problem. Du bist so scheißverführerisch, und ich bin total verknallt in dich, möcht ich zu ihm sagen. »Lenz, du bist verheiratet«, sag ich stattdessen.

»Na und, du bist doch auch verheiratet«, knabbert er wieder an meinen Ohrläppchen.

»Ja, schon, aber ...«

»Pst«, hebt er mir den Mund zu. Und dann ist es zu spät, um Nein zu sagen. Jeder Widerstand zwecklos. Der Mann hat meine Synapsen restlos durcheinandergebracht. Zuerst fallen wir regelrecht übereinander her, und dann fallen wir über der Josi ihren Schuhhaufen drüber und liegen knutschend am Boden.

»Krass«, steht der Gustl auf einmal neben uns und hebt den Daumen in die Höhe. Und erst wie er dann hinter der Klotür verschwunden ist, da hangeln der Lenz und ich uns beide wieder hoch.

Wie ich wieder da stehe, mein Kleid und meine Haare geordnet habe, da bemerk ich, dass es wurscht is, in welcher Position der Lenz und ich uns befinden. Es knistert zwischen uns zweien, das ist kaum zu ertragen.

»Du kannst das der Moni nicht antun, Lenz«, sag ich, wie wir zwei Wimpernschläge später im Flur rumstehen und uns in die Augen schauen.

»Wieso denn der Moni? Die Moni hat mit uns zwei nix, aber auch gar nix zu tun.«

»Das kannst du so jetzt auch nicht sagen, Lenz. Ich jedenfalls mag keine Ehe zerstören, ich nicht.«

»Sorry, Elli, aber ich weiß grad nicht, was du meinst. Warum sollte denn die Moni was dagegen haben?«, schaut er mich irritiert an.

»Ja, weil die Moni ...«

»Mann, die Moni ist doch seine Schwester, jetzt schnall's halt endlich mal, äh«, kommt der Gustl aus dem Klo und stapft an uns vorbei, zur Tür hinaus.

»Die Moni ist deine Schwester?«, frag ich verblüfft.

»Ich hab nie was anders behauptet«, grinst mich der Lenz an.

»Ja, und deine Frau?«, frag ich, wie die Tür ins Schloss fällt.

»Ist vor ein paar Monaten mit einem flotten Spanier durchgebrannt«, grinst er schon wieder. Ich könnt ihn abknutschen.

Und jetzt ist es gut, dass ich mir noch vor ein paar Tagen die Fußnägel geschnitten und meinen Körper so hergestylt hab, weil eins kann ich Ihnen verraten: Der Lenz passt hervorragend zu meiner frühlingsfarbenen Bettwäsche. Und da bin ich ganz meiner Meinung.

Wir werden sehn – wir werden sehn! Jetzt muss ich mich erst mal ausruhen. Und wer weiß, was kommt. Vielleicht werden der Lenz und ich ja künftig gemeinsam ermitteln.

Nachwort

Wissen S', bei uns im Pfaffenwinkel wird ja so ziemlich in jedem Ort ein anderer Dialekt gesprochen. Das ist schön. Dialekte machen die Welt nämlich bunter. Ich habe im Buch versucht, den Leserinnen und Lesern im Ansatz ein Gefühl zu vermitteln, wo sie geografisch hingeraten sind. Aber ich habe mich entschlossen, beim Dialekt den goldenen Mittelweg zu nehmen, und die Dialoge so geschrieben, dass sie auch im Rest der Republik einigermaßen verstanden werden.

Und wenn jetzt Sie als Nichtbayer trotzdem nur die Hälfte kapiert haben, dann helfe ich Ihnen ein bisserl auf die Sprünge und geb Ihnen zum Abschied noch einen kleinen bayrischen Sprachkurs.

Also, der Bayer an sich ist ja recht maulfaul, wissen S'? Buchstaben, die wir nicht brauchen, die lassen wir halt einfach gnadenlos weg. Aber das haben Sie sicher schon gemerkt.

Vielleicht ist Ihnen auch aufgefallen, dass bei uns die Vornamen immer einen Artikel vorn dran haben. Das liegt daran, dass man den Vornamen bei uns nicht einfach so allein herumstehen lassen will. Genauso verhält es sich mit den Nachnamen. Manchmal stellen wir den Nachnamen einfach vor den Vornamen hin. Das klingt doch auch viel schöner. So heißt die Elvira Fuchs eben auch »die Fuchs Elvira«. Oder eben die »Fuchsin«, wenn es der Haslinger sagt.

Ach ja, und weil für uns eine Sau etwas ganz Besonderes ist, bauen wir die Sau halt oft in den Satz mit ein, damit wir etwas besonders hervorheben können. Dann heißt es schon mal »saugut« oder »saulustig«. In Bayern darf man das so sagen.

Glossar

Einige Wörter möchte ich hier gern übersetzen:

batzig – dreckig, schlammig

Bläschel – Wer einen Bläschel hat, der hat eine ziemlich lange Zunge.

Dorfdotschen – langweilige Trampel aus dem Dorf

fuaßeln – o'bandeln, nicht ganz so zufällige Berührungen unter dem Tisch

Gai – ein Gebiet oder ein Revier

Gelbe Rübe – bayrische Karotte

Gfries – ein entstelltes Gesicht

Glump – Kruscht, wertloser Kram, den echt keiner braucht

Gluscht – ein Appetit, den man nicht zügeln kann

gschaftlig – auf Zack sein, wichtigtuerisch

Gschwerl – ein Gesindel, das sich überall da rumtreibt, wo man es gar nicht brauchen kann

gwamperts Luader – bajuwarische Frau mit Umfang

Hamperer – ein Nichtsnutz, der nix zuwege bringt

Hennapfrupfa – frierende Henne nach dem Rupfen, zu Hochdeutsch: Gänsehaut

Herrgottsa – bayrischer Fluch, Abkürzung von Herrgottsakrament

Himbeertoni – bayrischer Depp vom Dienst

Hopfenkaltschale – ein Weißbier

Mamalad – bayrische Marmelade, schmeckt wie bei Muttern

Mordsbinkel – riesengroße Beule am Schädel

Mordstrummgstell – bayrische/r Frau, Mann in XXL

Muater – bayrische Mutter

Nasenrammler – ein Nasensekret, das durch Fingerfertigkeit ans Tageslicht kommt

neigschifft – Da hat einer seine Blase drin entleert.

Noagalzuzler – jemand, der eine halbe Ewigkeit an seinem Noagal (Rest im Glas) herumzuzelt

Noatschoaß – ein durch und durch geiziger Mensch

nollen – auf etwas herumlutschen und dabei rumsabbern

Ohrwutzler – Ohrenkreiser

Rauschbohla – besoffener Kater oder eben ein besoffener Mensch, wenn er einen Kater hat

schiach sein – nicht schön sein

Schmuserlohn – Heiratsvermittlungsprovision

Vorzimmertrutschn – Vorzimmertusse

Zwiderwurzen – weibliche Person mit einem hohen Grad an Zickigkeit

Rezepte

Damit ihr mit der Elli, dem Haslinger und der ganzen Engelsrieder Gesellschaft mittrinken könnt, hab ich hier mal ein paar Rezepte zum Nachmachen. Aber Vorsicht, das Zeug haut echt rein!

Kirschgoaß
½ Liter dunkles Bier
½ Liter Cola
2 Stamperl, also praktisch 4 cl, Kirschlikör

Ihr könnt statt Kirschlikör auch Cognac nehmen, dann schimpft sich das Ganze nicht mehr »Kirschgoaß«, sondern einfach nur »Goaß«. Alles in einen Maßkrug rein, an den Tisch stellen und reihum daraus trinken, bis es leer ist. PS: Mir persönlich schmeckt keine von den zwei. Hab solch ein Gesöff noch nie mögen. Aber eine Goaß gehört in Bayern zum Feiern halt einfach dazu. Da kommt man nicht drum herum.

Laternenmoß
½ Liter Weißweinfusel fürs Kopfweh hinterher
1 Sektglas voll Kirschlikör
½ Liter weißes Limo (Zitronenlimonade)

Zuerst den Schädelsprenger in den Maßkrug schütten, dann das Glas Kirschlikör reinstellen. Den Rest mit Limo auffüllen. Aber aufpassen, dass sich der Likör nicht schon beim Einschenken mit Wein und Limo vermischt, gell?

Rüscherl (bayrischer Cocktail)

Cola in ein normales Glas schütten, 1 Stamperl Weinbrand dazu und fertig.

Prost!

Danksagung

Bevor der Buchdeckel zufällt, möchte ich mich unbedingt noch bedanken.

Beim Team vom Emons Verlag. Danke, danke, dass ihr von der Elli gleich so begeistert wart und mich in euer Verlagsprogramm aufgenommen habt. Ihr habt mich großartig betreut. Und ich freue mich schon auf viele weitere gemeinsame Projekte.

Ein herzliches Dankeschön an Christiane Geldmacher, meine Lektorin, für die gute Zusammenarbeit.

Und ein ganz, ganz dickes DANKE an meine Freundin Tina Müller, die mit einer Engelsgeduld im Vorfeld unermüdlich in meinen Texten nach Ungereimtheiten gefahndet hat. Es ist einfach klasse, dass du jederzeit mit Freude und Begeisterung zur Stelle warst.

Nicht zu vergessen meine Familie, insbesondere mein Mann. Danke, Manfred, dass du immer für mich da bist. Dass du jedes meiner Projekte geduldig mitträgst und mich bei all meinen Ideen tatkräftig unterstützt. Wir sind eben ein tolles Dream-Team!

Auf diesem Weg bedanke ich mich nun noch als Kabarettistin bei meinem Publikum und nicht zuletzt bei der ganzen Menschheit, die mir immer und immer wieder Stoff für meine Geschichten liefert. Denn das Leben selbst ist ja reinstes Kabarett oder eben ein Krimi ... wenn man so will.

Und natürlich gilt mein besonders herzliches Dankeschön meinen Leserinnen und Lesern. Es macht mir so richtig viel Spaß, euch zu unterhalten. Besucht mich doch auf meiner Internetseite www.grad-raus.de.tl. Oder auf Facebook. Über eine Rückmeldung freue ich mich immer.

Eure Alexandra